Hans Ernst

Heimat am Berg

Hans Ernst

Heimat am Berg

Roman

rosenheimer

7., überarbeitete Auflage 1998

Titelbild: Michael Wolf, München
Satz: Buch-Werkstatt GmbH, Bad Aibling
Druck und Bindung: Ebner Ulm
Printed in Germany

ISBN 3-475-52244-6

Er geht durch den Wald, sein Rücken ist krumm, sein Gang langsam und schleppend, so, als wollte er eine Spur durch den Wald ziehen, in dem er nun schon mehr als ein halbes Jahrhundert zu Hause ist. Wenn er stehen bleibt und sein verwittertes Gesicht mit dem weißen Vollbart zu den Wipfeln aufhebt, sieht er beinahe schon selbst aus wie ein Baum, auf den die Sonne scheint oder der Regen tropft, wie es sich gerade ergibt.

Kajetan Rauscher geht täglich durch den Wald, obwohl er nicht mehr der Waldhüter des Barons von Kronstein ist, sondern ein alter Mann, der aus einem vergangenen Jahrhundert übrig geblieben ist und die vertrauten Wege geht, als wolle er feststellen, ob noch die gute alte Ordnung in den Wäldern herrsche, die er so lange behütet hat für einen Mann, der jetzt schon seit zwanzig Jahren im Ausland lebt.

Kajetan hat das Gewehr mit einem knorrigen Wurzelstock vertauscht, mit dem er auf seinen Wegen manchmal einen giftigen Fliegenpilz köpft und den er ansonsten als Spazierstock verwendet. Ja, manchmal ist er mit Gott und sich selbst unzufrieden, seit die Gutsverwaltung in Kronstein ihm gesagt hat, er sei nun zu alt, um den Dienst als Waldhüter noch zu versehen. Man gewährte ihm eine kleine Rente und auch freies Wohnen in der Blockhütte im Frauenwald bis an sein Lebensende. Man sei damit einverstanden, wenn er weiterhin in den Wäldern auf Ordnung sehen wollte und etwaigen Waldfrevel gleich auf der Stelle unterbinde, aber das sei nur sein freier Wille, zwingen könne ihn niemand mehr dazu.

Eigentlich wäre das ein Leben, wie es ihm behagte, man hätte ihm nur nicht sagen dürfen, dass er schon zu alt sei. Bisher hatte er das nicht gespürt, aber seit man es ihm gesagt hat, denkt er dauernd daran, spürt das Reißen in den Gliedern und meint, dass sein Atem nicht mehr so leicht geht wie früher. Und er darf doch wegen Magdalena noch nicht alt sein. Ihr Leben liegt in seinen Händen, er hat es vor den Gefahren dieser Welt zu beschützen, damit sich an dem Kind nicht wiederhole, was der Mutter einst geschehen war.

Seine Tochter hat er mit viel Liebe aufgezogen, es ist eine einfältige, vernarrte Liebe gewesen. Er hat sehr böse werden können, wenn die Frau die Hand zum Schlag gegen die Tochter hat erheben wollen. Aber als es an der Zeit war, wo er für seine Güte und Nachsicht Gehorsam glaubte erwarten zu können, da war er enttäuscht worden. Da ist seine Tochter Barbara schon zu eigensinnig gewesen und hat nicht verstehen wollen, warum sie den jungen Ingenieur vom Stauwerk nicht lieben durfte.

Kajetan Rauschers Haar ist damals grau geworden und er hat sich nie mehr ganz erholt von dem Schlag. So viel ist geschehen seither und er war mit der kleinen Magdalena allein zurückgeblieben. Ein Kind war es, ein Kind in Windeln, ein kleines, hilfloses Geschöpf, das Barabara ihm zurückließ und mit dem er gar nichts anzufangen wusste, als er ein Jahr nach dem Tod seiner Tochter auch seine Frau beerdigen musste.

Damals, als er nach der Beerdigung, die Kleine auf

dem Arm, langsam durch den Bergwald zu seiner Hütte hinaufstieg, damals hat er sich geschworen, dass dieses Geschöpf nicht durch seine Schuld und durch eine einfältige Liebe auf den falschen Weg geraten dürfe. Und so hat er Magdalena die ganzen Jahre sehr streng erzogen. Sie ist sein Geschöpf geworden und er will sie nach seinem Willen formen. Er glaubt, dass ihm dies bereits gelungen sei, denn niemals hat Magdalena ihm in den Ohren gelegen, dass sie ein schönes Kleid haben möchte, Schuhe mit hohen Absätzen oder gar Schmuck. Noch nie hat sie verlangt, zum Jahrmarkt zu gehen oder ins Dorf hinunter zum Tanz.

Ganz bewusst hat er sie in Kleidung und allen Dingen äußerst knapp gehalten. Sie darf die alten Frauenkleider auftragen, die in der Hütte vorhanden sind. Zuweilen läuft sie wie eine Zigeunerin herum, zerrissen und zerlumpt, ungepflegt und schmutzig. Sie muss schwerste Arbeit tun, Holz sammeln, es aufhacken, Seegras mähen, es trocknen und die drei Stunden Fußmarsch bis zur Kreisstadt Langenau tragen. Wenn er sie so zerlumpt sieht, spürt Kajetan eine wohlige Zufriedenheit und denkt sich, dass sie bei solchem Aussehen kein Lockvogel sein kann, wer immer auch während seiner Abwesenheit an der Hütte im Frauenwald vorbeikommen mag.

Wer verirrt sich auch schon in diese Einsamkeit? Hin und wieder ein Bauer, der Hilfe oder eine Salbe für ein krankes Stück Vieh braucht, auf deren Zubereitung Kajetan sich versteht. Oder der Postbote Adam Rossgotter. Adam aber kommt im Monat auch nur einmal, wenn er Kajetans Rente bringt. Dann schimpft er über den weiten Weg, trinkt den selbst gebrannten Enzian, den Kajetan ihm zu bieten hat, und bleibt oft sehr lange auf der Bank sitzen, weil er sonst keinen Menschen kennt, mit dem er sich in so hitzige Diskussionen einlassen kann wie mit Kajetan Rauscher.

Von Adam erfährt Kajetan dann, was sich im Dorf Mooskirchen und insbesondere auf dem Gutshof Kronstein abspielt. Kajetan braucht nicht danach zu fragen, denn Adam ist von einem Mitteilungsbedürfnis ohnegleichen, wenn er den dritten Enzian getrunken hat.

Als Adam an diesem Monatsersten kommt, erzählt er unter anderem, dass der Herr Baron zurückgekehrt sei. Da hebt Kajetan wie elektrisiert den weißen Schädel.

»So?«, sagt er. »Dann wundert es mich, dass er noch nicht hier war.«

Das ist für Adam der erste Anlass, dem Kajetan eins auszuwischen. »Bild dir nur nicht ein«, sagt er, »dass der Baron deinetwegen aus dem Ausland zurückgekommen ist. Was sollte er auch bei dir?«

»Du darfst nicht vergessen, Adam, dass ich über fünfzig Jahre Hüter seiner Wälder gewesen bin. Als sein Vater mich damals angestellt hat, ist er, mein heutiger Chef, noch in den Windeln gelegen.«

»Das verpflichtet ihn aber zu gar nichts, denn heute liegt er nun einmal nicht mehr in den Windeln und ich glaube auch nicht, dass du ihn damals trockengelegt hast.«

Kajetan schluckt und überlegt, wie er den anderen nun auch treffen könne. Ein paarmal streicht er durch die Bartsträhnen, dann sagt er:

»Du hast Recht, das verpflichtet ihn nicht, mich zu besuchen. Aber ich habe ihm später so manches beigebracht. Unter meiner Anleitung hat er den ersten Zwölfender geschossen. Ich habe ihn gelehrt, wie man ein Fuchseisen stellt, wie man ein Wild weidgerecht aufbricht und wie man eine Rehleber zubereitet. Er ist immer ein guter Mensch gewesen. Aber das verstehst du ja nicht, weil du noch nie für einen Gutsherren gearbeitet hast, sondern immer nur für den Staat.«

Damit hat er nun Adam an der empfindlichsten Stelle getroffen, denn Adam ist auf nichts so stolz wie auf sein Beamtentum. Wir Beamten, sagt er immer und zählt sich ungeniert zu den höheren Staatsbeamten, weil er ja dem Staat dient und nicht wie der Isidor Weindl der kleinen Gemeinde Mooskirchen.

»Über den Staat darfst du mir nichts sagen, Kajetan«, begehrt er auf und schiebt energisch sein blaues Käppi mit der Kokarde aus der Stirn. »Ich habe meinen Eid geleistet und wir Beamten stehen hinter dem Staat, darum kann ...«

Kajetan hat seine Pfeife angezündet und lächelt nun zufrieden hinter den Rauchwolken. Nun hat er den Adam dort, wo er ihn haben will. »Wie viele Eide hast du eigentlich schon geleistet, Adam?«

»Wie viele? Das bleibt sich gleich.«

»Meinst du? Pass einmal auf! Zuerst hast du dem Kaiser einen Eid geleistet. Da will ich noch nichts sagen. Dem habe ich auch einen Eid geleistet, als ich bei den schweren Reitern in Bamberg war. Das war noch der alte Kaiser. Mein Kaiser ist gestorben. Dein Kaiser ist nach Holland gegangen und der Briefträger Adam Rossgotter hat ihn vergessen. Sei nur ruhig, ich weiß schon noch, wie du dir deinen Schnurrbart hast stutzen lassen, weil du nicht mehr aussehen wolltest wie er. Dann hast du der Republik den Eid geleistet und ihn gebrochen, weil dann die ›Tausend Jahre‹ kamen, und diesem Reich hast du dann wieder einen Eid geleistet.«

»Bloß wegen der Pension«, wirft Adam ein, greift aufgeregt nach der Enzianflasche und schenkt sich ein.

»Aha«, sagt Kajetan. »Bloß wegen der Pension. Andere haben es nicht getan und sind auch nicht verhungert. Ja – und dann hast du jetzt wahrscheinlich auch wieder schwören müssen. Oder verlangt der heutige Staat keinen Eid mehr?«

»Warum sagst du mir das eigentlich alles?«

»Weil ich dir beweisen will, dass man Pflichtbewusstsein und Treue nicht gleich immer beeiden muss. ›Geh hin und hüte meine Wälder‹, hat der alte Baron vor fünfzig Jahren zu mir gesagt. Und als er starb, hat der Sohn mir die Hand gedrückt und gesagt: ›Mach nur so weiter, Kajetan, wie bisher.‹ Und ich habe so weitergemacht, bis ich diesen Verwaltungsmenschen da unten in Kronstein zu alt geworden bin. Wann wirst du deinem Staat zu alt?«

»Nächstes Jahr gehe ich in Pension.«

»Dann bist du höchstens fünfundsechzig und jammerst schon, dass der Weg hierher dir Beschwerden macht. Ich aber bin fünfundachtzig und renne den ganzen Tag in den Wäldern herum, weil ich kein Geld einstecken will, das nicht durch eine Gegenleistung verdient ist, weil es sonst wie Gnadenbrot aussieht.«

»Ach, Unsinn«, antwortet Adam zornig, rückt seine Mütze zurecht und steht auf. »Bin neugierig, was du im nächsten Monat wieder auszusetzen hast an meinem Staat!«, schreit er noch über die Schulter zurück und verschwindet.

Kajetan klopft seine Pfeife an der Banklehne aus. Zufrieden streicht er seinen Bart und denkt dabei, dass er sich in den nächsten Tagen nicht weit von der Hütte entfernen darf, damit er den Baron nicht verfehlt, wenn er kommt. Dass er kommen wird, davon ist Kajetan felsenfest überzeugt.

Kajetan hat sich nicht getäuscht, er hat nicht umsonst gewartet. Eines Tages kommt der Baron zur Hütte im Frauenwald. In seiner Begleitung sind sein Sohn Wilhelm-Erich und dessen Braut Hedy von Arnsfeld, ein elegantes Mädchen mit hellrot geschminkten Lippen.

Kajetan hört die Stimmen schon aus der Tiefe des Waldes kommen und weiß sofort, dass nun »sein« Besuch kommt, den Adam ihm durchaus nicht hat zustehen wollen. Es ist nur schade, dass Adam jetzt nicht auf der Bank sitzt.

»Magdalena!«, ruft er ins Haus. »Bring mir meine gute Lodenjacke und den Jägerhut!«

Gleich darauf erscheint ein junges Mädchen, barfuß und ungekämmt, reicht ihm das Gewünschte und hilft ihm in die Jacke.

»Der Herr Baron kommt«, sagt Kajetan. »Zieh Schuhe an und bring dein Haar in Ordnung. Komm aber nur heraus, wenn ich dich rufe.«

Dann setzt er den grünen Jägerhut mit der wallenden Adlerfeder aufs weiße Haar und reckt sich. So steht er dann unbeweglich. Nur die dünnen Strähnen seines Bartes bewegen sich leicht im Wind.

Dieses Bild ergreift den Baron von Kronstein so sehr, dass er unter den letzten Bäumen stehen bleibt, um es ganz bewusst in sich aufzunehmen. Zwanzig Jahre ist es her, dass er fortgegangen ist und den Alten nicht mehr gesehen hat. Vor zwanzig Jahren ist der Alte genau so vor der Hütte gestanden und hat ihn erwartet. Und nun kam es dem Baron vor, als hätte sich Kajetan in der langen Zeit nicht vom Fleck gerührt.

Natürlich ist Baron Kronstein inzwischen auch nicht jünger geworden. Er geht nicht ohne Rührung auf den Alten zu. Kaum aber hat er sich ihm bis auf fünf Schritte genähert, brüllt Kajetan wie eh und je:

»Melde Herrn Baron, dass in den Wäldern alles in Ordnung ist!«

»Danke, Kajetan, danke!«

Sie reichen sich die Hände, stehen lange voreinander und sehen sich in die Augen. Dann legt der Baron seine Hand auf Kajetans Schulter und sagt:

»Habe schon gehört, Kajetan, Sie hüten meinen Wald noch über Ihre Zeit hinaus.«

»Der Herr Baron hat mich davon nicht entbunden.«

»Nein, ich nicht. Aber man schrieb mir, dass Sie Ihren wohlverdienten Feierabend haben sollten.« Kronstein wendet sich zu seinen Begleitern um. »Das ist Kajetan. Du wirst dich nicht mehr an ihn erinnern können, Wilhelm?«

»Nein, Papa.«

»Und Sie, Kajetan? Können Sie sich noch an ihn erinnern?«

»Er trug einen blauen Matrosenanzug, als er mit Ihnen ins Ausland ging.«

»Richtig! Da sehen Sie nun, dass auch er bereits ein Mann geworden ist. Sehen Sie, Fräulein von Arnsfeld«, wendet sich der Baron an das Mädchen, »das ist nun so etwas wie das unwandelbare Pflichtbewusstsein, über das wir kürzlich debattierten. Kajetan hat bereits meinem Vater gedient, ist von mir übernommen worden und« – er lacht ein wenig, »es sieht geradeso aus, als ob er auch von Wilhelm noch übernommen werden will. Wie alt sind Sie jetzt, Kajetan?«

»Fünfundachtzig, Herr Baron!«

»Wahrscheinlich nie geraucht?«, fragt jetzt das Mädchen mit den hellroten Lippen.

»Rauchen und Rauchen ist zweierlei«, antwortet Kronstein an Kajetans Stelle und es soll eine kleiner Seitenhieb auf Hedy sein, von der es ihn wundert, dass sie sich nicht schon längst wieder eine Zigarette angesteckt hat.

Langsam wandern Kajetans Augen von dem jungen Herrn über die junge Frau hin und zuletzt bleiben sie dann doch wieder am Baron hängen.

»Es fehlt noch jemand, Herr Baron.«

Kronsteins Brauen ziehen sich in schmerzlicher Erinnerung leicht zusammen.

»Sie haben Recht, Kajetan. Es fehlt jemand. Und dieser Jemand fehlt niemandem mehr als mir. Vor sechs Jahren ist meine Frau gestorben. Wie hat sie doch gleich immer gesagt zu Ihnen?«

»Moses, Herr Baron.«

»Moses mit dem Bart! Da sehen Sie, wie die Zeit vergangen ist. Wir sind alt und müde geworden, nicht wahr, Kajetan?«

»Ich weiß nicht, ob Sie es schon bemerkt haben, Herr Baron? Die Bäume sind auch alt geworden, aber nicht müde. Sie dürfen nicht müde werden, weil sie unsere Zeit überdauern müssen.«

»Sie sind immer noch ein Philosoph!«, lacht Kronstein. »Aber wissen Sie, was ich seit zwanzig Jahren nicht mehr gegessen habe und mir immer gewünscht habe? Eine Reh …« Der Baron unterbricht sich, denn er sieht auf Magdalenas Gesicht hinter dem Fenster. »Wer ist das?«

Ohne das Gesicht zu wenden, antwortet Kajetan: »Meine Enkelin Magdalena.«

»Ach ja, ich erinnere mich dunkel. Es war doch damals etwas mit deiner Barbara. Wo ist sie jetzt?«

Da wird Kajetans Gesicht undurchdringlich. Die schweren Lider senken sich und es sieht aus, als wäre alles Leben in ihm erstarrt. Nur die Bartsträhnen bewegen sich sachte im Wind.

»Wahrscheinlich immer noch im Fegefeuer, weil ich zu wenig für sie bete«, antwortet er.

Der Baron merkt sofort, dass er eine empfindliche Stelle berührt hat und will davon ablenken.

»Ja, also, Kajetan, eine Rehleber, auf Ihre Art zubereitet, möchte ich gern wieder einmal essen.«

»Ich weiß einen herrlichen Sechserbock, Herr Baron.«

»Gut, gut, Kajetan. Nur gleich los dann! Ihr beide kommt doch auch mit?«, wendet er sich an seinen Sohn und an Fräulein von Arnsfeld.

Wilhelm räuspert sich. »Hedy fühlt sich etwas müde, Papa, und außerdem möchte sie nicht dabei sein, wenn ein Tier getötet wird. Wenn sie inzwischen hier auf uns warten könnte?«

»Wie sie will«, antwortet Kronstein und wirft das Gewehr mit einem energischen Ruck hinter die Schulter. »Los, Kajetan, sonst kommen wir in die ärgste Hitze hinein!«

»Gib Obacht, Wilhelm, dass dir nichts zustößt«, sagt Fräulein von Arnsfeld.

»Nur keine Angst, Herzchen! Mach's gut, bis nachher.«

»Keinen Kuss mehr?«, fragt sie enttäuscht.

Das hat Wilhelm wohl im Sinn gehabt, aber da steht plötzlich dieses in Lumpen gekleidete Mädchen in der

Tür und schaut mit großen Augen zu ihm hinüber. Das geniert ihn ein wenig. Aber Fräulein Hedy geniert es nicht. Sie wirft die Arme um seinen Hals und küsst ihn.

Immer größer werden Magdalenas Augen und plötzlich wendet sie sich ab und geht ins Haus.

Hedy von Arnsfeld, die besonderen Wert darauf zu legen scheint, dass das Rot der Fingernägel um einen guten Ton tiefer liegt als das der Lippen, setzt sich auf die einfache Bank vor der Hütte und lehnt den dunklen Wuschelkopf gegen die Holzwand. Sie hört das Rauschen der Bäume und hört einen Specht klopfen. Wie Maschinengewehrgeknatter hört es sich an, bricht plötzlich ab, so ruckartig, wie es eingesetzt hat. Hedy kommt sich vor wie jemand, den man auf einer Insel zurückgelassen hat und der nun geduldig darauf wartet, dass sich am fernen Horizont ein rettendes Segel zeigt.

Da sie nicht sicher ist, ob der Lippenstift, den sie erst vor ein paar Tagen in diesem unmöglichen Nest Mooskirchen gekauft hat, auch kussecht ist, entnimmt sie ihrer Handtasche einen Spiegel und färbt mit hingebungsvoller Geduld ihre Lippen nach. Und bei dieser Tätigkeit sieht Magdalena ihr mit großem Befremden zu. Sie steht in der Tür und getraut sich kaum zu atmen, aus Angst, das Fräulein könnte erschrecken, wenn sie sich bei dieser Malerei ertappt sieht.

Das Fräulein fühlt aber die Nähe eines Menschen, wendet den Kopf und lächelt dem Mädchen in der Tür zu. Magdalena verzieht keine Miene, sie begreift nicht, was hier geschieht, weil sie so etwas noch nie gesehen hat.

Inzwischen ist Hedy fertig geworden und sagt sich,

dass es wohl angebracht ist, sich hier leutselig zu geben. Vielleicht in der Art, wie der Baron sich diesem Rübezahl gegenüber gegeben hat. Sie findet, dass Kajetan wie Rübezahl aussieht, mit dem man sie in der Kinderzeit erschreckt hat, wenn sie irgendetwas angestellt hatte.

»Na, Fräulein«, fragt sie. »Wer sind Sie denn und was machen Sie hier?«

Magdalena erschrickt sichtlich, nicht über die Frage selbst, nein, es gäbe ein Dutzend Arbeiten aufzuzählen, die sie täglich zu verrichten hat. Sie erschrickt nur deshalb, weil jemand das erste Mal Fräulein zu ihr sagt. Sie schiebt die Unterlippe ein wenig vor, wie immer, wenn sie sich keinen Rat weiß oder von ihrem Großvater geschlagen worden ist.

»Na?«, ermuntert Hedy sie. »Warum denn so schüchtern? Setzen Sie sich doch zu mir.«

»Ich bin so frei«, antwortet Magdalena leise und setzt sich ganz auf die äußerste Ecke der Bank, die Hände unter der Schürze verborgen.

»Warum tust du das?«, bricht es plötzlich aus ihr heraus.

»Was meinst du?«

»Ich meine, warum du den Mund anschmierst mit Farbe?«

»Ach so! Aber sagten Sie du zu mir?«

»Ich werde es nimmer sagen«, stammelte Magdalena.

»So habe ich es nicht gemeint. Ich weiß, dass man sich hierzulande duzt. Mir gefällt das eigentlich sehr gut, das schafft eine so herzliche Atmosphäre. Wenn Sie gestatten, dann möchte ich auch recht gern du zu Ihnen sagen.«

»Zu mir hat noch nie jemand Sie gesagt.«

»Dann darf ich also?« Hedy streckt ihre Hand hin.

Zaghaft zieht Magdalena ihre zerarbeitete Hand unter der Schürze hervor und legt sie in die des Fräuleins. Dabei stellt Hedy von Arnsdorf fest, dass es eigentlich gar nicht schwer ist, leutselig zu sein.

»Du wolltest wissen, warum ich mich schminke? Weil es zur Körperpflege gehört. Du brauchst es freilich nicht, dein Mund ist auch so schön. Wie machst du das eigentlich, dass du so braun wirst? Ich gäbe viel darum, wenn ich dieses Braun erreichen könnte. Und deine Augen – die haben so etwas wie ein See am Abend. Weißt du – dieses grünlich Schillernde, mit dunklem Blau vermischt. Ich habe diese merkwürdige Augenfarbe noch nie gesehen.«

»Ja? Wirklich?«

»Nein, noch nie. Aber du weißt es doch selber ganz genau, wie schön du bist.«

»Schön?« Die langen Wimpern flattern unsicher, wie ein Vogel, der sich im ersten Flug zu weit vom Nest gewagt hat. »Das hat mir auch noch niemand gesagt.«

»Dann freut es mich, dass ich die erste bin, und mir darfst du glauben. Nur müsstest du dich ein wenig netter kleiden. Ich sehe, dass du keine Schuhe anhast. Du müsstest mehr auf dich halten. Du hast zum Beispiel so schönes Haar. Warum trägst du es so unordentlich? Diese Frisur passt nicht zu deinem Gesicht. Ich wette, dass noch nie ein Friseur an deinem Haar gewesen ist.«

»Überhaupt noch keiner.«

»Was? Noch keiner? Wie bringst du dann bloß diesen goldfarbenen Glanz hinein?«

»Ich wasche es mit Seifenpulver und mitunter mit Ziegenmilch.«

»Das habe ich nie gehört. Von Shampoo weißt du wahrscheinlich gar nichts? Wie kann man denn bloß so rückständig sein?«

In ratloser Hilflosigkeit hebt Magdalena die mageren Schultern und lässt sie wieder sinken. Bei dieser Bewegung rutscht ihr das Schultertuch herab und Hedy sieht auf dem nackten Arm blauschwarze Flecke. Erschrocken betrachtet sie sie.

»Was hast du denn hier? Es sieht aus, als ob du dich gestoßen hättest.«

Magdalena zieht das Schultertuch wieder über ihren Arm.

»Ach wo, das ist bloß noch von den letzten Schlägen!«

»Von den letzten Schlägen? Um Himmels willen, wer schlägt dich denn?«

Erstaunt schaut Magdalena in das entsetzte Gesicht des Fräuleins. »Der Großvater halt. Wer denn sonst?«

»Was? Der Alte? Warum schlägt er dich denn?«

»Das weiß ich nicht.«

»Aber er kann dich doch nicht ohne Grund schlagen?«

»Doch, das kann er schon. Es ist wegen des Gehorsams, sagt er. Und dass ich keine dummen Gedanken kriege.«

»Was heißt hier dumme Gedanken und Gehorsam? Wehr dich doch! Schlag zurück.«

»Das darf ich nicht. In der Bibel steht: Du sollst Vater und Mutter ehren, auf dass es dir wohlergehe auf Erden. Und – er ist doch mein Großvater. Ich muss ihn noch mehr ehren.«

Fräulein von Arnsfeld schüttelt verständnislos den Kopf, nimmt ein Zigarettenetui aus der Handtasche und lässt es aufspringen.

»Bitte, bediene dich. Ach so, du rauchst nicht, das hätte ich mir eigentlich denken können.« Sie knipst das Feuerzeug an, eine bläuliche Flamme zuckt vor ihrem Gesicht, dann bläst sie den Rauch von sich.

»Hör mal zu, Mädchen. Deine Anhänglichkeit in allen Ehren! Aber wo geschlagen wird, muss zurückgeschlagen werden. Das ist die einzige Sprache, die verstanden wird. Jetzt würde mich bloß noch interessieren, was dein Freund dazu sagt.«

»Ich habe keinen Freund«, antwortet Magdalena.

»Jetzt schlägt's dreizehn! Sag mal, wie alt bist du?«

»In diesem Sommer werde ich zwanzig.«

»Und da sagt du, du hättest keinen Freund?« Die Glut an der Zigarette glimmt heftig auf. »Ich bin einundzwanzig. Mit siebzehn Jahren habe ich mich das erste Mal verlobt.«

Nun ist es an Magdalena, aufs Heftigste erstaunt zu sein. »Kann man sich denn öfters verloben?«

»Natürlich, warum denn nicht? Man verliebt sich, man verlobt sich, man stellt fest, dass man doch nicht für immer zusammenpasst, und gibt sich die Ringe zurück. Das ist entschieden vernünftiger, als wenn man erst nach der Heirat feststellt, dass man nicht zusammenpasst. Mit Wilhelm von Kronstein, das ist meine dritte Verlobung.«

In der Ferne fällt ein Schuss und der Widerhall geht von Hochwald zu Hochwald, bis er in einem fernen Echogrund erstirbt. Fräulein von Arnsfeld wirft ihre Zigarette von sich, steht dann auf und zertritt sie, kehrt zur Bank zurück und nimmt das Gespräch wieder auf.

»Aller guten Dinge sind drei. Bei Wilhelm werde ich bleiben, weil wir voller Gegensätze sind, und Gegensätze ziehen sich an!«

»Versteh ich nicht«, sagt Magdalena. »Ich mein

halt, dass man nur einen lieben kann, und dann ist Schluss für immer.«

»Ach, du Dummchen«, lacht Hedy auf. »Was du bloß für Vorstellungen von der Liebe hast. Noch ganz rosarote Träume, was? Du bist doch kein Kind mehr! Hast du denn noch nie einen Mann geküsst?«

»Nein, noch nie – aber ich möchte es gern.«

»Sind denn hier alle blind? Sieht denn keiner, wie schön du bist?«

»Ich komme doch zu niemandem. Der Großvater bewacht mich hier wie eine Gefangene. Ich war noch nie bei einer Tanzveranstaltung.«

»Und das nennt sich Leben? Magdalena, du musst dich freimachen, weil du dich sonst selbst um deine Jugend betrügst. Wenn du willst, werde ich mit deinem Großvater sprechen, schließlich leben wir doch nicht mehr im finsteren Mittelalter. Kann er denn wollen, dass du allein bleibst? Er lebt doch auch nicht ewig, und dann stehst du hilflos und allein da.«

»Das schon, ja, aber man darf nicht auf den Tod eines Menschen warten.«

»Das habe ich auch nicht sagen wollen. Ich glaube nur, dass du noch nie ernstlich versucht hast, dich aus deinen Fesseln freizumachen. Also, willst du, dass ich mit ihm spreche?«

»Bitte, tu es nicht«, antwortet Magdalena. »Du gehst wieder und ich muss bleiben. Ich kann ihn doch nicht allein lassen. Was auch alles gewesen ist und noch sein wird, eines weiß ich – er hat mich lieb. Ich bin das letzte Glück in seinem Leben. Horch – ich glaube, sie kommen schon.«

»Schade«, meint Hedy von Arnsfeld. »Aber ich danke dir. Du hast mir eine ganz neue Seite des Lebens gezeigt. Bisher ahnte ich nicht, dass es das gibt.

Ich werde viel an dich denken.« Sie umschließt Magdalenas Hand und drückt sie fest. »Vielleicht hörst du noch mal von mir.«

Die Stimmen kommen näher, Magdalena huscht ins Haus und legt ein paar Scheite in den Herd, gerade noch rechtzeitig, bevor die letzte Glut erlöscht.

Eine halbe Stunde später steht die Rehleber, nach Kajetans Art zubereitet, auf dem Tisch. Selbst Hedy von Arnsfeld findet, dass es ausgezeichnet schmeckt, und fragt nach dem Rezept.

Kajetan ist fünfundachtzig. Aber kann er nicht hundert werden? Kann er seinen jetzigen Herrn nicht überleben? Dann wird der Freiherr Wilhelm sein Herr und diese Schmalgeiß an seiner Seite wird dann seine Herrin sein. Und deshalb – und nur deshalb muss Kajetan höflich sein, dürfen die lackierten Fingernägel ihn nicht stören, obwohl sie wie ein rotes Tuch auf ihn wirken und er heftig versucht ist, mit seinem Löffel daraufzuschlagen.

Und so erfährt Fräulein von Arnsfeld, obwohl sie wahrscheinlich nie in ihrem Leben eine Rehleber dünsten wird, wie man sie zubereitet. Sie weiß genau, dass sie in acht Tagen schon wieder auf irgendeiner Hotelterrasse an der Riviera sitzen wird bei einem auserlesenen Dinner mit einer Nachspeise, die wahrhaftig anders beschaffen sein wird als der Enzian, der jetzt serviert wird und den dieser Rübezahl selber brennt. Auf den leisesten Wink schon gehorcht Magdalena und schenkt die Gläser noch dreimal voll, bevor man sich verabschiedet.

Kajetan steht auch jetzt, als man schon zum Gehen bereit ist, wieder so unbeweglich in der Tür wie am Vormittag, als er die Gäste erwartet hat. Er rührt sich auch nicht, als plötzlich Fräulein von Arnsfeld noch mal zurückkommt, dicht vor ihm stehen bleibt, ihn am Rockaufschlag fasst und mit ungewöhnlicher Schärfe sagt:

»Hören Sie, Herr Kajetan, geschlagen wird nicht mehr, verstanden?«

Kajetan macht die Augen schmal. Seinem Gesicht ist nicht anzusehen, ob er verstanden hat.

»Sie sind in Ehren weiß geworden«, fährt Fräulein von Arnsfeld fort. »Bei aller Achtung, die ich vor Ihrem Alter habe – aber dass Sie Ihre liebe Enkelin schlagen, das kann ich Ihnen nur verzeihen, wenn es in Zukunft nicht mehr vorkommt.«

Sie wirbelt auf ihren hohen Absätzen herum und springt den anderen nach. Kajetan aber steht noch lange mit schmalen Augen da.

»Was nimmt sie sich heraus –«, murmelt er grimmig vor sich hin. »Was diese Schmalgeiß schon weiß, wie man einen jungen Menschen heranzieht!«

Langsam streift er seine gute Lodenjacke ab, legt sie mit dem Hut auf die Bank und geht in den Wald hinein.

Magdalena sieht ihm vom Fenster aus nach und weiß, dass er nun vor dem Abend nicht zurückkommen wird und sie sich vor die Hütte setzen und vor sich hinträumen darf. Und sie hat so viel zu denken jetzt. Wie eine Offenbarung ist ihr die Begegnung mit dem fremden Mädchen gewesen. Wie ein Wesen aus einer anderen Welt ist sie unerwartet in ihr freudloses Dasein gekommen und ist auf dieser rauen Bank neben ihr gesessen, und was sie gesagt hat, klingt jetzt noch in Magdalena nach und wird sie bis in die tiefsten Träume verfolgen. Und sie weiß, dass ihr Leben in einen neuen Abschnitt eintreten wird.

In der Tiefe des Waldes ruft ein Eichelhäher. Ein

Windhauch geht durch die Zweige und lässt den Wald leise aufrauschen, als wolle er tief Atem holen, bevor es Nacht wird. Dort aber, wo sich eine Lücke zeigt, rinnt das Gold der Abendsonne mit schönem Glanz über den Teppich des Moosbodens hin.

Seit vielen Jahren ist es nicht mehr vorgekommen, dass Adam auch Mitte des Monats zur Hütte im Frauenwald hat aufsteigen müssen. Und dazu noch wegen eines einzelnen Briefes. Der Brief freilich interessiert ihn wenig, denn er trägt französische Marken, riecht ein wenig nach Parfüm und auf der Rückseite steht als Absender:

»Hedy von Arnsfeld, Cannes, Hotel Moncalw.«

Es ist ein schwüler Tag und Adam rinnen die Schweißtropfen unter der Mütze hervor. Jetzt fehlt nur noch, dass er die Magdalena nicht antrifft, dann müsste er den weiten Weg morgen noch einmal machen, weil er in nahezu vierzig Dienstjahren immerhin die Erfahrung gemacht hat, dass Briefe an junge Mädchen durchaus an sie persönlich abzugeben sind, niemals an die Eltern, am allerwenigsten an so einen Griesgram wie der Kajetan einer ist.

Immer wieder zieht er den Brief aus der Tasche und liest den Absender. Es kommt ihm nicht in den Sinn, dass Hedy ein Frauenname sein könnte. Nein, dieser Hedy von Arnsfeld ist sicher ein Märchenprinz, so wie der, der das Dornröschen befreit hat. Na ja, er würde es der Magdalena von Herzen gönnen. Wie sie nur zu diesem Hedy von Arnsfeld gekommen ist? Aber das wird er ja erfahren, denn schließlich kann Magdalena nicht von ihm verlangen, dass er mit einem einzelnen Brief den weiten Weg geht, ohne dass sie ihm dann mitteilt, was darin gestanden hat.

Adam hat Glück, denn er trifft Magdalena unweit der Hütte im Wald, wo sie einen halbdürren Baum umhackt. Es ist ein prachtvolles Bild, wie Magdalena schwungvoll die Axt führt, wie unter jedem Schlag die Späne splittern und ein Zittern durch den Stamm läuft bis in das feine Geäder seiner letzten Zweige hinauf. Das Haar hängt ihr wirr über die Schultern nieder, und wenn sie sich bückt, legt sich diese weizengoldene Haarpracht wie ein Vorhang um ihr braun gebranntes Gesicht. Sie trägt eine Männerhose und ein weißes Leinenhemd, an dem sich die Verschnürung am Hals gelöst hat.

Nun stöhnt der Baum unter den wuchtigen Hieben, ein Knirschen geht durch ihn hindurch, wie in ohnmächtigem Zorn, dass eine Mädchenhand ihn bezwingen will. Und dann neigt er sich auf einmal. Rauschend stürzt er zwischen den anderen Stämmen nieder und aufatmend legt Magdalena die Axt beiseite.

Jetzt tritt Adam hervor und räuspert sich. Magdalena erschrickt und greift sofort wieder nach der Axt. Aber als sie den Briefträger sieht, lächelt sie und fragt ihn verwundert:

»Ist denn schon der Monatserste?«

Adam nimmt die Mütze ab und wischt sich den Schweiß von der Stirn. »Ich dachte es selber kaum, dass ich einmal unterm Monat herauf müsste. Aber heute komme ich zu dir, Magdalena.« Er zieht den Brief aus der Ledertasche und liest laut vor: »Fräulein Magdalena Rauscher, in der Hütte im Frauenwald, Post Mooskirchen.«

»Ein Brief für mich?« Mit ein paar Schritten ist Magdalena bei ihm. »Gib her!«

»Nur nicht so stürmisch! Zuerst musst du mir versprechen, dass diese schönen Marken mir gehören. Dann habe ich dir noch zu eröffnen, dass heute früh auch eine Paketkarte angekommen ist. Das Paket selbst ist noch nicht eingetroffen, wird aber wahrscheinlich mit dem Abendzug kommen. Und das musst du dir morgen selber holen, denn es wiegt zwölf Kilo und du kannst einem alten Mann nicht zumuten, dass er einen Viertelzentner den Berg heraufschleppt. Außerdem haben wir unsere Vorschriften, dass wir Pakete über ein bestimmtes Gewicht hinaus nicht zuzustellen brauchen.«

»Gib den Brief her!«

»Ach so, ja. Kann mir ja denken, dass du schon brennst darauf, was er schreiben wird, dein Märchenprinz.«

»Märchenprinz?«

»Na ja, dein Hedy von Arnsfeld.«

Magdalena liest den Absender, lächelt und steckt den Brief in die Hosentasche. »Du Narr«, sagt sie. »Das ist doch kein Mann. Hedy von Arnsfeld ist die Braut von dem jungen Herrn Baron.«

»Was? Kein Mann? Und ich hab gemeint, dass du einen heimlichen Liebsten hast! Und die schreibt dir? Warum denn?«

»Das weiß ich nicht und außerdem geht dich das nichts an.«

Magdalena geht auf die Hütte zu, setzt sich auf die Bank, löst vorsichtig die Briefmarke ab und gibt sie dem Adam Rossgotter, der ihr gefolgt ist und sie daran erinnert, dass er sonst immer drei Gläschen Enzian bekommt.

»Die kannst du haben«, meint Magdalena und holt die Flasche.

»Und den Brief?«, fragt Adam, fiebernd vor Neugierde, nach dem zweiten Glas Enzian. »Machst ihn nicht auf?«

»Noch nicht, das pressiert nicht.«

»Das verstehe ich nicht. Kriegt sie einen Brief aus dem Ausland und macht ihn nicht auf! Vielleicht ist ein Hundertmarkschein drinnen?«

»Wenn zwei darin sind, schenke ich dir einen davon, Adam.«

Adam blinzelt sie mit seinen wasserhellen Augen zweifelnd an, schenkt sich ein drittes Glas ein, und da der Brief wirklich nicht geöffnet wird, kann er ja gehen.

»Also, morgen kannst du das Paket holen«, sagt er noch und geht auf seinen krummen Säbelbeinen davon.

Kaum ist er in der Tiefe des Steiges verschwunden, öffnet Magdalena den Brief:

Liebe Magdalena!

Seit ich von dir fort bin, habe ich so viel über dich nachgedacht, dass ich dir heute einmal schreiben muss. Da ich genau weiß, dass du dich nicht lösen kannst von deinem jetzigen Leben, will ich wenigstens versuchen, dir einige Winke zu geben, die es dir leichter machten könnten. Du musst dich, liebe Magdalena, auf dich selbst besinnen. Deine Schönheit verwelkt in diesem finsteren Wald und im Schatten deines noch finstereren Großvaters. Du musst erkennen, dass du jemand bist, der als Mensch geachtet und als Mädchen begehrt werden will. Vor allen Dingen, liebe Magdalena, musst du auf dein Äußeres viel mehr halten. Das bist du deiner Schönheit schuldig. Freilich weiß ich, dass dies zum großen Teil auch von der materiellen Lage abhängt, aber doch nicht ausschließlich nur von ihr. Ich habe dir daher heute ein Paket mit Stoffen geschickt. Lass dir schöne Kleider davon machen. Ferner habe ich dir einen Betrag angewiesen, mit dem du dir Schuhe und andere nette Dinge kaufen sollst. Betrachte es bitte nicht als ein Almosen, sondern als ein Geschenk für ein paar schöne Stunden, in denen du mir gezeigt hast, dass das Leben auch andere Seiten hat, als sie mir bisher bekannt waren. Im Paket findest du auch noch ein paar Bücher. Du sollst sie lesen und so viel daraus schöpfen, dass es dir ein Gewinn ist. Kaufe dir überhaupt von Zeit zu Zeit ein Buch, dann tun sich dir unbekannte Welten auf und manches wird dich ermutigen.

Hat Rübezahl dich wieder geschlagen? Ich hoffe es nicht. Ich kann nicht umhin, dir trotz deiner Einstellung, die mir ja bekannt ist, zu sagen: Wo geschlagen wird, muss man sich wehren.

Lebe wohl, Magdalena. Alles Gute und herzliche Grüße von deiner Hedy von Arnsfeld.

Lange noch, nachdem sie den Brief gelesen hat, sitzt Magdalena unbeweglich auf der Bank. Die Tränen rinnen ihr übers Gesicht, ohne dass sie eine Hand rührt, um sie fortzuwischen. Sie weiß nicht, wann sie das letzte Mal geweint hat, und sie begreift auch jetzt nicht, warum sie es tut, tun muss. Irgendwie ist sie durch diesen Brief bis ins Innerste berührt worden. Noch nie ist jemand auf diese Weise gut zu ihr gewesen. Ein grenzenloses Gefühl der Dankbarkeit will sie fast überwältigen und ihr ist, als müsse sie sich sofort aufmachen und nach Cannes gehen, obwohl sie keine Ahnung hat, wo es liegt, um dem Fräulein von Arnsfeld zu danken.

Magdalena müsste aber nicht das von allen Nöten

und Sorgen des Lebens gequälte Menschenkind sein, wenn sie jetzt nicht stürmische Freude empfunden hätte über die Stoffe und all die anderen Sachen, die ihr da zugeschickt worden sind. Am liebsten wäre sie jetzt sofort hinuntergeeilt ins Dorf. Aber damit muss sie ja wohl noch bis morgen warten. Energisch wischt sie die Tränen fort und gleich darauf fliegt schon ein fröhliches Lachen aus ihrem Mund. In ihrer Begeisterung weiß sie sich kaum zu helfen. Sie umklammert einen jungen Stamm und drückt sich an ihn, als wäre es die Brust eines geliebten Menschen.

Plötzlich weiß sie auch, dass sie dem Großvater nichts sagen darf. Sie versteckt den Brief unter ihrem Hemd und freut sich wie ein Kind, nun ein Geheimnis zu haben. Dann geht sie wieder hinüber zu dem gefällten Baum und schlägt die Äste vom Stamm, bis vom Tal herauf die Mittagsglocken läuten.

Am anderen Vormittag, kaum dass der Großvater das Haus verlassen hat, macht sie sich auf den Weg ins Dorf. Das Paket ist eingetroffen und wird ihr ausgehändigt. Ausgehändigt werden ihr auch zweihundert Mark, die mit der Frühpost gekommen sind. Ihre Hand zittert, als sie die Anweisung unterschreibt, denn noch nie hat sie so viel Geld für sich allein gehabt. Sie hat das Gefühl, so reich zu sein, dass sie den Thannerbauer, der ihr vor dem Postamt begegnet, am liebsten gefragt hätte, was sein Hof koste. Der Thannerbauer nimmt zwar keine Notiz von ihr, niemand nimmt im Dorf von Magdalena Notiz, obwohl sie heute nicht in Männerhosen steckt und sogar ihr Haar zusammengesteckt hat.

Das Paket ist schwer, aber Magdalena nimmt es einfach auf die Schulter wie ein Müllerknecht den Getreidesack. Als sie am Krämerladen vorbeigeht, wendet sie gewohnheitsmäßig den Blick zur Seite, um die Schokoladentafeln, die gefüllten Waffeln und all das süße Zeug nicht sehen zu müssen. Als sie schon am Laden vorüber ist, fällt ihr plötzlich ein, dass sie ja nun reich ist und sich ruhig einmal vor die Auslage stellen und die Sachen ansehen kann.

Wenig später steht sie im Laden und legt einen Zwanzigmarkschein hin. »Wie viel kostet so eine Schokolade?«, fragt sie.

Die Kramerin nimmt, bevor sie Antwort gibt, den Zwanzigmarkschein in die Hand und hält ihn ans Licht, ob er echt sei. Man munkelt so manches im Dorf von dem alten Kajetan. Es sollen geheimnisvolle Kräfte in ihm wirken und wer weiß, ob er neben Salben und Tränklein nicht auch Geld machen kann. Aber der Schein ist echt, daran ist nicht zu zwiefeln.

»Hast du in der Lotterie gewonnen?«, fragt die Kramerin.

»Nein, warum?«

»Ich meine nur so. Was willst du für eine Packung? Zu dreißig, zu achtzig, zu einer Mark? Hier habe ich auch eine Tafel zu zwei Mark, Kakao mit Nuss ist das.«

»Dann nehme ich die für dreißig Pfennig. Und eine Zahnpaste und eine Seife, die gut riecht.«

Die Kramerin will sie auch noch zu einem Parfümfläschchen überreden, aber Magdalena lässt sich nicht beschwatzen. Sie hat bereits eine Mark neunzig ausgegeben und spürt darüber schon Gewissensbisse.

Als sie den Laden verlässt, geht gerade ein junger Bursche vorüber. Nur ganz kurz sieht sie in seine Augen, dann ist er vorbei. Und doch weiß Magdalena, dass diese Augen hellblau sind. Merkwürdig, dass ihr das sofort aufgefallen ist. Nach etwa zehn Schritten bleibt sie stehen und schaut zurück. Im selben Augenblick wendet auch er sein braun gebranntes Gesicht nach ihr um, lächelt und dreht sich wieder um. Das wiederholt sich ein paarmal. Zuletzt sieht Magdalena ihn an der Anschlagtafel vor dem Postwirtsgarten stehen, wo auch sie vorhin schon gelesen hat, dass dort am kommenden Sonntag eine Tanzmusik stattfindet.

Wo das Dorf zu Ende ist und der schmale Weg durch das Moor zum Hochwald führt, lässt Magdalena ihre Last von der Schulter gleiten und setzt sich in den Schatten einer hohen Birke. Das Paket ist ihr noch nicht zu schwer geworden, nein, sie ist jung und stark und nimmt es jederzeit mit einem Mann auf, eine Last zu tragen. Sie muss sich nur hinsetzen und darüber nachdenken, was ihr da so plötzlich widerfahren ist. Ganz angestrengt denkt sie darüber nach, verwirrt sich wie in ein unlösbares Rätsel und kann es nicht beim Namen nennen. Sie fühlt nur undeutlich, dass etwas Wichtiges geschehen ist.

Blaue Augen hat er gehabt, muss sie denken, und erschrickt, weil ihre Gedanken nun doch bei einem Punkt angelangt sind, von dem dieses Rätselhafte auszugehen scheint. Und ich habe ihn noch nie gesehen, sinniert sie weiter. Irgendein geheimnisvoller Faden spannt sich von ihr zu dem Fremden. Der Mantelzipfel des Schicksals hat ihre Schulter gestreift und Magdalena kann nun nicht sagen, ob es Glück sei oder nicht.

Über dem Moor ist es feierlich still. Nur die Birkenblätter flüstern leise im Wind und in einem Tümpel quakt ein Frosch. Da reißt Magdalena, vielleicht nur, um sich von diesen Gedanken loszulösen, in ungeduldiger Hast die Verschnürung des Paketes auf.

Ihre Augen werden weit vor Staunen und Entzücken. Stoff für mehr als ein halbes Dutzend Kleider fällt ihr in die Hände. Schwarze Seide, blaue Seide, kühl wie Morgentau, wird sich anschmiegen an den Körper. Magdalena getraut sich kaum, mit ihren rauen Händen darüberzustreifen, legt nur die Wange darauf und fühlt Schauer um Schauer tiefster Glückseligkeit.

Vorsichtig packt sie alles wieder zusammen, Loden neben Seide, Wollmusselin neben Gabardin. Dann legt sie sich auf den Rücken und verschränkt die Arme hinter dem Kopf. Seidenblau sieht sie den Himmel über sich und ihr ist zumute, als hätte die Sonne noch nie so schön geschienen wie an diesem Morgen, der eigens für sie angebrochen zu sein scheint. Mit geschlossenen Augen erträumt sie dann Kleid um Kleid, sie sieht sich über das Moor gehen, am Ende des Moores steht aber wieder der fremde Bursche und strahlt sie mit blauen Augen an.

Plötzlich fährt sie erschrocken auf, weil im Dorf eine Glocke läutet. Ist es denn schon Mittag?

Noch nie ist sie so schnell durch den Wald hinaufgekommen wie heute, obwohl das Gewicht des Paketes nach einer Weile doch ihre Schultern gedrückt hat. Gerade kann sie noch rechtzeitig alles wegräumen, Feuer anmachen und Wasser aufsetzen, da kommt der Großvater schon aus dem Wald zurück.

Misstrauisch sieht er sich im Raum um. »Was ist?«, fragt er. »Du hast noch gar nichts gekocht? Was hast du getan?«

»Das Wasser wird gleich kochen«, sagt Magdalena ausweichend.

»Ich habe gefragt, was du getan hast!«

»Ich habe – den Baum von gestern noch aufgearbeitet.«

»Du lügst!«, schreit Kajetan. »Er liegt noch wie gestern. Warum lügst du?«

Magdalena sieht, wie er den Stock hebt und ihn niedersausen lassen will. Sonst hat sie immer abwehrend den Arm über den Kopf gehoben, heute weicht sie dem Schlag aus, er geht ins Leere. Im nächsten Augenblick hat sie sein Handgelenk umklammert.

»Ich lasse mich nicht mehr schlagen, Großvater!«

Für eine Sekunde verzerrt sich das Gesicht des Alten im Schreck. Ihre unvermutete Gegenwehr trifft ihn wie ein Stoß und löscht sofort den lodernden Zorn in seinen Augen. Aber er weiß, dass in dieser Sekunde etwas geschehen ist, auf das er längst mit heimlicher Sorge gewartet hat. Magdalena hat sich seiner Macht entwunden und er weiß auch, dass er sie nie mehr zurückgewinnen wird. Diese plötzliche Erkenntnis trifft ihn ins Mark. Ohne Magdalena anzusehen, geht er hinaus und tut so, als hörte er sie nicht, dass er doch hier bleiben möge, weil sie ihm in einigen Minuten etwas auftischen wird.

Nein, er will nicht umkehren, der Appetit ist ihm vergangen. Immer tiefer geht er in den Wald hinein, bis er ein Plätzchen findet, auf dem er nun rasten und denken will. Rings um ihn singen die Vögel, ohne dass er einen davon sieht. Manchmal geht ein Sausen durch die Bäume, dann rieseln die trockenen Fichtennadeln herab oder ein Tannenzapfen schlägt klatschend auf eine Wurzel nieder.

Er will überdenken, wie nun alles werden soll, und er kommt doch zu keinem Ergebnis. Es gleitet ihm etwas aus der Hand und es schmerzt ihn, weil er nicht mehr die Kraft hat, es zu halten. Ich hätte nicht so viel in den Wäldern sein dürfen, überlegt er später. Zu wenig behütet habe ich sie. Und dabei lächelt er auf eine eigentümliche Weise vor sich hin, ein Lächeln, das eher einem Weinen gleicht, weil er erkennen muss, dass das Spiel des Lebens immer einen Kreis beschreibt und dass man das Rad wohl eine Zeitlang mit starkem Arm stillhalten kann, dann aber doch zurückweichen muss, wenn der volle Schwung einsetzt.

Da fällt ihm plötzlich ein, dass vor kurzem erst jemand ihn bei den Rockaufschlägen gefasst und ihm gesagt hat, dass er seine Enkelin nicht hätte schlagen sollen. Ganz sicher hat Magdalena auch von dieser Seite her die Anregung zum Widerstand erhalten. Er hat sich auch vorgenommen gehabt, nicht mehr zu schlagen. Aber Magdalena hat ihn heute angelogen. Warum hat sie ihn angelogen? Was steckt dahinter? Alles Unglück beginnt mit der Lüge. Jetzt erst fällt ihm auch ein, dass die Magdalena keine Arbeitskleidung angehabt hat. Ist sie fort gewesen? Ist sie vielleicht jetzt auch wieder unterwegs, wie damals ihre Mutter unterwegs gewesen ist, als sie blind vor Liebe war?

Er spürt einen Stich in der Brust und stöhnt leise auf, während er die Faust ballt. Aber dann steht er schnell auf und geht durch den Wald zurück, so schnell und mit solcher Angst im Herzen, dass er mitunter stehen bleiben und sich atemschöpfend an einen Baum lehnen muss.

Aber da hört er plötzlich die klingenden Axtschläge, und er sieht von weitem schon, wie Magdalena dem gestern gefällten Baum energisch zu Leibe rückt. Und dann vernimmt er plötzlich, wie Magdalena singt. Und es klingt, als ginge die Stimme durch die Bäume des Waldes, wie die Botschaft eines befreiten Herzens.

Sie singt, denkt er und greift nach seinem Herzen.

Auch ihre Mutter hat damals gesungen, wenn sie zurückgekommen ist.

Kajetan fasst den Entschluss, nicht mehr so viel in den Wald zu gehen, damit er Magdalena besser im Auge behalten kann. Er geht entweder ganz früh und kommt mittags schon wieder zurück. Oder er geht am Nachmittag und kommt am frühen Abend bereits heim.

Magdalena merkt seine Absicht sofort, fühlt auch oft genug seinen Blick misstrauisch auf sich ruhen und wird selber unduldsam und reizbar dabei, weil sie wirklich gerne einmal ins Dorf zur Schneiderin gegangen wäre. Das aber wiederum merkt Kajetan und er geht einmal einen Tag überhaupt nicht weg.

»Gehst du heute überhaupt nicht fort?«, fragt Magdalena, als es schon Abend werden will.

Sofort schreit das Misstrauen wieder aus ihm. »Soll ich fortgehen? Bin ich dir im Weg?«

In diesem Augenblick verliert Magdalena die Geduld und jede Beherrschung. Mit einem Ruck reißt sie den derben Bauernkittel von den Schultern, ballt ihn zusammen und schleudert ihn zu Boden.

»Ich will jetzt nicht mehr, Großvater! Dass du es weißt!«

Wie zur Bekräftigung schleudert sie mit dem Fuß den Kittel noch weiter fort.

Diesen wilden Ausbruch hat er nicht erwartet. Langsam hebt Kajetan das graue, verwitterte Gesicht, die weißen Brauenbüschel schieben sich eng zusammen. In seine Augen kommt ein harter Glanz und an seiner Schläfe schwillt eine Ader blaurot an. Magdalena sieht, wie es in dieser Ader schlägt und pocht. Sie weiß, dass es Zorn ist, was in dem Großvater arbeitet, aber sie hat keine Angst mehr vor diesem Zorn, ihr Wille steht dagegen. Sie sieht, wie er zitternd vor Wut nach dem Stock greift. Aber sie weicht keinen Schritt zurück. Nur ihre Augen bekommen jetzt einen eigentümlich starren Glanz. Von diesem Blick wird Kajetan gebannt. Langsam lässt er den erhobenen Arm sinken und wirft den Stock wie in Ekel vor sich selbst von sich. Sein Gesicht entspannt sich jetzt und wird unheimlich traurig.

»Kann dich nicht mehr schlagen«, sagt er mit einer Stimme, die plötzlich gebrochen ist.

Da sagt Magdalena mit heller Stimme: »Das, was ich will, Großvater, das kannst du mir mit deinem Stecken auch nicht mehr hinausschlagen.«

Kajetan sieht sie von oben bis unten an, dann an ihr vorbei, ganz starr, als sähe er weit hinten im Wald die schweren Bilder aus der Vergangenheit vorüberziehen. »Kann ich dich nicht mehr schlagen, wirst du auch nicht mehr folgen«, spricht er leise.

»Doch, Großvater, ich werde dir folgen, wie ich dir stets gefolgt habe. Aber nur noch dort, wo ich Vernunft dabei sehen kann«, sagt Magdalena ruhig. Ihre Stimme duldet keinen Widerspruch.

Langsam kehrt sein Blick zurück. Sein Gesicht sieht nun aus, als wäre es in diesen wenigen Minuten abermals um ein Jahrzehnt gealtert. Und doch liegt ein heller Schein auf seinen Zügen, so, als befriedige es ihn, dass er in die Vergangenheit geschaut und von dort die Gewissheit erhalten habe, dass nun alles so kommen wird, wie er es befürchtet hat. Tief und immer tiefer senkt sich sein Kopf. Langsam wendet er sich um und setzt sich auf die Bank. Seine schweren Hände hängen hilflos wie Wurzeln im leeren Raum zwischen seinen Knien und seine Lider bedecken nun seine Augen fast ganz.

Am Nachmittag hat es schon so ausgesehen, als ob das Wetter sich ändern wolle. Jetzt stöhnt im Hochwald auf einmal ein schwerer Wind. Zuweilen hört man laut einen brechenden Ast knarren und zwischen den Baumlücken sieht man dunkle Wolken in jagender Hast über die Wipfel ziehen.

»Und was willst du?«, fragt jetzt Kajetan nach einer langen Zeit.

»Ich will ein wenig ins Leben hineinsehen, Großvater.«

»Was weißt denn du vom Leben, wie es wirklich aussieht!«

»Ich weiß nur, Großvater, dass du mich am wirklichen Leben hast vorbeileben lassen.«

»Auf diesen Vorwurf habe ich lange gewartet«, antwortet Kajetan und wirft zum ersten Mal wieder einen kurzen Blick auf Magdalena. »Und was erwartest du dir vom sogenannten wirklichen Leben?«

Nun ist es an Magdalena, eine lange Weile zu schweigen. Ihre Vorstellungen sind noch zu neu, um schon abgerundete Bilder sein zu können. Und es kann durchaus so sein, dass nicht alles so ist, wie sie es erwartet oder in Hedys Büchern gelesen hat. Aber sollte sie ihre Erwartungen nicht bestätigt finden, dann – das ist wenigstens ihr fester Vorsatz – dann will sie gern zurückkehren in ihre einfache Welt, zu der kleinen Blockhütte, zum Großvater, zu den alten Bäumen, in denen Vögel nisten und von denen es so traurig niedertropft, wenn Regen über die Landschaft kommt.

Sie setzt sich zum Großvater auf die Bank und rückt nahe an ihn heran.

»Großvater, ich werde im nächsten Monat zwanzig. Meine Jugend ist einsam gewesen und nun will ich auch einmal was haben von meinem Leben. Ich bin jung, ich will lachen dürfen, scherzen, tanzen! Am nächsten Sonntag ist Tanz unten im Dorf. Ich will zum Tanzen gehen, Großvater.«

Es ist eine verständliche Bitte, aber Kajetan ist zumute, als hätte ihm jemand einen Becher Gift an die Lippen gesetzt und ihm befohlen zu trinken. Magdalena hätte ruhig sagen dürfen, ich will ins Verderben gehen, denn er hörte auch aus ihren Worten nichts anderes heraus als Unglück und Verderben.

»Tanzen willst du gehen, so, so …«

Magdalena springt auf und streckt sich. »Schau mich doch an, Großvater! Ich darf doch nicht verdorren hier in der Einsamkeit!«

»In der Einsamkeit?« Er hebt langsam die schweren Lider. »Es ist Gottes einsame Welt, in die er uns gestellt hat.«

»Ich glaube nicht, dass Gott es mit mir so will.«

Die ersten Regentropfen schlagen nun auf den Platz vor der Hütte, dann fällt es mit schwerem Rauschen plötzlich in den Wald herein. Der Wind hört auf, nur die brausende Melodie des Regens singt in den Zweigen.

Magdalena steht immer noch da, groß und schlank. Selbst der alte, vielfach geflickte Rock und die derben Lederschuhe können ihren prachtvollen Wuchs nicht verhüllen. Ihr langes Blondhaar hängt offen über die Schultern und umgibt ihr Gesicht wie ein goldener Rahmen. Vielleicht sieht der alte Mann es zum ersten Mal so und er erinnert sich der Worte des Barons von Kronstein, der ihm bei seinem letzten Hiersein einiges Lobende über Magdalena gesagt hat. Man müsste dieses Mädchen einmal in kostbare Kleider stecken, hat er gesagt. Du hast eine Schönheit neben dir großwachsen lassen, Kajetan.

Gerade das fällt ihm jetzt ein. Er begreift auch, dass Magdalena nun den engen Rahmen sprengen will, und er wehrt sich dagegen mit der zähen Kraft eines gealterten Menschen, weil er weiß, dass er sein Letztes und Liebstes verlieren wird. Soll alles umsonst gewesen sein? Die ganze eifersüchtige Liebe, mit der er über ihre Jugend gewacht hat? Bisher ist er des Glaubens gewesen, dass sie sich freudig seinem Willen füge. Dass sie sich nun loslösen will von seinen Zügeln, trifft ihn schwerer, als er sich anmerken lässt. Eine schwere Traurigkeit überschwemmt sein Herz, weil er nun endgültig erkennt, dass die Macht ihn verlassen hat, sie zu halten. In diesem Augenblick bricht etwas in ihm zusammen. Dann nickt er und sagt, als hätte er die ganze Zeit über nur daran gedacht:

»Die Pilze werden wachsen auf den Regen hin und es wird um diese Jahreszeit viele Gewitter geben, da kann es sein, dass ich einmal vom Blitz erschlagen werde, wenn ich in den Wäldern bin. Ich brauche ja nun nicht mehr hier zu sitzen und über dich zu wachen.«

Nun erst tritt Magdalena aus dem Regen unter das schützende Vordach der Hütte. Lärmend stürzt das Wasser aus der Dachrinne in den aufgestellten großen Holzbottich.

»Du nimmst es viel zu schwer, Großvater!«

»Das habe ich schon einmal gehört und ich habe es geglaubt. Genauso wie du ist vor mehr als zwanzig Jahren deine Mutter vor mir gestanden und hat mir gesagt, dass sie jung sei, dass sie tanzen gehen möchte. Ich habe sie halten wollen und hab sie nicht halten können. Der Drang nach Freiheit – du nennst es das wirkliche Leben – war stärker, sie hat keine Vernunft mehr gelten lassen. Und eines Tages ist sie mir und der Mutter fortgelaufen. Ich sehe sie noch, wie sie dort unter den Bäumen für immer verschwunden ist. Es ist dann gekommen, wie es hat kommen müssen. Ein Jahr darauf, an einem Sommermorgen, hab ich dich dann gefunden. Dort drüben unter dem Baum bist du gelegen, in Windeln eingepackt, auf einem Zettel wurde ich um Verzeihung angefleht für das, was ich nicht habe verhüten können. Am nächsten Tag aber hat man deine Mutter tot aus dem Stauweiher heraus gezogen. Magdalena, das hab ich dir sagen müssen. Das ist deiner Mutter draußen im Leben passiert. Und nun willst auch du hinaus? Du musst nicht den gleichen Weg gehen, nein, das hoffe ich nicht. Aber es wird wie ein Rausch über dich kommen. Ich bin schon alt, Magdalena. Kann sein, dass ich eines Morgens nicht mehr aufwache. Dann stehst du allein da.«

»Warum machst du mir denn das Herz so schwer, Großvater?«

»Weil du nicht wie die Mücke ins Licht taumeln sollst! Weil du dir immer vor Augen halten sollst, wie deine Mutter am Leben zerbrochen ist.«

Eine Weile schaut Magdalena angestrengt vor sich hin. Dann hebt sie entschlossen den Kopf. »Man braucht am Leben nicht zu zerbrechen, man ist auf der Welt, um es zu meistern.«

Mit einem scharfen Ruck nimmt der Alte den Kopf zurück. »Das ist eine verdammt kluge Weisheit«, sagt er mit beißendem Spott. »Schau einmal an! Das Enkelkind von Kajetan will ausziehen, um das Leben zu meistern! Respekt, Respekt! Das hat dir wohl die Schmalgeiß mit den lackierten Fingernägeln eingeimpft? Oder hast du es aus den verflixten Büchern gelesen, die ich jetzt herumliegen sehe? Verlass dich nur auf das, was in den Büchern steht, dann kommst du weit! Aber geh nur jetzt – geh hinunter am Sonntag ins Dorf. Lach, tanz und scherz! Ich will dich nicht mehr halten, weil ich sehe, dass ich es nicht mehr kann.«

»Großvater, es sind doch noch so schöne Kleider da von meiner Mutter. Und von der Großmutter auch Schmuck. Immer hast du alles weggesperrt. Nie habe ich mich hübsch machen dürfen. Bitte überlass mir diese Dinge. Nur ein einziges Mal will ich mich darin sehen.«

»Ja, natürlich, das habe ich vergessen. Die Hoffart muss auch dabei sein.«

Der Alte steht auf und schlürft in das Innere der Hütte. Nachdenklich sieht Magdalena ihm nach und denkt sich, was sich junge Leute meistens denken: Er wird halt alt jetzt, der Großvater, und begreift nicht, was die Jugend will.

Auf alle Fälle wird sie am Sonntag ins Dorf zum Tanzen gehen. Weil aber der Großvater zu ihrer Bitte weder ja noch nein gesagt hat, verspürt sie ein heftiges Verlangen, im alten Schrank der Mutter zu wühlen und etwas Schönes auszuwählen. Sie muss ihn nur jetzt nochmals bitten, dass er ihr den Schlüssel dazu übergibt. Als sie aber in die Hütte geht, sieht sie vom Großvater nichts. Auf dem Tisch liegt ein Schlüsselbund, große und kleine Schlüssel an einem eisernen Ring. Es sind die Schlüssel für die Truhe, für den Schrank und für die Schmuckschatulle.

Der Regen hängt noch den ganzen Samstag über der Landschaft. Kajetan bleibt im Haus, die kleine Küche ist mit Dämpfen erfüllt wie eine Alchimistenbude. Er selber ist anzusehen wie ein Zauberer, der aus einer Höhle des Berges herausgestiegen ist und nun an einem Feuer steht und die Tränklein und Salben braut. Sein Gesicht ist über die Tiegel und Töpfe gebeugt, mit einem dünnen Holzstab rührt er langsam bald da, bald dort, und manchmal streicht sein dünner Vollbart so nahe über die Herdplatte, dass man meint, er müsse Feuer fangen.

Und draußen rauscht der Regen.

Mit keinem Wort noch ist Kajetan auf das Gespräch von gestern zurückgekommen. Er sagt nichts und bleibt den ganzen Tag über der schweigende Zauberer, der am Abend damit beginnt, kleine Zettel zu beschreiben, die er auf die Tiegel und Töpfe klebt. »Für Hufkrebs«, steht auf dem einen und »Für den Dampf« auf dem anderen. Das hat er bisher nie getan, er hat auch so gewusst, was er zu verabreichen hat. Ist ein neuer Ordnungssinn in ihm erwacht?

»Wenn ich einmal nicht mehr da sein sollte, dass du weißt, was du hergeben musst«, sagt er, als sie am späten Abend gemeinsam beim Essen sitzen. Es ist das erste, was er an diesem Tag überhaupt spricht.

»Du sollst noch recht lange da sein, Großvater!«

»Hoffentlich nicht mehr so lange, bis du genügend ins wirkliche Leben hineingeschaut hast.«

»Ich weiß noch nicht, ob ich morgen gehe.«

»Bis morgen hast du es dir wieder anders überlegt«, meint er und damit soll er Recht haben.

Hinter den Bergen steigt ein Sonntag von goldener Schönheit herauf. Die Wälder dampfen unter der steigenden Sonne. Und da sagt Magdalena, dass sie zur Kirche gehen wolle. Sie streift in ihrer Kammer die Kleider ab und öffnet den Schrank. Wenig später steht sie vor dem Spiegel und betrachtet sich. Sie hat den dunklen Faltenrock an und einen knapp sitzenden Spenzer mit Silberknöpfen. Dazu gehört die dunkelblaue Seidenschürze mit dem Fransentuch in derselben Farbe. Das Haar hat sie in schweren Zöpfen wie eine Krone über die Stirn gelegt. Das gibt ihrem Gesicht einen fast fraulichen Ausdruck. Den schweren Bauernschmuck der Großmutter legt sie noch an; die altgoldenen Ohrringe, die silberne Halskette mit der goldenen Schließe.

Sie lächelt ihrem Spiegelbild zu, freut sich ihrer schneeweißen Zähne, findet, dass ihr Mund nicht zu groß und nicht zu klein ist. Die Lippen presst sie zusammen und lockert sie, macht die Augen schmal und öffnet sie weit. Ach, der Spiegel ist so geduldig, er gibt alles so wahrheitsgetreu zurück und es ist nur schade, dass er stumm bleibt bei der Frage, ob sie schön sei. Solche Spiegel gibt es eben nur im Märchen.

Da steht sie nun fertig angezogen und geht hinaus. Kajetan kann seine Verblüffung nicht verbergen, er tut zwar so, als sähe er nicht, was alles an Schmuck sie angelegt hat, aber unter gesenkten Brauen hervor muss er sie immer wieder heimlich ansehen. Nun setzt sie noch den Inntaler Hut mit der Goldborte und den langen, schwarzen Bändern auf das Blondhaar und fragt:

»Kann ich so gehen, Großvater?«

Nun schaut er sie offen an, ein unbändiger Stolz bewegt sein Herz, eine Freude darüber, dass sie so wunderschön ist. Aber er kann es nicht zeigen und unterdrückt den Wunsch, sie in die Arme zu nehmen, weil er es in zwanzig Jahren nicht getan hat. Aber es ist doch so, dass er glaubt, die zwanzig Jahre hätten sich plötzlich zurückgedreht und es stünde nicht sein

Enkelkind vor ihm, sondern wieder seine eigene Tochter.

»Die Toten stehen wieder auf«, sagt er leise, und dabei berührt seine Hand das Schultertuch, das ein wenig verrutscht ist. »Ich hab nicht gewusst, dass du – so schön bist.«

Magdalena freut sich über dieses Lob und denkt auf einmal wieder daran, dass sie am Abend vielleicht doch zum Tanz gehen wird. Sie weiß nicht, was dieses merkwürdige Gefühl, das ihr Herz so stark bewegt, zu bedeuten hat, jedoch tritt sie den Weg in die Kirche jetzt nur an in der leisen Hoffnung, den Burschen zu sehen, der ihr kürzlich begegnet ist und sich dreimal nach ihr umgedreht hat.

Magdalena weiß auf einmal ganz genau, wie er ausgesehen hat. Aber so sehr sie sich auch in der Kirche umsieht, sie kann ihn nirgends entdecken. Weil aber ihre Gedanken nur allein damit beschäftigt sind, entgeht ihr, dass sie selbst zum Ziel vieler Blicke geworden ist. Man ist es nicht gewohnt, sie so zu sehen. Immer hat man ein wenig hinter ihr hergespöttelt, wenn sie in unmöglicher Kleidung und mit derben Schuhen in die Kirche gekommen ist.

Selbst dem Pfarrer fällt die verwandelte Magdalena auf und er schaut von der Kanzel ein paarmal hinunter in ihr Gesicht, das ihm so gläubig und vertrauensvoll zugewandt ist, als er in seiner Predigt von der Menschenliebe spricht, und wie das ganze Weltgeschehen friedsamer abrollen würde, wenn die Menschen sich mehr liebten und weniger hassten.

Magdalena hasst niemanden und liebt außer dem Großvater niemanden, noch nicht. Ihretwegen könnte also das Weltgeschehen schon friedsamer abrollen.

Das Hochamt ist zu Ende, die Orgel spielt brausend

den Schlusschoral, die Menschen strömen aus der Kirche und jetzt erst merkt Magdalena, dass man sie allenthalben betrachtet.

Auf dem Kirchplatz vor dem Friedhof stehen die Burschen beisammen. Magdalena steift den Nacken und will schnell vorübergehen. Aber ihre Augen streifen doch die Gesichter der Reihe nach, und als sie am letzten vorübergegangen ist, spürt sie wieder die leise Traurigkeit. Er war nicht da.

Am Postwirtsgarten sieht sie das Plakat, das zur Tanzmusik einlädt. Der gestrige Sturm hat ein Stück davon abgerissen und man kann nur mehr lesen:

»Tanzmu –«

Ist dieser fremde Bursche nicht auch vor dem Plakat gestanden und hat es gelesen? Ja, Magdalena besinnt sich ganz genau darauf. Er hat es gelesen und dann wieder zu ihr zurückgeschaut. Ist dies nicht wie eine stumme Aufforderung zu werten, dass sie kommen soll?

»Ich werde hingehen«, sagt sie laut vor sich hin und geht dann schnell durch das Dorf. Bei den Moorwiesen empfängt sie ein leiser Wind und spielt mit den Bändern ihres Hutes. Sie geht an den Birken vorüber, unter denen sie gesessen ist mit dem Paket, das Fräulein von Arnsfeld geschickt hat. Hundertmal hat sie in der Zwischenzeit den Brief gelesen, aus dem ihr vor allem der Hinweis, dass sie mehr auf ihr Äußeres achten solle, haften geblieben ist. Damit hat Fräulein von Arnsfeld sicher Recht. Magdalena hat es ja heute erleben können, wie man sie bewundernd betrachtet hat. Sie wird jetzt jeden Sonntag so in den Ort und in die Kirche gehen. Zwanzig einsame Jahre sollen nun zu Ende sein.

Schön ist dieser Tag über den Moorwiesen, über

denen ein paar Bussarde kreisen, und Magdalena weiß nicht, dass ein Tag angebrochen ist, an dessen Ende sich ihr Leben verändern wird.

Still senkt sich der Abend über das Land. Über den Bergen mag noch das Abendrot brennen, aber hier im Wald sind schon die blauen Schatten der Dämmerung.

Lange hat Magdalena gebraucht, sich für ihren ersten Gang zum Tanz fertig zu machen und es ist noch eine ganze Weile eine große Unentschlossenheit in ihr gewesen, ob sie gehen solle oder nicht. Sie weiß, vor der Hütte sitzt der Großvater und sie kann nicht fortgehen, ohne dass er sie sieht. Sie weiß, dass sie ihm weh tun wird, und denkt, dass es vielleicht auch schön sein könnte, so festlich gekleidet neben ihm auf der Bank zu sitzen. Der Großvater könnte ihr dann von ihrer Mutter erzählen, all das vielleicht, was er ihr über sie bisher vorenthalten hat. Aber dann ist plötzlich das andere wieder stärker in ihr: die zitternde Erwartung, die Neugier, das heftige Verlangen, auf dem Tanzboden vielleicht den fremden Burschen wieder zu sehen.

Sie trägt jetzt zu dem dunklen Faltenrock ein Leibchen aus dunkelblauem Samt, darunter eine blütenweiße Leinenbluse mit Puffärmeln. Unter dem Saum des Rockes sieht man noch handbreit die weißen Zwickelstrümpfe und auch die schwarzen Schnallenschuhe. So tritt sie in die Tür.

In der Dämmerung leuchtet Kajetans Haar wie Schnee.

»Gehst du jetzt?«, fragt er ohne aufzublicken.

»Ja«, antwortet Magdalena rasch.

»Du gehst also wirklich?«, wiederholt er seine Frage und blickt sie diesmal so fest an, dass sie unter seinem Blick fast ihre Sicherheit verlieren will.

»Ich komme doch wieder, Großvater.«

»Ja, aber du kommst nicht so wieder, wie du gehst.«

»Wie willst du das wissen?«

»Weil ich kürzlich einmal gesehen habe, wie du einen jungen Baum umarmt hast mit einer Heftigkeit und Zärtlichkeit, die nicht nur aus einem flüchtigen Gedanken aufsprang, sondern aus deinem Herzen.«

»Ach ja«, lacht Magdalena jetzt auf. »Das überkam mich eben so.« Und gerade, als ob sie es erneut bekräftigen wolle, dass sie solche Anwandlungen »nur so« überkommen, umarmt sie den Großvater und drückt ihn mit stürmischer Kraft.

Es hätte ihn beglücken müssen, er hätte fühlen müssen, dass sie ihn trotz seiner Härte lieb hat. Aber sein Herz umschattet sich immer mehr. Er riecht den Duft feiner Seife auf ihrer Haut, spürt das stürmische Klopfen ihres Herzens und wird immer trauriger.

Dann löst Magdalena sich von ihm und geht mit dem Bewusstsein, den Großvater versöhnt zu haben, rasch davon. Kajetan sieht ihr mit weiten Augen nach.

Er weiß nicht, wie lange er so unbeweglich sitzt, er weiß vielleicht kaum, dass ihm die Tränen aus den Augen rinnen, wenigstens rührt er keine Hand, sie fortzuwischen. Lautlos rinnen sie über sein Gesicht und fließen in seinen Bart hinein. Erst als über den Wipfeln ein erster Stern schimmert, steht er auf und geht ins Haus.

Das ist gerade um die Zeit, als Magdalena bereits in der Saaltür steht und in das Gewühl der Tanzenden schaut. Die Blechmusik dröhnt, die Menschen lachen ausgelassen.

Magdalenas Gesicht ist erhitzt, so ist sie gelaufen. Und nun steht sie hier und wird von niemandem beachtet. Sie entdeckt einen leeren Platz neben der Schenke und geht quer durch den Saal darauf zu.

Kennt sie denn wirklich niemand? Niemand ruft ihr zu, niemand sagt ihr, dass sie Platz nehmen solle. So setzt sich Magdalena etwas eingeschüchtert an den Tisch nahe der Schenke. Ihr gegenüber sitzen ein paar Bauernknechte.

»Sakra!«, sagt der eine und stößt den anderen mit dem Ellbogen an. »Da haben wir was Sauberes hergekriegt zu uns.«

Magdalena sagt kein Wort, schaut nur mit schmalen Augen in das Gewühl der Tanzenden, denn soeben hat die Musik von Neuem eingesetzt. Das sind der Gruber Vinzenz und die Gabler Marille, denkt sie. Und der Kleine dort, das muss der Hofmaier Simon sein, der in der Schule immer die Aufgaben von ihr abgeschrieben hat. Und das dort könnte der Lechner Christian sein. Oh, sie erkennt plötzlich alle wieder, die einmal mit ihr die Schulbank gedrückt haben. Nur sie wird nicht erkannt oder will man sie nicht erkennen? Trotzig schiebt sie die Unterlippe vor. Auf was bildet ihr euch denn so viel ein?, denkt sie.

»Was ist, Mädl, willst tanzen?«, fragt der eine am Tisch. Er sieht nicht gerade vertrauenerweckend aus, Bierdunst weht aus seinem Atem, seine Kleidung ist abgetragen und vernachlässigt. Ein armer Teufel ist es, denkt Magdalena, so arm wie ich. Dann steht sie auf, streicht sich ein paar lockere Härchen hinters Ohr und tanzt mit ihm.

Die ersten Schritte sind etwas ungeschickt, aber dann ist es, als hätte ein Zauberwort ihre Hemmungen genommen. Leicht fliegt sie dahin. Die anderen Burschen werden aufmerksam auf sie.

»Jetzt weiß ich nicht, bist du es oder bist du es

nicht?«, fragt der Lechner Christian während des Vorübertanzens.

Magdalena lacht. »Weiß nicht, wer ich sein soll.«

»Die Rauscher Magdalena. Freilich bist du es!«

»Kennst mich also doch noch!«

Der Christian lässt seine Tänzerin los und nimmt Magdalena in seine Arme, ganz unbekümmert, ob dem anderen der Tausch recht ist oder nicht.

»Wie schön du geworden bist«, staunt Christian. »Und wie du tanzen kannst!«

Ja, tanzen kann sie, das ist wahr. Ihre Füße berühren kaum mehr den Boden, es ist, als sei ihr Körper selber zu Musik geworden. Um ihren Mund ist ein weiches, verträumtes Lächeln und sie denkt in diesem Augenblick an den Großvater, der sich mitfreuen müsste, könnte er sie jetzt sehen.

Danach führt Christian sie an seinen Tisch, bietet ihr zu trinken an und fragt lachend: »Ja, da schaut ihr, was ich mir da gefischt habe? Kennt ihr sie nicht mehr, die Rauscher Magdalena?«

Ja, richtig, sie ist es! Ein paar reichen ihr die Hand über den Tisch. Der Gruber Vinzenz starrt sie an wie ein Wunder. Er ist vor ein paar Tagen einmal oben an der Waldhütte vorbeigekommen, hat freilich einen großen Bogen darum gemacht. Aber er hat die Magdalena gesehen, dreckig und zerlumpt hat sie vor der Hütte Kräuter sortiert. Wie kann ein Mensch sich bloß so verwandeln? Immer wieder schüttelt der Vinzenz den Kopf, bis ihm die Gabler Marille eifersüchtig ins Ohr zischt:

»Friss sie nur nicht! Wer ist sie denn schon? Von allen hat sie das wenigste.«

»Aber gut sieht sie aus«, gesteht der Vinzenz in aller Offenheit.

»Dann schau nur, dass sie dich nicht verhext mit ihren sündhaften Augen! Kann sein, dass sie von ihrem Großvater was gelernt hat.«

»Wenn's drauf ankäm«, lächelt der Vinzenz und zieht dann nachdenklich an seiner Zigarette – »wenn's drauf ankäm, von ihr möcht ich mich gleich verhexen lassen.«

Die Marille glüht vor Eifersucht, zerzupft aufgeregt eine Papierserviette, die auf dem Tisch liegt, und sagt dann gehässig: »Heut hat sie sich anscheinend einmal gewaschen. Wird sowieso bloß zu den Feiertagen bei ihr der Fall sein.«

Die Musik spielt jetzt wieder. Magdalena tanzt mit diesem und jenem, kommt kaum mehr zum Tisch zurück. Der Vinzenz ist drauf und dran, sich in Magdalena zu verlieben.

»Du darfst dich jetzt nimmer so verstecken in deiner Waldhütte da oben«, flüstert er ihr zu. »So was wie du gehört unter die Leute.«

»Meinst, Vinzenz?«

»Freilich, freilich! Als ich dich heut nach der Kirche gesehen hab, da hab ich mir gedacht, ob du wohl heut auch zum Tanz kommen wirst. Und jetzt bist du wirklich da, Magdalena. Mich freut das wirklich.«

Die Magdalena schaut ihm in die Augen, als zweifle sie an der Wahrheit seiner Worte. »Ich hab gemeint, ich hätte dich erst vor ein paar Tagen an unserer Hütte vorbeischleichen sehen.«

»Da musst du dich getäuscht haben, Magdalena. In den Frauenwald bin ich, glaube ich, schon bald zwei Jahre nicht mehr gekommen. Wie ist es, magst später ein Gläschen Wein mit mir trinken?«

»Dass mir die Marille die Augen auskratzt!«

»Nix wird gekratzt! Da wär ich schon auch noch da!«

Plötzlich geht ein Ruck durch Magdalena. Ihre Augen werden weit, der Vinzenz merkt nicht, dass sie schwerer in seinem Arm hängt als vorhin.

Was mag das nur sein? Magdalena fühlt eine sonderbare Schwäche, fühlt, wie ihr das Blut aus dem Kopf weicht und wiederkommt. Sie will die Augen niederschlagen und bringt es einfach nicht fertig, unentwegt muss sie zur Saaltür hinsehen, durch die soeben der fremde Bursche getreten ist, um dessentwillen sie doch eigentlich hierher gekommen ist.

Groß und schlank steht er dort, das braune, scharf geschnittene Gesicht hoch gestreckt. Seine Augen erspähen nun Magdalena, kaum merklich leuchtet sein Blick auf, bleibt auf ihr ruhen, bis sie wie im heißen Schreck die Augen senkt. Ohne dass sie ihren Blick wieder hebt, weiß sie, dass er sich jetzt durch die Tanzenden drängt und auf sie zukommt. Sie löst sich schon aus den Armen des Vinzenz, noch ehe der andere darum gebeten hat. Das Blut strömt in ihren Kopf zurück und sie spürt, wie ihr Herz einen rasenden Wirbel schlägt.

Die Arme des Mannes umfangen sie, pressen sie an sich. Ein neues Gefühl vernebelt ihre Gedanken. Sie wagt kaum, ihn anzusehen, als er sagt:

»Du bist also doch hergegangen. Ich hab es im Gefühl gehabt, dass ich dich hier treffen würde. Wo bist du denn daheim, schönes Dirndl?«

»Weit weg von hier. Im Wald oben.«

»Aha«, lacht er. »So was kann ja auch nur im Wald aufwachsen.«

»Wie meinst du das?«

»So was Starkes und Gesundes, meine ich. Jetzt bin ich froh, dass ich den weiten Weg hierher gemacht hab.«

Ach, wie das berauscht! Und sie hat doch noch gar nichts getrunken. Ist er ihretwegen froh, hergekommen zu sein? Und – weiten Weg hat er gesagt. Also stammt er nicht aus der Umgebung. Und einen weiten Weg macht man doch nur, wenn man weiß, warum.

Als der Tanz zu Ende ist, führt er sie an keinen Tisch zurück, sondern geht mit ihr in das Nebenzimmer, in dem niemand sitzt und in dem es etwas teurer ist. Er bestellt zwei Schoppen Wein und legt den Arm um ihre Hüften. Erst will sie seine Hand fortschieben, aber – wo ist ihr Wille hingekommen?

»So, Dirndl, jetzt sag mir, wie du heißt!«

»Magdalena Rauscher«, antwortet sie gehorsam.

»Oh, Lenerl«, kürzt er ihren Namen ab. »Ein schöner Name, passt genau zu dir.« Er zieht den Arm zurück, weil die Kellnerin mit dem Wein kommt. »Machen Sie die Tür wieder zu«, befiehlt er. »Die machen ja einen Krach da draußen, dass man sein eigenes Wort nicht mehr versteht. Und – wenn wir wieder was brauchen, dann läute ich schon«, fügte er hinzu, weil er gerade die elektrische Klingel an der Wand sieht. Die Kellnerin lächelt spöttisch über seine Worte, die sie genauso deutet, wie sie gemeint sind: Wir wollen jetzt nicht mehr gestört werden.

Gedämpft klingt jetzt nur noch der Lärm aus der Gaststube herein. Über ihnen aber auf dem Tanzboden dröhnt es, dass man manchmal denken kann, die Decke würde einstürzen und sie alle beide unter sich begraben. Der Bursche nimmt sein Glas.

»Also, Lenerl, auf was wollen wir jetzt trinken?«

»Ich – weiß es nicht. Ich weiß ja noch nicht einmal, wie du heißt.«

»Hab ich das noch nicht gesagt? Sagst halt Toni zu mir. Trink jetzt, Lenerl. Auf deine Gesundheit!«

»Auf die deine auch, Toni!«

Darauf lacht er fröhlich und laut. »Gesund bin ich Lenerl, da fehlt gar nichts. Leider nicht so glücklich wie gesund. Was mir fehlt, ist eine so schöne Frau, wie du eine bist.«

Jetzt erst wagt sie, ihn genau anzusehen. Zuerst sucht sie seine Augen. Sie sind wirklich hellblau, wie man sie in den Bergen öfter sieht, auch der Großvater hat solche Augen. Und vielleicht glaubt Magdalena, dass sie den fremden Mann nur deshalb sympathisch finden kann. Sein Haar ist dunkel, fast schwarz, sein Mund ist schmal, nur wenn er lacht, bekommt er weiche Linien.

Da ist plötzlich wieder seine Stimme ganz nahe an ihrem Ohr.

»Seit ich dich auf der Straße gesehen hab, Lenerl, ist mir gewesen, als hätte auch in der Nacht noch die Sonne für mich geschienen. Und um jeden Preis hab ich herkommen müssen heute. Eine innere Stimme hat mir immer gesagt, dass du da sein wirst.«

»Und – ich war doch gar nicht schön angezogen, damals.«

»Das hab ich gar nicht gesehen. Ich hab nur dein liebes Gesicht gesehen und deine Augen. Du, Lenerl – meinst du, dass du mich auch ein kleines bisserl mögen kannst?«

Angesteckt durch seine fröhliche Art, fragt sie erheitert zurück: »Wie viel denn?«

»Bloß so viel.« Er deutet das Maß mit zwei Fingern an. »Mehr wird es dann von selber.«

»Weißt du das so genau?«

»Freilich, denn – auch du hast heute auf mich gewartet, Lenerl.«

»Ja, Toni«, flüstert sie voll ungekannter Seligkeit.

»Ich hab auch immer an dich denken müssen und ich glaub schon, dass ich dich mögen könnt. Aber ich weiß ja noch gar nicht, wer du bist und wo du herkommst.«

»Sechs Stunden weit bin ich hergekommen, bloß wegen dir. Und wer ich bin, willst du wissen? Ein Mensch, der über beide Ohren in dich verliebt ist. Reicht dir das?«

»Verliebt in mich?«, fragt sie. »Du hast mich lieb?«

»Noch keine hat mir auf den ersten Blick so gefallen wie du.«

Magdalena zieht die Brauen zusammen und schiebt seine Hand von ihrer Schulter fort.

»Noch keine sagst du? Wie vielen hast du schon das gleiche gesagt, Toni?«

Er nimmt sein Weinglas und trinkt, vergisst diesmal, mit ihr anzustoßen. Mürrisch stellt er das leere Glas zurück.

»Wenn du mir so kommst, dann schlucke ich lieber alles hinunter, was ich dir sagen möchte.«

»Nein, nein«, sagt sie schnell und sucht unterm Tisch nach seiner Hand. »So habe ich es nicht gemeint!«

Zum ersten Mal spürt sie den Schauer des Glückes über ihre Schultern rieseln. Ach, sie ist ja in solch arger Armut aufgewachsen und fühlt sich plötzlich so reich, weil sie einem Menschen etwas bedeutet. Es erfüllt sich alles so wunderbar. Tanzen, lachen und lieben hat sie wollen und nun hat sie gleich einen solch netten und schönen Menschen kennen gelernt.

»Ich möcht gern wieder tanzen, Toni«, sagt sie.

Sofort steht er auf und führt sie auf den Tanzboden. Sie tanzt nur noch mit ihm und es schmeichelt ihrer Eitelkeit, dass auch er keine andere zum Tanz auffordert. In ihrem Glück fällt ihr gar nicht auf, dass er hier fremd ist und niemand ihn kennt.

Die Tanzmusik ist noch nicht zu Ende, als sie beide den Saal verlassen. Die Nacht ist windstill und mild. Das Lichtnetz der Sterne überspannt den Himmel wie ein goldenes Gitterwerk. Arm in Arm gehen sie über die Moorwiesen, mitten durch das lärmende Konzert der Frösche. Dort, wo der Weißdornstrauch seine weißen Blüten im Sternenlicht matt aufglänzen lässt, setzen sie sich auf einen vom Wind umgerissenen Baumstamm.

Bis in die Tiefe ihres Wesens hinein von dem Neuen bewegt, lehnt Magdalena ihren Kopf gegen seine Schulter, schüchtern zwar, aber doch so, dass es für ihn wie eine Aufforderung ist, sie fester zu umarmen.

»Hast mich lieb, Lenerl?«

Sie nickt und kuschelt ihren Kopf noch tiefer in seine Armbeuge. Sein Herz hört sie schlagen und sie zählt die Schläge mit.

»Mich ganz allein, Lenerl?«

Da nimmt sie den Kopf zurück und schaut ihn groß an. »Man kann doch nicht zwei Menschen lieb haben.«

»Du nicht«, sagt er. »Nein, du nicht.«

»Was heißt, ich nicht? Kannst du es denn? Wirklich lieb haben kann man nur einmal. Was vorher war und nachher kommt, schmeckt wie eine Suppe ohne Salz.«

Die Uhr im Dorf schlägt Mitternacht. Mit dumpfem Klingen gehen die zwölf Töne über das Moor. Zugleich breitet sich über den Bergen ein fahler Schein. Der Mond geht gleich auf.

»Toni …«, flüstert Magdalena nach einer Weile.

»Ich kenne dich noch gar nicht lange und doch ist mir, als wärest du schon immer bei mir gewesen. Auf dich hab ich warten müssen. Und du darfst alles tun, Toni, bloß enttäuschen darfst du mich nicht. Ich fange jetzt an, an dich zu glauben, weil ich meinen möchte, dass der Weg über sechs Stunden nicht lohnt, wenn dir an mir nichts gelegen wäre. Nimm mir bitte diesen Glauben nicht, Toni.«

Ganz eigentümlich wird ihm unter ihren Worten zumute. Sie ist schwieriger, denkt er, als ich gedacht habe. Ein kleines Abenteuer hat er suchen wollen und nun greift doch etwas tief an sein Herz. Es ist so, dass er selber fühlt: Man dürfte sie eigentlich nicht enttäuschen.

»Lenerl«, zärtelt er und seine Hand stiehlt sich in ihren Nacken. »Lenerl, Lenerl, du kannst einem ordentlich warm machen ...«

Sein Mund trifft ihren Mund und sie küssen sich lange.

»Schau«, sagt er dann. »Jetzt kommt der Mond herauf. Da drüben, auf der anderen Seite vom Gebirg, bin ich daheim.«

»So weit weg?«

»Das macht nichts aus. Zu dir kann mir der Weg nicht zu weit sein.«

Magdalena merkt, wie ihre anfängliche Angst immer mehr schwindet. Jetzt geht es schon, dass sie von selbst ihre Arme um seinen Hals schlingt und ihn küsst.

Und wieder schlägt der Glockenton einer Stunde über das Moor. Vielleicht sind es auch zwei gewesen, die Zeit vergeht rasch und man merkt es nur, weil der Mond jetzt so hoch gestiegen ist.

Dann gehen sie durch den Wald, immer aufwärts,

bis sie zur Lichtung kommen, in der, vom Mondlicht beglänzt, die Hütte liegt.

»So weit oben wohnst du?«, staunt er. »So mitten im Wald? Aber schön ist es hier und – günstig.«

»Ja, ich glaube, es ist nirgendwo so schön wie hier. Und – wie sagst du? Günstig? Wieso günstig?«

»Ach, das war bloß so eine Redensart. Wann sehen wir uns wieder, Lenerl?«

Ja, wann durfte sie ihn wiedersehen? Es ist ja nicht jeden Tag Tanzmusik im Dorf. Und sie kann auch nicht sagen, dass er am nächsten Sonntagnachmittag kommen soll, denn es ist der Großvater da, der es nie dulden wird, dass sie einen Mann ins Haus einlädt. Sie muss ihn heimlich treffen und es freut sie, dass auch sie nun ein Geheimnis hat.

»Wenn der Mond wieder zunimmt, warte ich am ersten Samstag auf dich, Toni.«

»Wenn der Mond wieder –? Und wo wartest du, Lenerl?«

»Unten beim Moor, wo wir heute gewesen sind.«

»Gut, gut.« Mit einer raschen Bewegung fasst er sie, presst sie an sich, dass sie leise aufschreit, und rennt davon. Seine jagenden Schritte ersterben im weichen Moosboden. Nur einmal hört Magdalena einen dürren Ast knacken. Und wieder Stille.

Sie steht noch eine ganze Weile wie benommen, hört ihr Herz heftig schlagen und merkt, dass es ganz anders schlägt als sonst. Das ist das Glück, flüstert es in ihr, und ich werde jetzt nie mehr verlassen und einsam sein.

Als sie ganz leise die Hütte betritt, rührt sich der Großvater auf seinem Lager in der Ecke.

»Bist da?«, fragt er.

»Ja, Großvater. Und schön ist es gewesen.« Glücklich seufzend löst Magdalena die schweren Zöpfe, sie braucht kein Licht anzuzünden, der Mond erhellt den Raum mit seinem milden Licht.

Der Alte gibt keine Antwort mehr. Die Bettstelle knarrt unter der heftigen Wendung seines Körpers. Dann liegt er still. Magdalena streift die Schuhe von den Füßen und huscht in ihre Kammer.

Wie verzaubert geht Magdalena jetzt durch die Tage. Der Alte sagt nichts, obwohl er ihre Wandlung sofort bemerkt. Sie hat das Haar jetzt immer ordentlich aufgesteckt, geht nicht mehr barfuß und trägt bessere Kleider. Und immerzu ist ein Lächeln in ihrem Gesicht. Kajetan weiß genau, woher dieses Lächeln kommt, es kommt aus dem, was sie die Liebe nennt. Er aber bezeichnet es als die Macht des Bösen, als einen Irrtum des Herzens.

Doch es gibt keine großen Auftritte mehr zwischen ihnen. Kajetan ist auf einmal recht müde geworden. Die Spuren der letzten Schläge sind längst verwischt und es wird nie mehr ein blaues Mal auf Magdalenas Arm zu sehen sein, weil Kajetan es aufgegeben hat, zu schlagen, weil er einsieht, dass er die Gerte doch nicht mehr nach seinem Willen biegen kann, weil fast über Nacht ein junger Baum daraus geworden ist.

So begrüßt Magdalena nun jeden Tag mit einem freudigen Ja zum Leben, Kajetan aber sieht sein Leben bereits einmünden in die sechs Bretter eines Sarges. Er hat nicht Angst davor, nein, nur eine große Traurigkeit will ihn jedes Mal übermannen, wenn er daran denkt, dass Magdalena dann ganz allein zurückbleiben wird, wenn sie ihn im Fichtensarg zum Friedhof hinuntertragen werden, weil sie mit dem

Leichenwagen nicht durch den Hohlweg herauffahren können.

Magdalena ahnt von diesen Gedanken nichts, sie hat mit sich selber genug zu tun. Manchmal ist ihr Herz so übervoll von Glück, dass es überläuft. Und dann erzählt sie dem Großvater von dem Burschen, von dem sie weiter nichts weiß, als dass er Toni heißt. Ihre Phantasie dichtet ihm Eigenschaften an, von denen sie gar nicht weiß, ob er sie besitzt. Er ist ihr Märchenprinz, an den sie pausenlos denkt.

Kajetan hört sich alles geduldig an und wird sogar ein wenig froh dabei, weil sie ihm alles so offen und ehrlich erzählt. Ihre Mutter hat damals alles verschwiegen.

Nein, Magdalena verschweigt nichts, sie ist voller Mitteilungsbedürfnis.

»Dann habe ich ihn geküsst ...«, sagt sie. »Zuerst hab ich gemeint, ich fände es unangenehm, aber dann ...«

»Die Liebe ist immer ernst und schwer, so soll es wenigstens sein«, antwortet Kajetan.

»Und als du jung warst, Großvater? Wie war es da?«

»Nicht anders als heute. Die Liebe ist das Bleibende, ist der letzte, bindende Halt von der Ewigkeit her.«

Wenn Magdalena ihn so an seine eigene Jugend erinnert, wird es ihm erst recht bewusst, wie alt er schon ist. Aber Magdalena sieht es nicht und hat keine Ahnung, dass es ihn jeden Tag mehr Mühe kostet, sich von seinem harten Lager zu erheben. Er braucht schon seinen ganzen Willen dazu, weil er weiß, wenn er liegen bleibt, dass er dann nicht mehr wird aufstehen können. Und so geht er durch den Wald, den Rücken gekrümmt, mit müden Schritten, schon halb ein

Waldtier, das sich irgendein Gebüsch aussuchen will für den allerletzten Schlaf.

So gehen die Tage dahin und eines Morgens ist es so weit, dass er sich nicht mehr erheben kann. Magdalena erschrickt, als sie ihn so liegen sieht und sinkt vor dem Lager in die Knie.

Sein Atem geht schwer, er will die Hand heben und sie auf ihr Haar legen, doch müde fällt sie zurück auf die blau gewürfelte Bettdecke. Sonnenstrahlen huschen durch das Fenster und umschmeicheln die müde gewordenen Hände.

»Jetzt, mein ich, wird Feierabend, Magdalena ...«

Ihr Aufschluchzen dringt schon gar nicht mehr in ihn hinein. Er spürt nur noch ein großes Mitleid mit dem Mädel, das noch nicht fest genug im Leben steht. Trifft mich dabei eine Schuld?, fragt er sich. Habe ich sie nicht genug abgehärtet für dieses Leben, in dem sie nun bald ganz verloren dastehen wird? Ich habe dieses unterlassen und jenes nicht getan, fällt ihm ein. Aber ich habe sie geliebt, wenn ich es auch nie gezeigt habe! Das – mein Herrgott – musst du mir schon gutschreiben – dass ich sie immer sehr geliebt habe und vor allem Bösen behüten wollte.

»Großvater, kann ich dir helfen?«, wimmert sie.

Schwer rutscht seine Hand nun von ihrem Scheitel in den Nacken und sie sieht ihn an. Und da erschrickt sie abermals, denn sein Gesicht verändert sich jetzt doch jeden Moment. Es sieht jetzt aus wie ein Stein im Wald, auf den jahrelang der Regen niedergegangen ist. Nur die Augen brechen immer dunkler und banger aus diesem verwaschenen Steingesicht heraus.

Helfen will sie ihm. Aber ach, da gibt es nichts mehr zu helfen, das Herz schlägt nur noch müde und flach. Und weil er immer noch denken muss, dass er ihr zu wenig Rüstzeug fürs Leben mitgegeben hat, sucht er jetzt mühsam nach Worten, die sie festhalten und beherzigen soll.

»Wenn du jetzt allein bist, dann vergiss nicht, dass das rechte Leben immer klar und einfach ist. Was die Menschen manchmal daraus machen wollen, sind lauter Experimente. Und du sollst dich nie schämen, Magdalena, dass du in einer Waldhütte aufgewachsen bist. In einem Salon lebt es sich vielleicht besser, aber hier bist du immer der Erde nahe gewesen. Darum kann auch einmal ein Sturm über dich kommen und du wirst nicht so schnell zerbrechen wie eine Treibhauspflanze ...« Die Stimme versagt ihm wieder. Etwas Horchendes kommt in sein Gesicht. »Haben wir Ostwind?«, fragt er. »Ich höre doch Glocken läuten ...«

»Ja, Großvater, die Dorfglocken läuten. Morgen ist Sonntag.«

»Dann haben wir heute Samstag?«

»Ja, den ersten Samstag im zunehmenden Mond«, antwortet Magdalena und denkt, dass sie zu Toni gehen sollte. Aber sie kann doch den Großvater in seinen letzten Stunden nicht allein lassen.

»Ich habe es auch einmal weiterbringen wollen im Leben«, sagt Kajetan jetzt wieder. »Aber es gibt Menschen, die kommen nie ans Ziel.«

Die schweren Wellen des Glockenläutens verstummen nun. Der Wald rauscht wieder dumpf und schwer.

»Was die Männer betrifft, Magdalena, nimm dich in acht vor ihnen. Kommst du an den Unrechten, dann kannst du für den Rest deines Lebens unglücklich sein.«

»Großvater, der, den ich lieb habe, ist gut!«

»Das glaubst du, weil du alles mit den Augen der Verliebtheit siehst. Aber ich möchte es dir wünschen. Ach, Magdalena – so heiß ist mir, grad als wenn ich verbrennen müsste. Bring mir doch Huflattichblätter – die kühlen. Gleich auf der kleinen Lichtung oben wächst Huflattich.«

Magdalena steht auf, greift nach einem Henkelkorb und geht. Auf der Lichtung bleibt sie stehen und späht in den Wald hinunter. Ob er schon wartet? Es ist zwar noch nicht Nacht und der Mond hat noch keinen Schimmer.

Aber, denkt sie, während sie sich bückt und die saftigen dunkelgrünen Huflattichblätter in den Korb legt – bin ich denn allein? Wird der Toni nicht kommen und mich mit fortnehmen? Sicher wird er heute den Weg zur Hütte herauf suchen, wenn er mich bei der Bank unten nicht antrifft. Er muss es doch fühlen, dass nur etwas Zwingendes mich davon abhält.

Magdalena ist nicht lange aus, nicht einmal eine halbe Stunde. Aber als sie über die Hüttenschwelle tritt, weiß sie, dass in der Zwischenzeit jener große Unbekannt aus dem Jenseits hier gewesen ist.

Still liegt Kajetan da. Sein Atem ist verweht, eine Hand hat sich in seinen Bart verkrallt und es ist noch etwas Wärme unter der wächsernen Haut, als Magdalena diese Hand löst und sie mit der anderen zusammenfaltet.

Um die gleiche Stunde hat auf der anderen Seite des Gebirges – sechs Stunden Fußmarsch entfernt – Anton Bruckner mit seinem Vater eine heftige Auseinandersetzung, in der es darum geht, dass Toni nun auf einmal nicht mehr daran denkt, die Agnes Störauer, die einzige Tochter des Bauern in der Wies, zu heiraten.

»Ja, sag mal, was ist denn mit dir los? Seit vierzehn Tagen kommst du mir grad vor, als wenn du manchmal nicht mehr ganz beieinander wärst.« Die Stimme des alten Bruckner ist scharf und schneidend.

»Ja, genau vierzehn Tage werden es morgen«, antwortet Toni leise und lächelt dabei.

»Ich kenn mich schon aus! Da steckt ein anderes Weibsbild dahinter und du meinst, dass ich mich ganz einfach mit der Tatsache abzufinden habe?«

»Eigentlich«, meint der Toni, ohne sich aus der Ruhe bringen zu lassen, »eigentlich wär das schon meine Angelegenheit allein.«

»So, meinst du? Du hast jetzt die Agnes zwei Jahre im Glauben gelassen, dass du sie heiratest. Und jetzt auf einmal willst du einen Rückzieher machen?«

»Du weißt ganz genau, warum ich mich zu dem Handel herbeigelassen hab, Vater.«

»Handel, Handel!«, schreit der Alte, zornrot im Gesicht. »Wäre der Handel vielleicht schlecht? Wir sind dem Störauer zehntausend Mark schuldig. Die Schuld erlischt an dem Tag, an dem du die Agnes heiratest. So ist es ausgemacht und du warst die ganze Zeit damit einverstanden. Der alte Wieser ist jetzt gestorben, der Hof wartet auf den neuen Herrn. Und der Hof ist einer des besten im ganzen Tal. Stall und Stadel sind neu gebaut.«

»Dafür ist die Agnes schon ziemlich alt.«

»Jetzt auf einmal? Was sind zehn Jahre Unterschied, wenn man sich in einen Reichtum hineinsetzen kann und fürs ganze Leben alle Sorgen los ist!«

»Ja, sag mir's nur wieder recht schön vor. Wenn

du in einen Apfel hineinbeißt und er schmeckt dir nicht, dann lässt du ihn halt auch liegen und greifst nach einem besseren.«

»Ach so, jetzt verstehe ich dich!«, lacht der Bruckner grimmig. »Da hat mein Anton was Besseres gefunden, nachdem er jetzt schon zwei Jahre lang in den einen Apfel gebissen hat! Ich hab mir's ja gleich gedacht, dass ein Frauenzimmer dahintersteckt. Stellst du dich wenigstens besser mit ihr? Hat sie mehr als die Agnes?«

»Sie hat weniger als ich.« Der Toni lässt sich nicht aus der Ruhe bringen, mag der Vater sich noch so aufregen. Zudem hat er heute gerade einen Tag, an dem er zum Streiten aufgelegt ist. Der Bruckner starrt ihn zunächst eine ganze Weile ungläubig an.

»Dann hat sie also gar nichts, wenn sie noch weniger hat als du.«

»Aber hübsch ist sie und jung«, trotzt Toni.

»Ja und –? Was ist das schon? Ein Fretter bleibst du dein ganzes Leben lang. Von allen Dummheiten, die ich in meinem Leben gemacht hab, war es die größte, dass ich nicht anders geheiratet hab. Ich hätte auch in einen Hof einheiraten können, wäre Bauer gewesen und ein freier Mensch. Und so? Weißt es ja selber, wie es grad immer zum Leben hat reichen wollen, und wenn wir das andere Geschäft nicht noch betrieben hätten, wäre gar manches Mal die Schüssel leer auf dem Tisch gestanden.«

Toni weiß genau, dass der Vater Recht hat, und lange genug hat er sich auch als so eine Art Glückspilz betrachtet, weil er die reiche Störauer Agnes von der Wies heiraten wird. Auch das Geschäft, von dem der Vater vorhin gesprochen hat, reizt ihn nicht mehr. Bockbeinig antwortet er daher:

»Der Schwarzhandel müsst sowieso aufhören, wenn ich die Agnes wirklich heiraten sollte.«

»Heiraten wirst«, verbessert ihn der Alte und kratzt sich mit den Knöcheln der Hand das bärtige Kinn. »Dann brauchst du auch nicht mehr zu schmuggeln, weil du dann sowieso aus dem Vollen schöpfen kannst als Wieserbauer. Aber weil du es noch nicht bist, darum musst du dich heute bequemen und deinem Bruder bis zur Grenze entgegengehen.«

»Nein, heute kann ich nicht.«

»Was soll das heißen? Der Markus kommt genau um halb zwölf Uhr nachts bei der Maderschlucht über die Grenze mit fünf Stück Vieh. Drei davon kommen nach Büchl und zwei nach Eckwald zum Antretterbauer. Die drei Stück übernimmst du, die andern zwei bringt der Markus nach Eckwald. Ich halte euch den Rücken frei und gebe ein Leuchtzeichen bei der steinernen Bank, wenn Gefahr sein sollte. Ich glaube aber nicht, weil ich den Haider Wolfgang heute Abend beim Wirt gesehen hab. Er muss also heute frei haben und der Wolfgang ist der gefährlichste von den Grenzern. Also, ich bitt mir aus, Punkt elf Uhr bist du an der Grenze, verstanden?«

Der Toni macht zwar noch einen schwachen Versuch, sich aus der ganzen Sache herauszuhalten, aber der Vater hört ihn nicht mehr an und schlägt die Tür hinter sich zu. Noch nie ist Toni in solcher Bedrängnis gewesen wie jetzt. Es zieht ihn mit allen Fasern zur Magdalena, aber er weiß, dass er den Bruder nicht im Stich lassen darf. Er ist ein Glied in der Kette und darf nicht ausspringen, weil sonst der ganze Ring in der Luft hängt. Und da er einer der Wegkundigsten ist, ist er eine der stärksten Stützen in der Schmugglerbande, die dem Zoll und der Grenzpolizei seit Jahren schwer zu schaffen macht.

Lange überlegt er, ob er nicht Magdalena doch für einen kurzen Augenblick wenigstens noch treffen könnte, bloß um ihr zu sagen, dass er heute keine Zeit habe und dafür morgen komme. Aber er kann rechnen, wie er will, die Stunden reichen nicht aus dazu, er könnte dann höchstens um zwei Uhr früh zur Maderschlucht kommen.

Und so kommt es, dass um dieselbe Stunde, in der Magdalena in fassungslosem Schmerz vor dem toten Großvater kauert, der Bruckner Toni über den Jagersteig zur Maderschlucht pirscht, und als einmal unter seinem Fuß ein Stein sich lockert und polternd in die Tiefe saust, bleibt er erschrocken stehen und lauscht. Es hilft nichts, denkt er, ich muss meine Gedanken schon bei der Sache haben und darf sie nicht zu Magdalena wandern lassen, die am Rande einer Moorwiese auf mich wartet. Ist doch für die Grenzer jedes Geräusch in der Nacht verdächtig und der Toni weiß genau, wie alles beim Grenzschutz ineinandergreift, wenn einmal die Drähte spielen oder der drahtlose Funk, diese verdammte neumodische Einrichtung.

Je höher er aber kommt, desto weiter bleiben die Gedanken an Magdalena zurück. Der ganze Mann ist jetzt lauernde Gespanntheit. Jedes Geräusch im Bergwald jagt sein Blut auf. Ungeheuer wölbt sich der Himmel über ihm in seiner nächtlichen Pracht.

Als Toni bei der Maderschlucht ankommt, versinkt gerade die Mondsichel hinter den Westgipfeln. Unmittelbar darauf vernimmt er den Eulenruf, klagend und lang gezogen, dreimal hintereinander, und aus der Schwärze des Gewirrs aus Felsbrocken und niederen Knüppelföhren taucht eine dunkle Gruppe auf. Es ist der Bruder Markus mit dem über die Grenze geschmuggelten Vieh und zwei Helfern von drüben, die sich unmittelbar darauf wieder über die Grenze zurückschleichen.

Es ist zermürbend, dieses Warten auf einen geliebten Menschen. Magdalena wird unruhig und von Zweifeln gepackt. Der Großvater hat eine gähnende Leere hinterlassen und sie merkt erst jetzt, wie viel lebendige Wärme er verbreitet hat.

Bei dem Begräbnis sind überraschend viele Menschen gewesen und der Pfarrer hat wunderbare Worte von dem »getreuen Knecht« gesprochen, der die Wälder behütet habe, als hätte Gott selber sie ihm anvertraut. Die Gutsadministration hat im Auftrag des Barons von Kronstein einen mächtigen Kranz aus Latschen und Almrosen niederlegen lassen und man hat Magdalena die Hand gedrückt. Sie hat am offenen Grab nicht mehr weinen können. Dafür hat Adam Rossgotter um so hemmungsloser geweint und die Leute um das Grab herum haben erst dadurch erfahren, wie sehr der Briefträger dem Kajetan in Freundschaft verbunden war.

Jetzt aber lebt Magdalena ihre Tage sinnlos dahin. Der Mond wird voll und neigt sich wieder dem Neumond zu. Der Sommer verglüht allmählich. Magdalena aber wartet und wartet. Natürlich ist sie sich klar darüber, dass sie nicht ewig hier bleiben kann. Sie muss sich doch um eine Arbeit umsehen, als Magd zu irgendeinem Bauern gehen, denn etwas anderes hat sie nicht gelernt. Freilich, wegen des Geldverdienens allein wäre es nicht, denn der Großvater hat in seinem Bett eine alte Zigarrenschachtel, die mit Banknoten gefüllt ist, versteckt und für sie zurückgelassen. Er hat sie immer geheim gehalten und Magdalena begreift nicht ganz, warum er den Anschein der Armut so stur vor den Menschen, ja, sogar vor ihr aufrechterhalten hat.

Ja, sie wird wohl zu einem Bauern als Magd gehen. Aber sie hat Angst vor dem Fortgehen, Angst, dass sie den Toni dann verfehlen könne. Ihr Verstand sagt ihr manchmal Dinge, die sie nicht glauben will, weil ihr Herz eine andere Sprache spricht. Ihr Herz sagt, dass es einfach nicht sein kann und nicht sein darf. Wo wäre der Sinn ihres Lebens, wenn ihr erstes Verliebtsein schon ein Fehlschlag wäre?

So gehen die Tage hin. Immer wieder packt sie ihre Habseligkeiten zusammen, packt sie wieder aus und schenkt sich nochmals einen Tag hoffnungsvollen Wartens. Sie wird hohlwangig dabei und ihre Augen brennen in düsterer Traurigkeit.

Wenn sie ins Dorf muss, um Lebensmittel zu holen, rennt sie den weiten Weg hinunter und wieder herauf, vor lauter Angst, der Toni könnte sie während ihrer Abwesenheit aufsuchen. Nur einmal nimmt sie sich die Zeit und betritt die kleine Kapelle unten am Waldrand und klagt der Muttergottes ihre Not.

»Du weißt doch«, sagt Magdalena, »wie ich an ihn glaube. Lass mir doch diesen Glauben an meine Liebe und gib, dass er nicht zu einem Irrglauben wird …«

Nichts geschieht daraufhin, die Muttergottes neigt sich nicht nieder und streichelt der flehenden Magdalena auch nicht übers Haar, sie sagt auch kein Wort, sondern steht weiter in schweigender Schönheit, von einem himmelblauen Mantel umhüllt, in der steinernen Grotte.

Und doch ist Magdalena voller Vertrauen, dass sie nicht umsonst gebetet hat. Wie neu belebt fühlt sie sich, als sie wieder heraustritt und heimwärts geht. Nicht ein einziges Mal blickt sie auf, obwohl es zwischen den Bäumen schon ganz düster wird. Nur manchmal geht ein helles Leuchten über die Wipfel, dann grollt hinter dem Gebirge die Stimme des Donners.

Sie hat es nun nicht mehr weit, sieht schon die Hütte in der Lichtung vor sich und muss sich plötzlich an einen Baum lehnen, so sehr fährt ihr der Schreck in die Glieder. Vor lauter Glückseligkeit schließt sie die Augen. Inbrünstig bittet ihr Herz, dass es kein Trugbild sein möge.

Langsam öffnet sie die Augen wieder. Nein, es ist kein Trugbild. Dort, auf der Bank, sitzt der Toni. Jetzt steht er auf und geht ihr langsam entgegen.

»Lenerl ...«

Seine Stimme, seine geliebte, dunkle Stimme, die sie immerwährend im Ohr getragen hat und die sie bis in ihre tiefsten Träume hinein verfolgt hat! Im nächsten Augenblick liegt sie an seiner Brust. Vergessen sind die Tage des Bangens und Hoffens.

»Ich hab ja gewusst, Toni, dass du mich nicht vergisst«, flüstert sie, selig vor Freude. »Du darfst mir nicht bös sein, Toni, dass ich an jenem Samstag nicht hab kommen können. Der Großvater ist im Sterben gelegen und –«

»Ja«, sagt er. »Es macht doch nichts, Lenerl. Und was sagst du? Dein Großvater ist gestorben?«

»Ja, Toni, grade zu der Zeit, als ich dich hätte treffen sollen. Eines war mir so schwer wie das andere, das darfst du mir glauben, Toni. Hast du lang auf mich gewartet?«

»Es geht schon«, antwortet er ausweichend und zieht sie noch fester an sich. Er hätte ja nun leicht sagen können, dass er gar nicht gekommen ist. Es hätte ihr Gewissen sehr erleichtert. Aber er findet nicht den Mut dazu und lügt lieber: »So ein Stünderl umsonst gewartet zu haben, ist doch nicht so schlimm. Viel schlimmer wirst es du gehabt haben.«

»Das Warten auf dich ist viel schlimmer gewesen, Toni.«

»Und ich hab gemeint, du hättest mich längst vergessen.«

»Hast du das im Ernst geglaubt, Toni?«

»Weißt Lenerl«, weicht er ihrer Frage aus, »wir kennen uns doch nicht näher. Und es hätte doch sein können, dass du es bereut hättest.«

»Was bereut?«, fragt sie streng.

»Dass du mich lieb gehabt hast, mich, den du vorher nur einmal gesehen hast, von dem du nichts weißt und der vielleicht nur ein ganz armer Teufel ist.«

»Ich habe gar nichts zu bereuen«, sagt sie entschlossen.

In diesem Augenblick bricht der Sturm los. Der Wald brüllt auf beim ersten Anprall. Ein Blitz greift aus einer schwarzen Wolke und schlägt Feuer und Rauch aus dem dürren Gras der jenseitigen Kuppe. Der Atem vergeht ihnen fast bei dem Gebrüll des Donners. Gleichzeitig aber rauscht schwerer Regen aus den jagenden Wolken und erstickt das Feuer im Gras so schnell, wie es sich entzündet hat.

Hand in Hand rennen Magdalena und Toni auf die Hütte zu, müssen sich noch ein wenig unter das Vordach ducken, weil Magdalena den Schlüssel so lange nicht findet im Kittelsack. Endlich hat sie ihn, der Wind stößt ihnen die Tür auf. Der Toni schließt sie hinter sich mit einem Ruck und schiebt den hölzernen Querbalken vor.

Dann stehen sie in dem düsteren Raum und lachen sich an. Wie mit tausend Hämmern trommelt der Regen auf das Schindeldach und baut eine rauschende Wand um das Haus.

Scherzend rüttelt Toni das Mädchen an den Schultern. »Was tun wir denn jetzt, Lenerl, wenn der Regen nicht aufhört? Ich glaube, dann musst du mich bei dir behalten.«

Sanft macht sie sich von ihm los, geht zum Herd und legt etwas Reisig in die Schüre. Dabei sagt sie:

»Wenn es nach mir ginge, ließe ich dich überhaupt nicht mehr fort.«

»So gern hast mich?«, fragt er, hinter sie tretend.

Zuerst zündet sie noch das Feuer an. Dann richtet sie sich auf und schaut ihn an.

»Mehr als mein Leben. Und ich lebe gerne, Toni, das darfst du mir glauben.«

Weil sie nun beschäftigt ist mit Wasseraufsetzen, Kaffeemahlen und sonstigen Kleinigkeiten, tritt er ans Fenster und blickt in das Unwetter hinaus. So kann Magdalena nicht sehen, dass nachdenkliche Falten auf seiner Stirn stehen. Sie geht durch den Raum, als lenke das Glück ihre Schritte. Ihr Herz ist voller Freude.

Draußen biegen sich die Bäume im Sturm. Mit schmalen Augen schaut Toni in das Toben der Elemente. »Mehr als mein Leben …« hört er Magdalena wieder sagen. Es ist, als ob diese schlichten Worte ständig weitertönen. Dieses Geständnis beglückt und bedrückt ihn zugleich. Erst jetzt begreift er ganz, dass ihre Worte kein leeres Gerede sind. Er erkennt, dass dieses Mädchen ihm bedingungslos ihre Liebe schenkt. Und – er darf sie doch nicht nehmen, ihre Liebe, er darf doch dieses ehrliche Mädchen nicht enttäuschen. Er will es wenigstens nicht. Und als er so in den Regen hinausschaut, sieht er plötzlich das Gesicht der Agnes Störauer vor sich, jenes ausdruckslose, farblose, ins Gelbliche schimmernde Gesicht mit der spitzen Nase und den kleinen, misstrauischen Augen. Falten hat sie schon um die Schläfen und der Mund ist dünnlippig und ohne jeden Schwung. Hinter ihr aber steht das reiche Erbe, der große Hof in der Wies mit Feldern und Wäldern, die es schon wert sein könnten, eine ungeliebte Frau zu heiraten.

Da ist dann auch der Vater mit seiner schonungslosen Philosophie, dass es sich weit besser auf harten Talern liege als im Strohsack neben einer blühenden Schönheit, mit der es oft im ersten Kindbett vorbei sein kann. Freilich, wenn er bedenkt, wie der Vater sich seiner Lebtag hat abrackern müssen mit den paar steinigen Äckern, wie es oft nur zu einer dünnen Wassersuppe gereicht hat, weil jeder Tropfen Milch zur Sammelstelle hat gebracht werden müssen, damit es sich am Auszahlungstag doch einigermaßen gelohnt hat, die Hand aufzuhalten. Besser ist es erst geworden, als der Vater begonnen hat, Vieh schwarz über die Grenze zu handeln. Aber dann ist er einmal mit einem Dutzend Kühen ertappt worden und hat sich selber nur unter größter Lebensgefahr in Sicherheit bringen können. Für den Schaden aber musste er aufkommen. Der kleine Hof wäre draufgegangen, hätte der Störauer von der Wies ihm nicht die zehntausend Mark zinslos vorgestreckt. Daraus ist freilich eine Bindung geworden, aus der er, der Toni, sich jetzt lösen möchte.

Von hinten legen sich zwei Arme um seinen Hals. Wie einen heißen Strom spürt er diese Berührung. Nein, er bleibt nicht unberührt von Magdalenas strahlender Jugend.

»Komm jetzt, Toni«, sagt Magdalena und wendet seinen Kopf zurück. Der Tisch ist gedeckt. So viel Geschmack hätte er ihr gar nicht zugetraut. Sogar ein Blumenstrauß steht zwischen den zwei Tassen und der geblümten Kanne. Wohlige Wärme ist im Raum, eine ruhige Behaglichkeit. Ganz anheimelnd berührt es den Mann. Er zieht seine Jacke aus und will ihr damit zeigen, dass er ganz daheim sein möchte in ihrem kleinen Reich.

Magdalena ist zu befangen, um dem Mann sagen zu können, wie sehr sie sich die ganze Zeit nach ihm gesehnt hatte. Aber er muss es doch fühlen, durch alles, was sie tut. Sieh, nicht einmal den Kaffee kann sie ihm einschenken, ohne dass sie ihm dabei über die Hand streicht. Aber weil er diese Hand dann einfängt und sie an seine Wange legt, wächst ihr so viel Mut zu, dass sie plötzlich die Frage heraussprudelt: »Sag, Toni, werden wir schon bald heiraten?«

Kaum merklich zuckt er zusammen, weicht ihrem Blick aus und fasst sich erst nach einer Weile.

»Ich bin vielleicht nicht das, was du denkst«, spricht er langsam und zögernd. »Keine gute Partie oder so was.«

Lächelnd lehnt sie ihren Kopf an seine Schulter. »Hab ich denn von einer guten Partie etwas gesagt, Toni?«

»Das nicht, aber –«

»Du könntest gar nicht so arm sein, dass ich dich nicht lieben würde«, unterbricht sie ihn schnell. »Ich weiß ja so gar nichts von dir. Wo bist du denn eigentlich daheim, Toni? Schau, ich hätte dich gar nicht einmal suchen können, wenn mich das Heimweh nach dir dazu getrieben hätte.«

Immer peinlicher wird ihm das Gespräch.

»Hab ich dir das noch nicht gesagt?«, fragt er. »Drüben im anderen Tal bin ich daheim. Unser Hof ist winzig klein, zwei Kühe stehen bloß im Stall und den wird mein Bruder Markus einmal haben. Ich treibe so einen kleinen Viehhandel. Muss halt sehen, wie ich mich durchschlage.«

Da geht ein Lächeln über Magdalenas Gesicht. Sie steht auf, holt die Zigarrenschachtel und stellt sie vor ihn hin.

»Was soll ich denn damit?«, fragt er.

»Schau nur einmal nach. Sollst sehen, Toni, dass ich nicht mit ganz leeren Händen zu dir komme. Zweitausend Mark sind es, vom Großvater hinterlassen. Die anderen zweihundert Mark sind von mir. Meinst du, dass man da ein kleines Gütl davon kaufen könnte? Oder pachten, weißt du. Irgendetwas müssen wir doch damit anfangen können. Wenn wir auch klein und arm anfangen müssen, Toni, mir macht das nichts aus, ich bin es so gewohnt, hab nie aus dem Vollen schöpfen können. Und dann – wir sind ja beide noch so jung und können arbeiten für unser Glück.«

»Für unser Glück«, spricht er langsam nach, und eine Falte des Nachdenkens steht wieder auf seiner Stirn. »Was ist eigentlich Glück?«, fragt er nach einer Weile.

»Was Glück ist? Ach, Toni, ich habe so merkwürdige Vorstellungen davon. Soll ich dir's sagen?«

»Das interessiert mich tatsächlich.«

»Ich habe doch gerade von einem kleinen Bauernhof gesprochen, Toni. Wenn zuerst auch bloß zwei

Kühe da wären, in einem Jahr könnten es vier sein, wenn wir uns umtun. Ich kenne es nicht anders, als dass der Tag ums Grauwerden beginnt und mit der Dunkelheit endet. Das sind im Sommer gute siebzehn Stunden. In siebzehn Stunden können zwei Hände viel schaffen. Der Großvater hat immer gesagt: sieben Stunden Schlaf langen. Wenn wir dann drei oder vier Jahre so gewerkelt haben, kaufen wir uns was Größeres, damit unsere Kinder es einmal leichter haben.«

»Kinder ...«, spricht er leise vor sich hin und ein ganz weiches Lächeln spielt um seinen Mund.

»Ja, Kinder!«, jauchzt es förmlich aus ihr heraus. »Seit ich aus der Schule bin, hab ich mir nichts so sehr gewünscht wie ein Kind. Etwas, das man so richtig herzen und lieben kann, das einem gehört und das einem niemand nehmen kann. Ich weiß schon, dass Kinder auch Sorgen machen. Aber Sorgen gehören zum Leben, genauso wie der Wille zum Vorwärtskommen. Aber man erlebt auch viel Freude mit Kindern, sie überbrücken so vieles und man weiß wenigstens, warum man arbeitet und lebt. Wenn ich einmal verheiratet bin, dann will ich – soll ich es sagen, Toni?«

Er nickt lächelnd in ihre Augen hinein.

»Vier Kinder habe ich mir immer gewünscht. Zwei Mädel und zwei Buben.«

»Bei uns waren zwei schon mehr als genug«, antwortet er und schließt die Zigarrenschachtel wieder. Zweitausend Mark sind es, denkt er.

Zweitausend und zweihundert Mark und solche Pläne! Die Agnes in der Wies hat mindestens hundertmal so viel. Aber sie hat noch nie von Kindern gesprochen.

»Es wird schon alles recht werden, gelt, Toni«, sagt jetzt das Mädchen und schlägt damit unbewusst einen Ton an, der ihn aus seinem Nachdenken befreit. Von jeher hat er sich in den heikelsten Lagen damit abgefunden, dass es schon wieder recht werden wird.

»Ja, ja«, lacht er und zieht sie fester an sich.

Und immer noch steht der Regen als brausende Melodie über dem Wald. Die Stunden vergehen wie im Flug. Es wird dämmrig in der kleinen Stube, es wird Nacht. Aber als Magdalena die Lampe anzünden will, wehrt er lachend ab.

»Wir brauchen doch kein Licht, Lenerl!«

Fremd pocht das Blut in ihren Adern. So nahe ist sie seinem Herzschlag. Immer freier wird sie und immer fester klammert sie sich an ihn in dem Bewusstsein, dass dieser Mensch ihr ganz allein gehört. Sie darf die Arme um ihn legen und niemand kann kommen und sagen, dass dies nicht erlaubt sei. Sie darf ihre ganze Zärtlichkeit an ihn verschenken und niemand geht das etwas an. Genau das ist es, was sie sich immer erträumt hat. Nun erfüllt es sich in dieser wunderbaren Weise. Ihre Wangen glühen vor Zukunftsfreude, ihr Mund plappert unaufhörlich. Sie ist ganz ohne Misstrauen und ihr Herz ist weit aufgeschlagen wie ein Buch, darin der Mann hätte lesen können, wie grenzenlos sie ihm vertraut. Er hätte daraus auch ersehen können, dass sie vorher noch niemals einem Mann nah gewesen ist. Die Seiten des Buches sind leer, jetzt erst beginnt das erste, große Kapitel ihres Lebens und Liebens.

Natürlich bleibt der Toni davon nicht unberührt, er ist ganz benommen von so viel stürmischer Zärtlichkeit. Und das, was vorhin seine Stirn noch gedankenschwer umnebelt hat, das versinkt lautlos. Nur diese beglückende Gegenwart will er sehen.

Der Regen rauscht weiter, die Nacht steht rabenschwarz um das Haus und um die Fenster singt der Wind.

Drei Tage darauf kommt er mit Einbruch der Dämmerung wieder und führt eine hochträchtige Kuh an einem Strick hinter sich her. Woher er kommt, sagt er nicht, wohin er die Kuh führen muss, verrät er ihr. Eine gute Stunde hätte er noch zu gehen, zum Killerhof. Er tut so, als ob er gleich weiter müsse und zuckt bedauernd die Schultern zu Magdalenas traurigem Gesicht.

»Du kannst doch die Kuh bei mir in den Schuppen bringen«, meint sie nach einigem Nachdenken.

»Ja? Meinst du?«, fragt er, obwohl er damit gerechnet hat.

»Das geht schon«, lächelt sie, nimmt ihm den Strick aus der Hand, führt die Kuh in den Schuppen und wirft ihr Heu vor. Zufrieden nickt der Toni vor sich hin und zündet sich seine kurze Pfeife an. Es geht alles nach Wunsch, genauso, wie er es sich ausgedacht hat.

Danach sitzen sie beide in der Stube. Es ist, wie es das letzte Mal war und wie es jetzt immer sein wird. Stunden voller Zärtlichkeit und Liebe. Niemand zählt sie. Erst als die kleine Kuckucksuhr die zweite Stunde nach Mitternacht verkündet, meint er erschrocken, dass er sich nun doch lange bei ihr aufgehalten habe. Nun müsse er mit der Kuh noch bis zum Killerhof und dann noch den ganzen weiten Weg über das Gebirge zurückgehen.

»Wenn ich bei dir bin, dann vergesse ich einfach alles«, sagt er.

»Tut dir das Leid, Toni?«

»Ach geh, was denkst du denn! Ich gäb viel darum, Magdalena, wenn ich dir schon früher begegnet wäre.«

»Das macht doch nichts, Toni. Für das richtige Glück ist es nie zu spät.«

Toni schweigt.

»Geht es denn nicht«, meint Magdalena und streicht ihm zärtlich über die Stirn, »geht es denn nicht, Toni, dass ich die Kuh zum Killerhof bringe?«

Er zuckt zusammen und sagt schnell: »Das kann ich nicht annehmen. Du kommst vielleicht gar nicht zurecht mit der Kuh.«

»Aber ich tät dir den Weg wirklich gerne abnehmen, Toni.«

»Ich kann dich doch nicht bei der Dunkelheit durch den Wald gehen lassen. Und die Kuh müsste bei Tagesanbruch dort sein.«

»Du traust mir aber wenig zu, Toni.«

»Nein, das nicht. Hab ich dir nicht schon einmal gesagt, dass du tapfer bist? Also gut – nimm es auf dich. Gib aber acht auf den Weg und so.«

»Es wird sich niemand im Wald so gut auskennen wie ich, Toni. Und ich werde schon alles zu deiner Zufriedenheit erledigen. Schau, es freut mich doch so, wenn ich etwas für dich tun kann. Hast du die Kuh an den Killer verkauft?«

»Was meinst du? Ach so, ja natürlich. Und ich sag dir halt recht schönen Dank, Magdalena, dass du mir den Weg abnehmen willst. Du brauchst am Killerhof bloß sagen, einen schönen Gruß vom Toni. Ich komme dann schon gelegentlich selber einmal vorbei bei ihm.«

Es rührt sie, dass er auf eine so unbeholfene Art dankbar ist wegen einer solchen Kleinigkeit. Wahrscheinlich hat er keine Ahnung, dass sie ganz anderer Opfer für ihn fähig wäre. Für sie gilt die Auffassung, dass in der Liebe überhaupt kein Opfer zu groß sein darf.

Als die Uhr sich leise räuspert und gleich darauf wieder eine abgelaufene Stunde verkündet, erhebt sich Toni mit einem Seufzer und streckt gähnend die Arme, wie einer, den die Arbeit ruft.

»Jetzt muss ich mich aber auf die Füße machen«, sagt er und schlüpft in seine Schuhe. »Dann kann ich mich also auf dich verlassen, Lenerl?«

»Ganz und gar, Toni. Wann kommst du wieder?«

»Weiß noch nicht genau. Vielleicht heute Abend schon oder morgen.«

Magdalena streckt die Hand aus und zieht seinen Kopf nochmals zu sich nieder.

»Sag, Toni, denkst du auch so viel an mich wie ich an dich?«

»Ach, Lenerl«, flüstert er und es hört sich ganz traurig an. »Manchmal möcht ich die ganzen Jahre zurückdrehen und ein neues Leben anfangen. Und in diesem Leben dürft nichts anderes stehn als du, Lenerl.«

»Unser Leben wird so sein, Toni, wie wir es in die Hand nehmen und aufbauen. Manchmal kommt es mir vor, als ob du zu sehr im Vergangenen wurzelst. Lass doch das, was war, und denk nur an unsere Zukunft. Wenn du heute Abend kommst oder morgen, dann wollen wir einmal ganz genau darüber reden. Du kommst doch bei deinem Viehhandel weit herum, Toni. Horch ein bissl rum und frag, wo so ein kleiner Hof zu kaufen oder zu pachten wär. Oder wenn du meinst, dann mach ich mich einmal auf den Weg und such, bis ich etwas für uns finde.«

Ihre Worte müssten ihn eigentlich beschwingen und aufheitern. Aber er wird nur traurig dabei, er schweigt sich aus und küsst ihre Stirn. Dann geht er.

Magdalena horcht auf seinen Schritt, der sich gleich darauf schon verliert, und folgt ihm mit ihren Gedanken durch den nachtdunklen Wald. Ganz still liegt sie da, hört einen Tannenzapfen auf das Dach fallen und wundert sich, dass außer dem Schlag ihres Herzens noch ein anderer Laut aus der Nacht aufsteigen kann.

Eine Stunde später kleidet Magdalena sich an und holt die Kuh aus dem Schuppen. Über den schwarzen Wipfeln des Waldes zeichnet sich kaum merklich die erste Morgenröte ab und die Sterne fangen an zu erblassen. Als Magdalena mit der Kuh über die kleine Lichtung zieht, sieht sie für einen Augenblick das volle Morgenrot über den Bergen aufflammen, ehe sie mit dem Tier wieder in der Schwärze des Waldes verschwindet.

Magdalena kommt mit der Kuh nie am Killerhof an, denn als sie nach fast drei Viertelstunden den Wald verlässt und über einen schmalen Wiesenweg zum Killerhof hinunter will, stehen auf einmal zwei Zöllner vor ihr und erklären ihr, dass die Kuh über die nahe Grenze geschmuggelt worden sei.

Im ersten Augenblick empfindet sie einen heftigen Schrecken, und da ihr die Kunst des Verstellens nicht gegeben ist, merken die beiden Zöllner dies sofort und sehen sich bedeutungsvoll an. Aber im nächsten Augenblick beginnt das Mädchen sich leidenschaftlich gegen diese Beschuldigung zu wehren, begreift aber dann plötzlich, dass sie auf keine Frage mehr antworten darf, dass sie keinen Namen nennen kann und überhaupt schweigen muss. Sie schweigt auch dann, als man ihr auf den Kopf zusagt, dass sie selber es gewesen sei, die das Tier über die Grenze gebracht habe.

»So«, sagt der eine Zöllner lächelnd, »und nun führe deine Kuh hin, wo du sie hast hinbringen wollen.«

Da wirft Magdalena ihm den Strick vor die Füße, dreht sich um und geht zurück in ihre Hütte. Eigentlich wundert es sie, dass man ihr nicht nachläuft, und als sie einmal zurückblickt, sieht sie, dass der eine Zöllner den Strick genommen hat und der andere geduldig nachtreibt. Jetzt erst bekommt sie Angst, nicht wegen der Zöllner oder vor dem, was man ihr vorwirft, sondern vor dem Toni. Was muss er bloß von ihr denken, wenn sie seinen Auftrag so schlecht ausführt. Mit vollem Recht wird er ihr den Vorwurf machen, dass man sich auf sie nicht verlassen könne. Ganz wirr wird ihr im Kopf, sie bringt alles durcheinander und weiß auf einmal gar nicht mehr, warum sie nicht gleich die Wahrheit gesagt hat. Die Kuh hat am Abend der Toni gebracht, und weil es schon zu spät war, darum hat sie heute früh das Tier zum Killerhof bringen wollen. Aus reinem Instinkt heraus hat sie plötzlich das Gefühl gehabt, dass sie nichts sagen dürfe, und inbrünstig hofft sie, dass Toni am Abend kommen möge, damit sie die Wahrheit erfährt.

Zuvor aber kommen am Nachmittag noch die beiden Zöllner vorbei und versuchen, sie in ein scharfes Verhör zu nehmen. Sie beweisen ihr nun klipp und klar, dass die Kuh schwarz gehandelt worden ist. Und gerade weil sie das so zwingend beweisen können, schweigt Magdalena noch beharrlicher als in der Frühe. Sie weiß einfach von gar nichts. Die Kuh sei bei ihr im Stall gestanden, ja, und weil sie damit nichts anfangen kann, habe sie dieselbe einfach irgendwo hinbringen wollen. Nein, auf keinen bestimmten Platz, nur auf irgendeine Weide hätte sie das Tier gebracht, weiter gar nichts.

Die Zöllner lächeln ungläubig, aber sie schreiben alles auf, fragen nach Namen und Geburtsdatum und durchsuchen anschließend das ganze Haus.

Toni kommt erst zwei Tage später. Diesmal ist es ein Sonntag und er erscheint bereits am Nachmittag.

Klopfenden Herzens hat Magdalena auf ihn gewartet, aber als sie ihn jetzt aus dem Wald kommen sieht, hat sie nicht den Mut, ihm entgegenzulaufen. Sie weiß nicht, dass er bereits genau unterrichtet ist.

Lächelnd tritt er auf sie zu und reicht ihr die Hand. »Grüß dich, Lenerl. Warum schaust mich denn so an?«

Sie wirft die Arme um seinen Hals und beginnt zu weinen. Geduldig lässt er sie gewähren, klopft ihr beruhigend den Rücken und fragt in aller Freundlichkeit:

»Geh, Lenerl, was ist denn los?«

»Schimpf mich nicht aus, Toni«, bettelt sie. »Mir ist was Dummes passiert.«

Langsam schiebt er sie von sich und sieht sie an. »Was denn, Lenerl?«

»Komm mit mir in die Hütte, Toni, ich muss dir alles genau und der Reihe nach erzählen.«

Nichts in seinem Gesicht verrät etwas von der Spannung, die er empfindet. Er spürt nur, wie ihre Hand in der seinen zittert, und folgt ihr in die Hütte. Aufmerksam hört er ihr dann zu, unterbricht sie ein paarmal mit einer Frage, nickt dann anerkennend und streichelt ihre Hand. Nur als sie ihm erzählt, dass die

Zöllner auch in der Hütte gewesen seien und alles durchsucht hätten, runzelt er die Brauen.

»So eine Frechheit! Was können sie bei dir schon finden?«

»Jedenfalls haben sie festgestellt, dass die Kuh bei mir im Schuppen gestanden hat. Und das Geld, die zweitausend Mark vom Großvater, da sagten sie, das hätte ich mir durch den Schwarzhandel verdient.«

Entrüstet schlägt er sich auf die Schenkel.

»So eine Narretei. Du hast doch auch den Brief vom Großvater, wo er schwarz auf weiß niederschreibt, dass er dir das Geld hinterlässt.«

»Ja, aber den hätte ich selbst geschrieben, sagten sie.«

»Herrgott, da hätte ich dasein sollen! Denen hätte ich was anderes gesagt«, empörte er sich. Dann starrt er nachdenklich vor sich hin, hebt plötzlich den Kopf.

»Hast du irgendeinen Namen genannt?«

»Keinen einzigen, Toni.«

»Na siehst du, ich habe ja gewusst, dass ich mich auf dich verlassen kann.« Er wird zärtlicher denn je, lobt sie über den Schellenkönig und rüttelt sie an den Schultern. »Du bist halt eine, wie man sie selten findet. Auf dich kann man sich verlassen! Und wegen der Geschichte musst du dir keine grauen Haare wachsen lassen. Es wird keine Suppe so heiß gegessen, wie sie gekocht wird.« Er lacht zwischenhinein und küsst sie. »Das hast ja ganz gut gemacht, Lenerl. Die Kuh ist einfach bei dir im Stall gestanden, kein Mensch kann wissen, wer sie hineingestellt hat. Siehst, auf so eine schlaue Ausrede wäre ich gar nicht gekommen.«

Er ist ein wunderbar starker Mann, wenn er so fließend spricht und seine Worte mit den Händen unterstreicht. Immerzu muss sie ihn ansehen. Erst viel später fragt sie:

»Aber sag einmal, Toni, ist denn die Kuh wirklich über die Grenze gekommen?«

In Unbehagen bewegt er die Schultern und sucht umständlich in seinen Taschen nach der Pfeife. Endlich findet er sie und zündet sie an. »Na ja, weißt, Herzerl, hin und wieder bring ich halt so ein Stückl über die Grenze. Ist ja viel billiger drüben und man kann ein schönes Stückl Geld damit verdienen. Und grad weil du mir das von dem Bauernhof so schön vorgemacht hast, grad deswegen hab ich mir gedacht, ich muss auch ein bissl was dazubringen. Leider ist es dieses Mal nicht gut gegangen. Macht aber nichts. Die Hauptsache ist immer, dass du keinen Namen genannt hast.«

»Ich hab so viel Angst gehabt, Toni, ich hätte was falsch gemacht.«

»Warum denn? Du kannst ja nichts dafür.«

»Nein, Toni, ich kann wirklich nichts dafür. Aber was wird dann jetzt weiter noch sein, Toni?«

»Tja, das weiß ich im Augenblick auch nicht. Das müssen wir halt abwarten. Kann sein, dass du vors Gericht musst. Siehst, Herzerl, das tut mir jetzt so Leid, dass ich dir die Suppe eingebrockt hab, und ich könnte mir alle Haare ausreißen, dass ich dich damit beauftragt habe. Na ja –«, mächtig zieht er an seiner Pfeife und wölkt sein Gesicht damit ein. »Es wird dir dann halt nichts anderes übrig bleiben, als dass du die Wahrheit sagst vor Gericht. Muss ich halt ein paar Wochen ins Gefängnis.«

Bei dem Wort »Gericht« ist Magdalena zusammengezuckt. Das ist ja furchtbar, denkt sie. Aber sofort weiß sie, was sie antworten muss.

»Nein, nein, Toni, das kommt gar nicht in Frage. Glaubst du denn, dass ich dich jemals verraten würde?« Sie springt auf, geht ein paarmal auf und ab, die Hände an die hämmernden Schläfen gepresst. »Denkst du, dass es recht schlimm werden wird, Toni?«

»Was meinst du, was schlimm werden wird?«

»Das Gefängnis, meine ich.«

»Ach, woher denn. Das hört sich bloß im ersten Augenblick ein bisschen schrecklich an.«

Ganz groß schaut sie ihn an. »Warst du denn schon drinnen, Toni?«

»Wer, ich? Wie kommst du denn darauf. Ich denke mir bloß, dass es zum Aushalten sein wird. Was man so hört, hat man dort sein regelmäßiges Essen und seine Schlafstatt und braucht nicht viel arbeiten. Aber damit brauchst du dich gar nicht befassen. So ein großes Opfer könnte ich niemals annehmen von dir.«

»Warum nicht?«, fragt sie hell und hart. »Du liebst mich und da sollte ich nicht etwas Wichtiges für dich tun? Was wäre dann meine Liebe wert, wenn sie beim geringsten Anlass schon wegfallen kann wie Herbstlaub im Wind? Nein, Toni. Ich habe es auf mich genommen und werde es bei mir behalten. Wer A sagt, muss auch B sagen. Du darfst mich nur nicht vergessen, Toni, in der Zwischenzeit, wenn sie mich einsperren. Weißt du, den Glauben an dich, den muss ich haben, sonst könnte ich es schließlich nicht aushalten.«

Toni hat plötzlich die Pfeife weggelegt und die Hände ineinander verkrampft. Tief hält er den Kopf gesenkt, als suche er etwas am Boden oder wolle sein Gesicht verstecken, damit das Mädchen nicht sieht, wie ihm das Blut ins Gesicht gefahren ist bei ihren

Worten. Er schrickt förmlich zusammen, als sie jetzt die Hand auf seine Schulter legt und mit weicher Stimme sagt:

»Also, Toni, dann machen wir es so, nicht wahr?«

»Wie meinst du?«

»Dass ich für dich ins Gefängnis gehe.«

Wortlos presst er sein Gesicht in ihre Hand. Vielleicht ist er wirklich gerührt von der stillen und einfachen Größe, mit der sie bereit ist, ihm ein Opfer zu bringen. Und weil er glaubt, dass er ihr dafür doch etwas Gutes sagen müsse, versucht er, der ganzen Angelegenheit den Stempel der Geringfügigkeit aufzudrücken. »Unter den Umständen«, sagt er, »schaut für dich überhaupt gar nichts heraus. Sie können dir nichts beweisen und müssen dich eben dann aus Mangel an Beweisen freisprechen.«

»Vielleicht«, antwortet Magdalena. »Ich will es hoffen. Aber in Zukunft, Toni, lassen wir das bleiben, nicht wahr? Es ist Unrecht, sonst wären die Zöllner nicht dahinter her gewesen. Und alles Unrecht rächt sich einmal.«

»Was heißt da Unrecht, Lenerl. Niemand ist geschädigt dabei als der Staat. Der Staat aber schädigt uns viel mehr. Für den Staat müssen wir Steuern zahlen, und wenn es ihm passt, muss man für ihn in den Krieg ziehen, und niemand darf dann sagen, dass das Unrecht wäre.«

»Ich verstehe davon zu wenig, Toni. Und ich möchte dich auch nicht verärgern. Nur – in Zukunft –«

»Ja, ja, in Zukunft«, sagt er und schließt dabei die Augen.

Ach, wenn dieses Mädchen um seine Zukunft wüsste. Einmal ist sie gradlinig und mit gefestigten Grenzen vor ihm gelegen. Nun, seit Magdalena in sein

Leben getreten ist, hat sich alles ein wenig verschoben. Ein kleines Abenteuer hat er suchen wollen und nun ist viel mehr daraus geworden. Er hat sein Herz an Magdalena verloren und die andere ganz daraus fortgeschoben. Und dieses Fortschieben der Agnes Störauer ist gar nicht einmal schwer gewesen, weil er sie nie richtig geliebt hat. Nur ihr Reichtum, ihr großer Hof sind es gewesen, die ihm die Bilder einer glücklichen Zukunft vorgegaukelt haben. Und wenn er jetzt bei ihr ist, wird sein Herz so kalt wie ein Stein unterm Moos, und wenn sie mit dem Recht, das sie an ihm zu haben glaubt, herrisch ihn zu küssen fordert, dann läuft es ihm dabei kalt über die Schultern. Es ist eine Liebe, bei der ihn friert. Bei Magdalena aber ist er wie in Flammen gehüllt. Und je tiefer er sich in Magdalenas Liebe verliert, desto mehr wächst die Schuld in ihm und der Mut, den er am Anfang noch gehabt hat, wird immer kleiner. Jetzt graut ihm schon bei dem Gedanken, dass er sich ihr einmal offenbaren muss. Wenn er in ihre guten Augen schaut, überkommt ihn ein grenzenloser Jammer, weil es ihm selber weh tut, sie eines Tages enttäuschen zu müssen.

Ihre abgearbeiteten Hände umschließen noch immer sein Gesicht. Ich werde es ihr nie sagen können, denkt er verzweifelt. Ja, wenn sie ihm einen Anlass dazu geben würde, wäre es viel leichter. Aber damit darf er nicht rechnen. Magdalena wird nie einen anderen ansehen. Für sie gibt es nur eine Liebe und einen Menschen und das ist er. So viel blindes Vertrauen ist ihm noch von niemandem entgegengebracht worden. Agnes Störauer ist immer misstrauisch, bohrt mit ihren Fragen in ihn hinein wie Leute, die sich ihres Sieges niemals ganz sicher sind. Das Verhältnis zu ihr hat sich in letzter Zeit so gestaltet, dass er immer meint, er habe Magdalena im Arm, es seien Magdalenas Hände, die ihn streicheln, und es sei Magdalenas Mund, der ihn küsst.

Gleich am Anfang hat er gedacht, er wird es Agnes sagen, dass sie darüber nicht traurig zu sein brauche, weil sie mit ihrem Reichtum jederzeit einen anderen haben könne. Aber die zwei Jahre sind doch nicht ganz so bedeutungslos gewesen in seinem wie in ihrem Leben. Wenn man zwei Jahre miteinander geht, weiß man schon zu viel voneinander und eine Trennung sieht wie ein Rückzug vor einem Feind aus, der gar nicht vorhanden ist.

Gleich am Anfang aber hat er auch gedacht, dass er es Magdalena würde sagen können, dass er schon an eine andere gebunden ist und dass ihr darüber das Herz nicht brechen solle, weil sie mit ihrer Schönheit und Jugend leicht einen anderen finden könne, der ihrer würdiger sei als er.

Da und dort aber hat er geschwiegen und dieses Schweigen hat ihn nun in eine Situation gebracht, aus der es keinen Ausweg mehr gibt. Zu einem ehrlichen Bekenntnis, da oder dort, würde eine wirklich mannhafte Haltung gehören, ein verwegener Mut, an dem es ihm mangelt. Er redet um den heißen Brei herum, ohne die Wirklichkeit zu streifen.

So erzählt er ihr jetzt, wie es von jeher sein schönster Traum gewesen sei, selbst einmal Herr auf eigenem Grund zu sein, einen Bauernhof zu haben mit einem Stall voll Vieh und allem, was dazu gehört. Ganz absichtlich hat er dieses Thema aufgegriffen, in der Berechnung, dass Magdalena vielleicht einsehen möchte, dass man einen solch schönen Traum nicht zerbrechen darf.

Das hat Magdalena auch gar nicht im Sinn. Im

Gegenteil, sie ist begeistert von seinem Traum, sie träumt ihn mit. »Schön ist das!«, ruft sie und streckt ihre starken Arme. »Das ist doch gerade das, was ich auch will, Toni! Du weißt doch, ich habe dir doch schon davon erzählt. Mich schreckt gar nichts zurück, kein noch so schwerer Beginn. Bäume könnte ich ausreißen für mein Glück. Es war so schön, dir zuzuhören und zu wissen, dass du das gleiche willst wie ich. Und wenn zwei Menschen das gleiche erzwingen wollen, dann geht es auch, Toni. Kein Traum ist schön, wenn er ewig nur ein Traum bleibt. Das hörte ich den Großvater einmal zu Adam sagen. Und der Mensch muss seine Grenzen kennen, hat er gesagt. Wenn er über das Ziel hinaus will, stürzt er meistens ins Unglück. Es mögen veraltete Ansichten sein, aber es ist ja nun so, dass wir nicht das Unmögliche wollen, sondern nur das, was wir uns durch unsere Jugend und durch unseren Willen erschaffen können.«

Es ist plötzlich ein unerhörter Aufschwung in ihr, der ihn beinahe ansteckt. Und einen Augenblick wird auch er wirklich mitgerissen auf ihrem kühnen Flug in die Zukunft. Es erscheint ihm gar nicht so unmöglich, was sie sagt. Aber dann muss er gleich wieder an das warme Nest denken, das ihm die Agnes Störauer auf ihrem Hof in der Wies längst bereitet hat. Warum sich erst ein Leben lang abschinden, um sich dann mit sechzig oder siebzig Jahren endlich das erschunden zu haben, was ihm schon jetzt als billige Beute in die Hände gelegt wird. Und was die Liebe betrifft, du meine Güte. Das wird auch mit Magdalena nicht immer so himmelhoch jauchzend bleiben. Nein, er darf sich nicht einspinnen lassen von ihrem wunderbaren Glauben, dass sich nur mit dem Willen und mit der Jugend allein das Leben bezwingen ließe. Da ist es schon besser, man bereitet etwas schonend den Rückzug vor. Und so sagt er nach einer Weile:

»Du darfst mir nicht böse sein, Magdalena, wenn ich jetzt längere Zeit nicht mehr kommen kann.«

Ein Ruck geht durch sie hindurch. »Wie lange nicht mehr?«

»Da lässt sich nichts Genaues sagen, weißt du, Herzerl«, antwortet er ausweichend. »Es kann ein paar Wochen dauern, vielleicht auch länger. Wir haben jetzt sehr viel Arbeit daheim und dann – du darfst nicht vergessen, dass es sechs Stunden Fußmarsch über das Gebirge sind. Aber nicht traurig sein, auf einmal bin ich wieder da, wenn mich die Sehnsucht packt.«

Sie nickt stumm und schluchzt.

»Glaub mir, Lenerl«, spricht er weiter. »Es wird mir schwer genug ankommen, wenn ich dich nicht mehr sehen kann. Aber das verstehst du nicht so.«

Zärtlich streichelt sie sein Haar. Glück und Traurigkeit lassen ihre Seele weinen und lachen.

Warum soll sie ihn nicht verstehen? Warum soll er sich nicht genau so nach ihr sehnen wie sie sich nach ihm? Darum wäre es wohl das Beste, bald zu heiraten. Dann haben sie sich für immer und brauchen sich nicht mehr zu trennen. Sie nimmt sich fest vor, in den nächsten Tagen schon herumzufragen, wo ein kleines Anwesen zu pachten wäre. Plötzlich fällt ihr ein, ihn zu fragen: »Hast du eigentlich mit deinen Eltern schon über uns beide gesprochen, Toni?«

Verdutzt sieht er sie einen Augenblick an. Diese Frage hatte er jetzt am allerwenigsten erwartet. »Bei mir lebt bloß mehr der Vater«, sagt er. »Die Mutter ist vor zwei Jahren gestorben.«

»Ich weiß so wenig von dir, Toni. Und dein Vater? Zu ihm hast du auch noch nichts gesagt?«

»Ich hab es schon einmal angeschnitten, weißt du. Aber mit einem Vater kann man nie über die Sachen so reden wie mit einer Mutter.«

Das gibt Magdalena zu, aber sie denkt nicht daran, dass ein Vater ein Hindernis sein könnte für das Glück des Sohnes und sie spinnt ihre großartigen Pläne weiter aus. Mitten in ihre Zukunftsgedanken fällt aber dann wie ein schwarzer Punkt wieder die unleidige Sache mit den Zöllnern und das gerichtliche Nachspiel. Aber merkwürdig, der Toni berührt dieses Thema nicht mehr. Er hat es anscheinend längst vergessen. Nach einer Weile steht er auf und sagt, dass er heute früher heimgehen müsse, ob sie ihn nicht ein Stückchen begleiten wolle.

Bis ans Ende der Welt, denkt sie, würde ich mit ihm gehen, bürstet das Haar ein wenig zurück und greift nach einem seidenen Schultertuch.

Der Tag geht schon seinem Ende zu. Langsam wandern sie Hand in Hand den Wald hinauf, überqueren ein Almfeld und steigen immer höher in Richtung Gebirge, über dem noch der Goldton der sinkenden Sonne schwebt.

Magdalena begleitet ihn noch bis dorthin, wo der steile Aufstieg beginnt. Dann wirft sie sich an seinen Hals, überschüttet ihn mit ihren Küssen, will mit aller Gewalt ein frohes Herz dabei bekommen und doch gelingt es ihr nicht. Eine merkwürdige Abschiedswehmut ist in ihr, eine Angst, dass sie den Mann nun lange nicht mehr sehen wird. Sie wartet auf ein Wort, das ihr Trost sein könnte. Aber der Mann sagt nichts, er presst sie noch einmal an sich, dass sie aufschreien könnte vor Schmerz, dann steigt er rasch die Rinne empor und kommt, ohne sich nur einmal umzublicken, auf den Grat.

Wie eine Vision nimmt Magdalena das Bild in sich auf. Noch steht der Mann da oben auf dem Gipfel und winkt ihr zu. Seine Gestalt hebt sich schmal vom leuchtenden Abendhimmel ab und die Bewegung seines Armes sieht aus wie der Flügelschlag eines großen Vogels. Magdalena winkt zurück, dann ist der Toni plötzlich verschwunden und dort, wo er gestanden hat, zieht eine Wolke, rötlich beglänzt, vorüber.

Langsam wendet sich Magdalena zum Heimweg. Als sie hinuntergeht, läuten die Glocken der Ringer aus dem Tal herauf über das dunkelnde Almfeld. Sie trägt den Kopf nicht mehr so stolz und frei, irgendeine Last liegt auf ihren Schultern. Und als sie endlich daheim ankommt, wird ihr die grenzenlose Verlassenheit erst ganz bewusst, in der sie sich befindet und aus der sie sich nur befreit, indem sie die Hände vors Gesicht wirft und bitterlich weint.

Am anderen Morgen aber schon erscheint der Polizist und zeigt ihr einen Zettel vor, wonach er sie festzunehmen habe. Magdalena starrt ihn aus weiten Augen entsetzt an.

»Abgeführt werde ich?«, fragt sie mit zuckendem Mund. »Mit Ketten vielleicht?«

Der Beamte versteht ihre Not, die aus ihrem Blick schreit.

»Na ja«, sagt er schließlich. »Wir wollen es so machen, dass du ein großes Stück vorausgehst zum Bahnhof, dann fällt es niemandem auf. Tja, es ist nämlich so, dass dein Großvater mir auch einmal ein gutes Werk getan hat, als meine Tochter krank war.«

Magdalena kann vor Aufregung kaum sprechen. »Wie lange muss ich denn da drinnen bleiben?«

Der Polizist hebt unwissend die Schultern und meint tröstend, dass es seiner Meinung nach nicht lange dauern könne.

Drei Wochen darauf steht Magdalena vor dem Richter und weiß einfach nichts. Man sagt ihr Dinge auf den Kopf zu, von denen sie wirklich nichts weiß. Sie macht sonst einen ganz guten Eindruck, ist nur ein wenig blass. Man hält sie für verstockt. Aber ihre großen Augen blicken den Richter ganz offen an, manchmal wie im Staunen, wenn er ärgerlich wird und mit der flachen Hand auf den Tisch schlägt.

»Nun sagen Sie, zum Donnerwetter, endlich einmal, woher Sie die Kuh haben!«

»Ich hab das dem anderen Herrn schon gesagt.«

»Welchem anderen Herrn?«

»Der mich drei Wochen immer ausgefragt hat.«

»Sie haben dem Untersuchungsrichter angegeben, dass ein Mann die Kuh bei Ihnen in den Schuppen gestellt hat. Wie heißt dieser Mann?«

»Das weiß ich doch nicht. Ich habe ihn nicht gesehen.«

»Und das soll das Gericht Ihnen glauben? Seien Sie doch nicht so verstockt. Sie schaden sich doch nur selber.«

Magdalena schaut an dem Fragenden vorbei zum Fenster hinaus, wo der Zweig einer Rotbuche vom Wind bewegt am Fenster auf- und niederschaukelt.

»Ich weiß es nicht«, wiederholt sie dann und fühlt eine schwere Traurigkeit in ihr Herz sinken bei der Feststellung, dass sie wirklich nicht einmal weiß, wie der Toni weiter heißt. Eine entsetzliche Leere ist plötzlich in ihr. Sie hat einen Menschen so namenlos lieb, dass sie hier steht und für ihn schweigt und lügt, und sie weiß außer seinem Vornamen überhaupt nichts. Vielleicht ist dieser Vorname nicht einmal richtig.

Sie muss an den Großvater denken. Sicher stände sie jetzt nicht hier, wenn er noch da wäre. Seine letzten Worte fallen ihr wieder ein: Kommst du an den Unrechten, kannst du für das ganze Leben unglücklich sein. Aber auch wenn der Großvater Recht hätte, sie würde weiterschweigen, weil sie niemals einen Menschen verraten kann, den sie liebt.

Merkwürdig, dass sie gerade jetzt an den Großvater denken muss. Er steht vor ihrem geistigen Auge und seine wasserhellen Augen sehen sie durchdringend an. Hab ich es dir nicht gesagt? hört sie seine Stimme. Der Unrechte – und du kannst unglücklich sein fürs ganze Leben ...

Ist sie denn an den Unrechten gekommen? Nein, und tausendmal nein! Kein anderer wäre es wert, dass sie ein Opfer brächte. Und sie wird es bringen für ihn, eine freudige Bereitschaft ist jetzt in ihr. Das schwere Gesicht des Großvaters verschwindet wieder.

»Sie bleiben also dabei, dass Sie von nichts wissen?«

»Ich weiß von nichts!«

»Sie wollen nicht zugeben, dass Sie die Kuh über die Grenze geschmuggelt haben?«

Magdalena schweigt.

»Das Gericht ist der Annahme, dass dies nicht das erste Mal gewesen ist, sondern dass Sie dieses einträgliche Geschäft seit Jahren betreiben oder zumindest als Hehlerin gedient haben. Durch den Schwarzhandel entstehen dem Staat jährlich Millionenschäden und das Gericht wird endlich einmal ein Exempel statuieren müssen, das abschreckend wirkt.«

Danach spricht ein anderer Herr mit einem kalten, blassen Gesicht, das sich aber im Laufe seiner Rede immer mehr rötet. Es ist der Staatsanwalt, der in scharfen Worten das Verbrecherische des Schwarzhandels und Schmuggelns geißelt. Er unterstreicht seine Worte mit theatralischen Gesten, als gelte es, einen lang gesuchten Verbrecher an den Galgen zu bringen. Im Zuhörerraum, der dicht gefüllt ist, herrscht betretenes Schweigen. Immer tiefer senkt Magdalena den Kopf.

»Lassen Sie sich, meine Herren, in der Urteilsfällung nicht beeindrucken von dem sympathischen Eindruck der Angeklagten. Es ist ein verwerfliches Zeichen der Zeit, dass selbst Frauen und Mädchen sich für Handlungen hergeben, die den Staat auf das schwerste schädigen. Die Verstocktheit der Angeklagten muss dem Gericht zur Genüge beweisen, dass sie ihre Auftraggeber schonen will. Alle Indizien sprechen gegen sie und die Angeklagte hat es sich selbst zuzuschreiben, wenn sie von der ganzen Härte des Gerichtes getroffen wird …«

Nun zieht das Gericht sich zurück und im Zuhörerraum wird es jetzt wieder lauter. Jemand schreit laut zu Magdalena hinüber:

»Warum hast du dir denn keinen Rechtsanwalt genommen?«

Langsam wendet Magdalena das blasse Gesicht über die Schulter zurück. Sie sieht eine Menge Leute aus ihrem Dorf und fühlt, wie ihr die Schamröte in die Stirn steigt. Ein Rechtsanwalt, denkt sie. Vielleicht hätte sie das tun sollen. Warum hat Toni ihr davon gar nichts gesagt? Plötzlich sieht sie das breite Gesicht des Killerbauern in der zweiten Reihe, jenes Mannes, zu dem sie die Kuh hätte bringen sollen. Da ihr Blick jetzt den seinen trifft, sieht sie, wie er ihr freundlich zulächelt und mit dem Kopf nickt, so, als wolle er sagen: Brav hast du das gemacht, Magdalena.

In diesem Augenblick erscheint das Gericht wieder zur Urteilsverkündung. Magdalena hört:

»Vier Monate Gefängnis und –« hier geht es wie ein Schlag durch Magdalena hindurch. Der Bauernhof, denkt sie. Wie sollen wir den Bauernhof pachten können, wenn ich fünfzehnhundert Mark zahlen soll?

»Angeklagte, nehmen Sie die Strafe an?«, hört sie die monotone Stimme von vorhin wieder.

»Ja, ja, – aber das Geld – ich will doch damit ein kleines Anwesen pachten und – ich hab es doch vom Großvater geerbt, die zweitausend Mark.« Lautlos rinnen ein paar Tränen aus ihren Augen in die Mundwinkel. Sie rührt keine Hand sie fortzuwischen, nimmt nur all ihren Willen zusammen, um nicht haltlos schluchzen zu müssen.

Der Vorsitzende hebt bedauernd die Schultern und lässt sie wieder sinken. Dann klappt er seinen Aktendeckel zu. Magdalena wird abgeführt.

Fast um die gleiche Zeit, nur einen Tag später, läuten die Glocken der Pfarrkirche zu Birkach feierlich in das frühherbstliche Tal hinaus. In den Bauerngärten leuchtet das reife Obst hinter den Blättern hervor und auf den Telegrafendrähten sammeln sich schon die Schwalben für ihren Flug Richtung Süden.

Die Kirche ist gedrängt voll; es ist ein buntes Gewirr von Trachten aus allen Tälern, ein Gefunkel von Silber, Gold und Seide. Am Altar kniet Anton Bruckner neben der Agnes Störauer und gibt mit einem Ja dem Pfarrer und allen Kirchgängern zu wissen, dass es sein freier Wille sei, künftig der Ehegatte der Agnes Störauer zu sein.

Es klingt nicht ganz so freudig wie das Ja der Braut. Es ist schnell und bestimmt hingesprochen, als ob der Toni auf ein Stichwort gewartet hätte. Dann steckt er seiner Braut den Ring an den Finger, lässt sich seinerseits den Ring von ihr anstecken. Die Stola wird über beider Hände gebreitet zum Zeichen, dass sie nun unlösbar miteinander verbunden sind und nur der Tod sie scheiden kann. Es ist ein großer und feierlicher Augenblick und die Braut weiß ihn sicher zu würdigen, ihr grob geschnittenes, nicht mehr junges Gesicht sieht ganz verklärt aus und zaghaft lächelt sie den Mann an ihrer Seite an, zwischen dessen Brauen gerade in diesem Augenblick eine scharfe Falte steht. An was er denkt, möchte sie wissen.

Danach aber, als sie aus der Kirche treten, ist die Falte wieder weg. Jetzt kann auch er ein wenig lächeln. Es sind viele Menschen da und er weiß, was sie alle denken, er weiß, wie so mancher ihn beneidet um das unverschämte Glück, das ihm in den Schoß gefallen ist. Er muss eine Menge Hände drücken und danke sagen, und es sind sogar welche dabei, die ihm unverblümt ins Gesicht sagen, dass er ein Sauglück gehabt habe.

»Nachmachen«, sagt der Toni und lächelt.

»Das ist bloß der Neid«, flüstert die Agnes ihm zu und legt ihren Arm fester in den seinen.

Dann bildet sich außerhalb des Friedhofs der Hochzeitszug. Die Musikkapelle setzt sich an die Spitze, das Brautpaar stellt sich dahinter und dann folgt eine lange Reihe festlich gekleideter Menschen. In der Sonne funkelt das Gechmeide der Trachten.

Der Tanz ist in vollem Gang. Da tritt sein Bruder

Markus unmerklich an seine Seite. Markus ist etwas älter als Anton und hat den kleinen Bauernhof daheim zu übernehmen. Während er umständlich einer Zigarre die Spitze abbeißt, flüstert er seinem Bruder zu:

»Grad war ich unten in der Gaststube und hab die Zeitung gelesen.«

Der Toni zuckt kaum merklich zusammen.

»Ja – und?«

»Vier Monate und fünfzehnhundert Mark Geldstrafe.«

Toni verliert alle Farbe, seine Hände zittern, und hastig umklammert er das Weinglas, um seinen Händen einen Halt zu geben. »Vier Monate«, sagt er dumpf vor sich hin. »Das hat sie nicht verdient. Ich mein jetzt grad, der Tanzboden muss mich erdrücken. Markus, bleib du ein bissl hier und tanz mit der Agnes. Ich muss raus, ich ersticke hier.«

»Geh, Bruder, was machst du dir denn darüber für Gedanken?«

»Das verstehst du nicht, Markus. Lass mich gehen!«

Er ist schon ein wenig unsicher auf den Füßen, als er quer durch den Saal geht und durch eine Hintertür ins Freie tritt. Groß und still liegt der Abend über dem Land. Ganz weit in den Obstgarten des Wirtes geht der Toni hinein, bis dorthin, wo ein hoher Zaun die Wiese abschließt. Beide Arme legt er auf den Zaun und birgt sein Gesicht darin. Noch nie hat er sich so verlassen und ausgestoßen gefühlt wie in dieser Stunde. Er hat es nicht gewollt, dass es so kam. Und während hinter ihm aus den offenen Fenstern Walzer und Schottisch erklingen, verwünscht er sich selbst und seine Feigheit. Wenn es sich nur nicht rächt, denkt er und beißt sich in die Lippen, bis sie schmerzen.

Alles Unrecht rächt sich einmal auf Erden, hat Magdalena gesagt.

Nur nicht dran denken, sagt er sich. Wenn ich daran denke, dann komme ich nie zur Ruhe.

Gerade jetzt wird er auch von Agnes vermisst.

»Wo ist denn mein Anton hingekommen?«, fragt sie den Markus.

»Frische Luft schnappen ist er gegangen«, antwortet der fröhliche Schwager und prostet der Agnes zu. Markus ist ein Schwerenöter und es kommt ihm nicht darauf an, der Schwägerin um den Bart zu streichen. »Der Toni wird so ein Glück haben.«

»Vergönnst es ihm nicht?«

»Na ja, wenn ich ehrlich bin, möcht ich tauschen mit ihm«, lächelt Markus und legt vertraut seinen Arm auf den ihren.

»Du weißt ja gar nicht, ob ich mit dem Tausch einverstanden wäre.«

»Meinst du, dass du mit mir ausgeschmiert wärst?«

»Das vielleicht nicht. Aber der Toni ist mir lieber. Warum sollt ich mir mit meinem Hof keinen aussuchen können, der mir gefällt? Und der Anton ist immer schon nach meinem Geschmack gewesen.«

»Geschmack hast du keinen schlechten, das muss ich zugeben. Aber schau hin, da kommt er ja, dein Herzallerliebster. – Da geh her, Toni! Weißt, was sie grad gesagt hat? Du bist ihr lieber als ich, sagt sie!«

Toni lächelt abwesend an ihren Gesichtern vorbei und greift nach dem Weinglas. »Prost, Agnes, es wird schon alles recht werden …«

»Hast du da einen Zweifel?«

»Durchaus nicht.«

»Wenn ich auch ein wenig älter bin«, sagt sie, »das macht gar nichts aus. Ich nehm es mit jeder Jungen auf.«

»Ja, nimm dich nur zusammen, Bruderherz«, spottet Markus. »Und beim ersten Buben, das bitt ich mir aus, da mach ich den Taufpaten.«

»Wenn es aber ein Mädel wird?«, fragt die Agnes.

»Mädl? Ausgeschlossen! Ihr müsst als erstes einen Stammhalter haben.«

»Das ist etwas, worüber wir Menschen nicht bestimmen können«, antwortet die Agnes, »gelt, Anton?«

»Kann schon sein. Ich meine, nehmen müssen wir es, wie es kommt. Auf alle Fälle, Kinder müssen her. Kinder gehören zum Leben, genauso wie der Wille zum Vorwärtskommen …«

Warum fallen ihm ausgerechnet jetzt Magdalenas Worte ein. Die Agnes schaut ihn ganz merkwürdig an. Sie will an ihrem Hochzeitstag kein so ernstes Gespräch und fasst ihn bei der Hand.

»Komm, Toni, tanz mit mir!«

Rumdada, Rumdada brummt der Bass und die Klarinetten stehen jubelnd darüber, die Geigen schluchzen und der Boden dröhnt unter dem Gestampf der Tanzenden.

Der Saal fasst dreihundert Personen, jetzt am Abend aber sind es fast vierhundert, die sich eingefunden haben von nah und fern, um diese großartige Hochzeit mitzufeiern. Toni ist sich kaum bewusst, dass er hier so eine Art Hauptrolle zu spielen hat, er lässt alles an sich vorbeiwirbeln, nimmt die Glückwünsche mit unbewegtem Gesicht entgegen und denkt einmal bei sich: Sie sollten mir eigentlich ihr Beileid aussprechen statt Glück zu wünschen.

Von Herzen ist er froh, als es zehn Uhr wird, die Zeit zum Aufbruch für das Brautpaar. Er ist schon deshalb froh, weil er sonst immer noch mehr von diesem schweren Wein trinken müsste, um sich zu betäuben. So aber ist er nur in das Stadium einer düsteren Melancholie geraten, in dem er alles doppelt schwer nimmt und sich von den Bildern der Vergangenheit einspinnen lässt. Vor dem Gasthof wartet bereits die Brautkutsche, um das Brautpaar zum einige Kilometer entfernten Einödhof in der Wies zu bringen. Beide nehmen im Rückteil des mit Blumen geschmückten Landauers Platz. Die beiden Braunen ziehen scharf an und jagen in elegantem Trab durch das Dorf. Sie fallen erst dort in gemächlichen Schritt, wo der Weg von der Hauptstraße über eine hölzerne Brücke abzweigt und dann steil aufwärts führt. Hoch steht der Mond am Himmel, fließt silbern über den aus Stein geschlagenen Körper des heiligen Nepomuk, der hier seit einem vergessenen Jahrhundert schon als Brückenheiliger die Wache hält. Träg fließt das Wasser unter der Brücke hindurch und der Mond verursacht auch hier ein wunderliches Spiel von Licht und Schatten an den Wellen.

Donnernd geht das Gespann über die hölzernen Bohlen der Brücke und biegt dann in einen Feldweg ein.

Nun bin ich also der Wieser, denkt Toni. Der große Bauer in der Wies, Herr über zweihundert Tagwerk Felder, Wiesen und Wälder, Herr auch über diese Frau, die jetzt ihren Kopf so müde an meine Schulter lehnt. Ich bin auch Herr über den Knecht da vorn, denkt er weiter, der auf dem Bock sitzt und die Pferde heimwärts lenkt ... Wie ein ungeheuerer Berg ragt dessen Rücken vor ihm auf.

Die Nacht ist still. Nur ein leiser Wind singt unter den Sternen hin. Das Hufgeklapper der Pferde und das Knarren des Wagens wirft sich misstönend in die Stille.

»Freust du dich?«, fragt plötzlich die Frau neben ihm und umspannt kräftig seine Hand.

Ich müsste mich freuen, denkt er. Ich müsste die Agnes jetzt, da wir endlich allein sind, in meine Arme reißen und mit Küssen überschütten, aus Liebe, aus Dankbarkeit.

Sein Arm zieht sie auch fester an sich, aber dabei bleibt es auch schon. Mit müder Resignation stellt er fest, dass er sich gleichgültig und taub fühlt. Aber er muss doch auf ihre dringende Frage etwas antworten.

»Ja, doch«, sagt er. »Es ist viel, was du mir gibst.«

»Von dieser Seite her habe ich es nicht gemeint«, antwortet sie etwas enttäuscht. »Hörst du, Anton, ich will nie das Gefühl haben, dass du den Hof geheiratet hast und nicht mich.«

Sieht sie denn in mich hinein, denkt er erschrocken und weicht ihrem Atem, der nach Wein riecht, aus. Aber im nächsten Augenblick ist ihr Gesicht wieder ganz nahe. Der Knecht stört sie nicht, überdies weiß sie, dass er schwerhörig ist.

»Es wäre mir sehr wichtig, Anton, von dir zu hören, ob du mich auch genommen hättest, wenn ich nicht des Wiesers einzige Erbin gewesen wäre.«

Sie lässt nicht nach, sie gibt keine Ruhe, grübelt er verzweifelt und sieht ihr Gesicht, das ihm aus der Nacht so nichtssagend entgegenleuchtet.

»Ist das eine Frage am Hochzeitstag, Agnes?«

»Gewiss, ich hätte dich früher darum fragen sollen«, meint sie. »Aber wenn ich dich jetzt erst frage, kannst du antworten, ohne zu lügen.«

»Das – könnte ich schon, Agnes.«

»Und wie ist dann deine Antwort?«

»Du musst sie längst wissen, Agnes, wir gehen doch schon über zwei Jahre miteinander. In zwei Jahren muss man einen Menschen kennen lernen.«

»Ja, manchmal glaube ich dich zu kennen bis in den letzten Winkel hinein. Und dann bist du mir plötzlich wieder voller Rätsel. Hauptsächlich in der letzten Zeit war das so. Wenn ich mir dein Gesicht manchmal herbeigeträumt habe, dann ist es plötzlich wieder fortgeschwommen, so, als möchte es nicht mehr bei mir sein.«

»Das sind alles nur Einbildungen, Agnes.«

»Dann komm her und küss mich«, befiehlt sie scharf, so dass sich alles in ihm empört. Diesen Ton kann er nicht ertragen. Aber dann spürt er schon ihren Mund auf dem seinen, schließt die Augen und – er muss, ob er will oder nicht, an Magdalenas weichen Mund denken. Fast bildhaft nahe steht Magdalena vor ihm – mit ihrer ganzen Schönheit. Ein einfaches Kind aus dem Wald, das durch einen dünnen Faden für kurze Zeit an sein Leben geknüpft gewesen ist und das er nun durch seine Feigheit durch viele dunkle Stunden gejagt hat.

Danach ist Agnes wieder ganz friedlich und schwenkt auf ein anderes Thema über. Sie redet jetzt plötzlich wieder sehr viel, und wenn der Wagen über einen Stein holpert oder in eine Rinne plumpst, fällt sie mit ihrem ganzen Gewicht gegen seine Schulter.

»Der Haslreiter von Oed war auch auf der Hochzeit«, erzählt sie mit ruhiger Heiterkeit. »Ist zwar ein wenig verschnupft gewesen, weil ich von seinen drei Buben keinen hab mögen. Ich weiß nicht, Anton, ob ich es dir schon einmal erzählt hab, dass der Alte einmal mit einem von seinen drei Buben bei mir war. Anderl, glaub ich, hat er geheißen. Sie haben gemeint, ich könnte es nicht hören, aber die Tür zur Küche war nur angelehnt und da hab ich es ganz deutlich gehört, wie der Anderl zu seinem Vater gesagt hat: ›Weißt du, Vater‹, – hat er gesagt – ›Appetit gehört schon her, zu so einer Alten!‹ – ›Sei doch nicht so dumm‹, hat der Alte drauf erwidert. ›Die Hauptsache ist der Hof, das Weibsbild geht nebendrein.‹«

Die Agnes kichert vergnügt, als freue sie sich jetzt noch, dass sie jenes Gespräch belauscht hat. »Hörst du mir überhaupt zu?«, fragt sie plötzlich.

»Ja, ja, ich hör alles.«

»Dann pass auf, Anton, was ich dir jetzt noch sage. Mit dem Hocheder leben wir in Feindschaft. Es hat da einmal einen Streit gegeben wegen des Fischwassers. Der Vater hat den Prozess verloren, aber den Hocheder hat er viel Geld gekostet. Seitdem gibt es kein nachbarschaftliches Verhältnis mehr zwischen ihm und uns. Das muss auch für dich gelten als zukünftiger Wieserbauer. Er hat uns auch nicht gratuliert.«

»Das macht aber unserm Glück nichts aus«, antwortet Toni mit einer Art Galgenhumor.

»Nein, gelt, das sagst du auch«, lacht sie und schmiegt sich wieder an ihn. »Der Hochmutspinsel da oben auf Hoched, der kann uns den Buckel runterrutschen. Der meint immer, weil er ein Studierter ist, wäre er mehr als unsereins.«

Da rollt das Gefährt bereits auf den Hof. Langsam klettert der Knecht vom Wagen und öffnet den Schlag. Die Hoflampe brennt hell und Toni sieht das Schild »Herzlich willkommen«, mit bunten Seidenschleifen verziert, über der Haustür prangen. Eine ältere Magd, die tagsüber das Haus gehütet hat, steht in der Tür und bringt unbeholfen ihren Glückwunsch dar. Agnes Störauer aber öffnet die Haustür nun ganz und führt ihren Mann über die Schwelle.

»Tritt ein und sei fortan Herr und Bauer in der Wies«, sagt sie leise und Toni fühlt, dass dies ein feierlicher Augenblick ist, ein wichtiger Augenblick für sein zukünftiges Leben.

Magdalena stellt Eimer und Besen in die Ecke, die für diese Geräte im oberen Gang des Gefängnisses eingerichtet ist. Dann wäscht sie sich am Ausguss gründlich Gesicht und Hände. Am liebsten würde sie ja dieses graue Sträflingskleid abstreifen und den ganzen Körper mit eiskaltem Wasser waschen, so wie sie es früher oft getan hat, wenn sie im Wald Fichtenzapfen gesammelt hatte. Aber hier darf man ja nicht gegen die Ordnung verstoßen. Nein, das darf sie sich nicht erlauben, obwohl der Verwalter des Hauses ihr gut gesinnt ist und auf ihrer Kartei längst verzeichnet hat, dass sie sich überaus ordentlich führt und er eine frühere Entlassung wärmstens empfehlen könne.

Es fällt ihr aber nicht schwer, sich gut zu führen, denn sie ist getragen von dem Glauben, dass sie damit einem geliebten Menschen den Aufenthalt hinter Gittern erspart hat. Und dann ist es auch gar nicht ihre Art, sich gegen eine vorgegebene Ordnung aufzulehnen. Was man hier noch selbstständig für sich behalten darf, sind die Gedanken. Die kann ihr niemand nehmen. Und wenn sie des Nachts auf dem harten Lager liegt und mit weit aufgerissenen Augen ins Dunkel starrt, dann denkt sie an das Märchen ihrer Liebe. Dann hört sie den Wald rauschen und die Vögel singen. Am Anfang ist es ja so gewesen, dass ihr Herz nach jedem Baum im Frauenwald vor Heimweh geschrien hat. Aber dann ist es stiller geworden in ihr und das Heimweh hat sich abschwächen lassen in dem Augenblick, da sie begonnen hat, die Tage zu zählen, die sie in die weiß getünchte Mauer der Zelle jeden Morgen eingekritzelt hat.

Magdalena geht nun den Korridor entlang bis zur Zelle Nummer siebzehn, die wider Erwarten jetzt geschlossen ist, so dass sie nach dem Verwalter des Hauses Umschau halten muss, der unten in der Männerabteilung in dem kleinen Aufnahmebüro zu finden ist.

»Meine Zelle ist verschlossen«, sagt sie.

»Ach, Sie sind es. Ja, ganz richtig. Die Zelle habe ich zugeschlossen. Am Nachmittag ist eine Neue eingeliefert worden und ich hatte sonst keinen Platz für sie. Tja – was ich noch hab sagen wollen. Sie könnten meiner Frau bügeln helfen, das heißt, wenn Sie wollen.«

»Doch, sehr gern.«

»Ich möchte Ihnen gern ein wenig helfen, dass Sie den Aufenthalt hier nicht so peinlich empfinden.«

»Ich habe mich daran gewöhnt.«

»Ja, das weiß ich, man gewöhnt sich an alles. Trotzdem, Sie sind eine Ausnahme hier. Manchmal habe ich das Gefühl, dass ganz andere an Ihrer Stelle hier sitzen müssten. Hoffentlich wird Ihnen Ihr Opfersinn auch gelohnt.«

Magdalena schweigt, denn sie ist vorsichtig geworden, seit sie hier ist. Der Verwalter steht nun auf und nimmt einen Schlüssel von der Wand. Magdalena geht hinter ihm die Treppe hinauf. Es ist ein grauer Novembertag. Regen rieselt über die vergitterten Fenster.

Der Verwalter sperrt die Zelle auf und Magdalena tritt ein. Die Neue sitzt auf der harten Kante des Bettgestelles und weint leise vor sich hin.

Auch Magdalena hat am Anfang viel geweint, aber dadurch ist nichts besser geworden. Sie hat schnell wieder damit aufgehört, hat den Nacken gesteift und die Zähne zusammengebissen. Das Gefühl, für ihre Liebe ein Opfer bringen zu können, hat sie über die kleinen Beschwernisse hinausgehoben. Sie allein in diesem Haus hier weiß, dass sie unschuldig ist, sie allein weiß, dass sie ein Ausnahmefall ist in diesem Gefängnis. Die anderen Insassen wissen um ihre eigene Schuld, die sie zu verbüßen haben, wenn sie es auch stets verleugnen, schuldig geworden zu sein. Sie weiß, dass, wenn das Tor dieses Hauses hinter ihr einmal zufallen wird, der Dank auf sie warten wird. Der Toni wird schon sehnsüchtig auf sie warten, wird sie in die Arme schließen und ihr sagen, wie lieb er sie hat.

Draußen wird der eiserne Riegel mit einem klirrenden Laut vorgeschoben. Die Neue erschrickt vor diesem Geräusch und schaut ängstlich auf Magdalena.

»Wein doch nicht«, sagt diese. »Damit wird gar nichts besser.«

Die Frau steht seufzend auf und wischt sich mit dem Handrücken über die Augen. Sie mag etwa dreißig Jahre alt sein, schwächlich von Gestalt, macht aber einen gepflegten Eindruck, trotz der grauen Sträflingskleider.

»Ich halte das nicht aus hier«, jammert sie nun händeringend.

»O doch«, antwortet Magdalena sicher. »Das denkt man nur am Anfang, dann gewöhnt man sich daran.

Was hast du denn –«, sie will sagen: ausgefressen, verbessert sich aber und sagt jetzt: »Weshalb bist du denn hier?«

»Sie sagen, ich hätte nicht die Wahrheit gesagt vor Gericht.«

»Ach so, Meineid.«

»Fahrlässigkeit haben sie es danach genannt und ich habe doch nur das gesagt, was man mir aufgetragen hat zu sagen. Wie ist denn das? Muss man hier auch arbeiten?«

»Man kann es verweigern, aber es ist besser, wenn man arbeitet. Erstens vergeht die Zeit viel schneller und zweitens kann man besser schlafen.«

»Und Sie? Wie lange sind Sie denn schon hier?«

»Hier siezt man sich nicht. Kein Mensch, außer dem Verwalter, wird Sie zu dir sagen. Daran wirst du dich gewöhnen müssen. Und – was mich betrifft, bei mir waren es gestern drei Monate. Nun habe ich noch vier Wochen. Ausgerechnet Weihnachten muss ich noch hier sein. Aber das geht alles vorüber. Wie lange hast du denn?«

»Sechs Monate hat man mir gegeben.«

»Bist du verheiratet? Ich komme vor dir hinaus. Wenn ich deinem Mann etwas bestellen kann, ich tue es gerne.«

»Ach nein, das ist nicht nötig. Es kümmert ihn wenig, dass ich hier sein muss.«

Da wird das Guckfenster aufgestoßen und das Essen für zwei Personen hereingeschoben. Auch hier nimmt es der Verwalter nicht so genau und misst Magdalenas Portion schon lange nicht mehr mit der Grammwaage. Die Neue aber will nichts essen und nimmt erst auf Magdalenas Zureden hin ein wenig.

Eine Stunde später wird das Licht ausgeschaltet

und das große, graue Haus liegt nun bis auf die Privatwohnung des Verwalters im Erdgeschoss völlig im Dunkeln. Aber damit ist noch lange nicht alles Leben erloschen in den Zellen. Nein, jetzt gehen die Gespräche im Dunkeln hin und her, jetzt wird das von Bett zu Bett geflüstert, was man sich am Tag während der Arbeit im Hof oder in der Waschküche nicht hat sagen können, weil der Wärter Valentin überall seine Spürnase hat und nirgends Gespräche duldet.

Magdalena merkt, wie die Neue sich unruhig von einer Seite auf die andere wirft, und setzt sich hoch.

»Das ist nur die erste Nacht«, tröstet sie. »In einer Woche schläfst du so gut wie ich.«

»Ich kann es einfach nicht fassen«, klagt die andere. »Ich werde damit nicht fertig.«

»Du musst nur lernen, das Vergangene hinter dir zu lassen, dann lebt es sich auch hier erträglich«, erklärt Magdalena und gibt plötzlich dem Gespräch eine andere Wendung. »Du hast heute etwas gesagt, worüber ich seitdem nachdenken muss.«

»Ja, was denn?«

»Du hast gesagt, dass es deinen Mann wenig kümmert, wenn du hier sein musst. Gibt es denn das?«

»Du bist wahrscheinlich nicht verheiratet, dass du so fragen kannst.«

»Nein, noch nicht, aber sobald ich herauskomme. Warum kümmert es denn deinen Mann nicht, dass du hier bist?«

»Weil er dann für andere mehr Zeit hat.«

Magdalena setzt mit einem Ruck beide Füße auf den Fußboden und geht hinüber, setzt sich dort auf die schmale Bettkante und sucht im Dunkeln nach der Hand der anderen.

»Das musst du mir erklären. Ich bin immer der

Auffassung, dass auch ein Mann nur eine Frau lieben kann. Und diese Frau wird er dann heiraten.«

»Du meine Güte, kennst du die Männer schlecht!«

»Ich kenne sie gar nicht, ich weiß nur, dass es ein Unglück gäbe, würde der Toni mich einmal, wenn wir verheiratet sind, betrügen.«

»Das wirst du am Anfang gar nicht merken und dann ist es zu spät, um dagegen etwas zu tun.«

»Doch«, sagt nun Magdalena mit unheimlicher Ruhe. »Ich würde eine Axt nehmen und ihm den Schädel einschlagen.«

Dann geht sie wieder hinüber zu ihrem Lager, zieht die graue Wolldecke bis über den Hals hinauf und atmet ruhig.

Draußen platzt der Regen auf das betonierte Geviert des Gefängnishofes.

Wenn der junge Bauer in der Wies an alles zurückdenkt, ist es gar nicht so einfach, zu sagen, wie es begonnen und wie es sich vollendet hat. Er ist Bauer in der Wies geworden, ja, das stimmt. Er hat die Äcker umgerissen und hat gesät. Ob Segen in den Halm steigen will, das wird sich erst im nächsten Frühjahr zeigen. Manchmal nämlich kommt es ihm so vor, als sei alles, was aus seiner Hand fällt oder was sie an Ernte einbringt, von einem Fluch belegt, der wie ein Hexenbann aus den Bergen niedersteigt und sich zentnerschwer auf seine Seele legt.

Da sind auch die Erinnerungen, die ganz plötzlich heraufsteigen. Zu gerne möchte er die Magdalena vergessen. Oft und oft redet er sich vor, dass er ihr nur rein zufällig begegnet ist. Und doch lässt es sich mit diesem billigen Wort nicht abtun und Anton Bruckner muss in einer windstillen Stunde, als er auf dem

Königsacker oben Buchweizen sät, erkennen, dass es im Leben keine Zufälle gibt, sondern dass alles Gesetzen unterliegt.

Der Toni möchte sehr gern ein guter Ehemann sein, nachdem ihm, nicht nur von der Agnes allein, bestätigt worden ist, dass er ein guter und umsichtiger Bauer sei. Allein, es geht nicht immer ganz so, wie er es will. Ist er doch kein unsinnig Verliebter mehr, den es in Sehnsucht nach seiner Frau von den Feldern heimzieht, der sie dann im Flur schon umarmt und küsst. Nein, das liegt ihm schon gleich gar nicht.

Anders ist es bei Agnes. Sie kann kaum erwarten, bis er heimkommt. Voll Verlangen ist sie und sie hängt sich an seinen Hals, ganz egal, ob jemand zusieht oder nicht. Manchmal kommt es ihm vor, als betrachte sie ihn wie einen gekauften Gegenstand, mit dem sie tun kann, was sie will. Zuweilen tut sie sich überhaupt keinen Zwang an und küsst ihn vor allen Dienstboten. Wenn er sie sanft von sich schieben will, wird sie störrisch und fragt ganz laut, vor wem er sich denn geniere.

Gleich am ersten Tag ist es ihm schon aufgefallen, dass auf dem Hof keine jungen Mägde sind, außer einer einzigen, Monika. Toni ist aber überzeugt, dass Agnes auch die noch ausgewechselt hätte, wenn sie Ersatz hätte verschaffen können. Die Sophie ist bereits sechzig und die Anna fünfzig. Als er die Agnes einmal fragt, warum sie denn nur alte Mägde eingestellt habe, antwortet sie ihm ganz unverblümt:

»Deinetwegen natürlich. Es wäre sträflicher Leichtsinn, Jugend auf dem Hof zu haben.«

Da muss er unwillkürlich lachen. »Glaubst denn du, dass ich …«

»Ich glaube gar nichts«, unterbricht sie ihn. »Ich

habe lieber vorgebaut. Und wenn die Monika nicht bald aufhört, dir solche Augen zu machen, dann fliegt sie.«

Das wird ihm doch zu bunt. »Red doch keinen solchen Schmarrn daher! Augen machen! Ich hab noch nie gemerkt, dass sie das tut.«

»Die Hauptsache ist, wenn ich es merk. Du brauchst das nicht zu merken.«

Das sind die ersten Sticheleien. Sie tun dem Mann nicht gerade weh, sie machen ihn aber auch nicht fröhlicher, sie bringen ihn nur dahin, dass er sich noch mehr in die Arbeit stürzt. Und darüber gehen ihre Auffassungen schon meilenweit auseinander, denn Agnes meint, dass er es des Hofes wegen tue, er aber tut es nur, weil er in der Arbeit Vergessen finden kann.

Ein trostloser Herbst kommt über die Landschaft und auf den Bergen liegt schon Schnee. An einem Sonntagnachmittag geht Toni mit seiner Bäuerin in den Hochwald hinauf, um die Bäume anzuzeichnen, die geschlagen werden sollen. Selbst auf diesem Weg kann sie es nicht lassen, in ihn hineinzubohren.

»Ich weiß überhaupt nichts von deiner Vergangenheit«, bohrt Agnes.

»Da gibt es nicht viel zu wissen«, antwortet er.

»Ich werd doch nicht deine erste gewesen sein. Oder?«

»Hör doch mit dieser Fragerei auf! Was willst du denn damit erreichen? Wenn du auch auf das noch eifersüchtig werden willst, was gewesen ist, dann kannst mir Leid tun. Helfen aber kann ich dir nicht.«

»Schrei mich doch nicht so an«, klagt sie jetzt. »Ich werd doch noch fragen dürfen. Ich tät dir alles sagen, wenn es von früher was zu sagen gäb.«

»Ich bin gar nicht neugierig drauf. Was ich nicht weiß, macht mich nicht heiß.«

Sie sind jetzt an den Waldrand gekommen und bleiben stehen. Hier ist es ganz windstill und Agnes lockert den wollenen Schal am Hals ein wenig. Ein paar Krähen ziehen mit heiserem Schrei in trägem Flug über den Hang her und fallen lautlos in den Wald ein. Tief unten liegt der Wieserhof.

»Was ist denn das für ein Lenerl gewesen?«, fragt die Agnes plötzlich und es ist gut, dass sie ihn dabei nicht ansieht, denn er zuckt bei dieser Frage wie unter einem Schlag zusammen.

»Was meinst du da?«

»Ja, im Traum hast du gestern Nacht von einem Lenerl gesprochen.«

»Was – was hätte ich da gesagt?«

»Nichts weiter als bloß ihren Namen. Aber wie du ihn ausgesprochen hast! Zu mir bist du nie so zärtlich.«

Nun hat er sich wieder gefangen. Ich muss vorsichtiger sein, denkt er, aber er ist mit Zorn gefüllt, weil sie ihn auch noch im Schlaf zu belauern scheint. Und er sinnt nun auf eine kleine Rache, er weiß schon, womit er sie treffen kann, und fragt daher mit sachlicher Nüchternheit: »Und wegen einem Kind? Was ist da? Rührt sich immer noch nichts?«

Da umschattet sich ihr Gesicht, es schrumpft fast zusammen, es ist gerade, als ob sie erschrocken wäre über seine berechtigte Frage, die sie nicht zu beantworten weiß.

»Wenn nämlich einmal Kinder da sind«, spricht er kalt weiter, »dann hast du nicht mehr so viel Zeit für so dumme Gedanken.«

Dann setzen sie schweigend ihren Weg fort bis hinauf zum Holzschlag. Sie haben ein paar Stunden damit zu tun, die Bäume anzuzeichnen und die Agnes ist jetzt wieder ganz friedsam, ja, es ist gerade so, als ob sie jetzt alles wieder gutmachen möchte.

»Schau nur grad«, sagt sie, »das spürt unser Wald noch gar nicht, was wir ihm heuer wegnehmen wollen. Ich glaub immer, Anton, du weißt es noch gar nicht, wie reich du bist. Und weil wir jetzt grad dabei sind, Anton, denke ich, wir schlagen heuer ein bissel mehr, und du kannst dir dann einen Traktor kaufen. Ich weiß ja, wie sehnsüchtig du immer hinaufschaust nach Hoched, wenn sie mit dem ihren über die Felder fahren. Und grad mit Fleiß kaufen wir noch einen schwereren, dass er sich recht ärgert, der Protzenbeutel von Hoched.«

Das sind so ihre Anwandlungen. Zuerst ist sie zänkisch, misstrauisch und voller Gehässigkeit, dann wieder die gute Seele selber.

Auf dem Heimweg begegnet ihnen ausgerechnet der Hocheder. Die Büchse hinter dem Rücken, den Schweißhund an der Seite, kommt er quer durch den Wald. Als die Agnes ihn nun sieht, hängt sie sich sofort beim Toni ein, richtet den Nacken ein wenig auf und spielt die stolze Bäuerin in der Wies, der es möglich ist, an der Seite eines jungen, starken Menschen durch den Wald zu wandern, während der Hocheder immer noch als einsamer Junggeselle durchs Leben gehen muss.

Der Hocheder verlangsamt den Schritt, bleibt dann sogar ganz stehen und es sieht beinahe so aus, als ob er grüßen wolle. Da aber die Agnes ihn keines Blickes würdigt, lässt er es bleiben und sieht sich nur den jungen Mann an. Und er sieht ihn mit seinen grauen Augen ganz merkwürdig an, spöttisch beinahe.

Jedenfalls errötet Toni unter diesem Blick und wendet seine Augen zur Seite. Da sagt die Agnes, so laut, dass es der Hocheder noch hören kann:

»Wenn nächstes Jahr die Gemeindejagd versteigert wird, dann steigern wir sie ein. Es müssen andere Leut nicht glauben, dass nur sie allein auf die Jagd gehen können.«

Da schiebt der Hocheder seinen grünen Filzhut aus der Stirn, lockt seinen Hund und geht lächelnd davon.

Kurz vor Weihnachten teilt der Gefängniswachtmeister Valentin der Gefangenen Magdalena Rauscher mit, dass sie zum Verwalter ins Büro kommen soll.

Magdalena ist gerade mit ein paar Mithäftlingen in der Waschküche beschäftigt und fragt: »Jetzt gleich?«

»Jawohl, wenn gnädiges Fräulein sich bemühen wollten«, witzelt Valentin, der mitunter zu solchen merkwürdigen Späßen aufgelegt ist.

Magdalena trocknet sich die Hände und streicht sich das Haar zurecht. Laut klappern die Holzpantoffeln, als sie über den gepflasterten Gang geht, um dann an die Bürotür zu klopfen.

»Aha, da sind Sie ja schon«, lächelt der Verwalter freundlich und bietet ihr einen Stuhl an. »Setzen Sie sich nur, ich werde gleich fertig sein.«

Der Verwalter hat einen Bogen in die Schreibmaschine eingespannt und klappert mit zwei Fingern irgendein Schriftstück herunter. Dann zieht er den Bogen heraus und liest es durch.

»So, Magdalena Rauscher. Heute habe ich Ihnen eine freudige Mitteilung zu machen.«

Magdalena kann sich nicht denken, was man in diesem Hause überhaupt als freudige Mitteilung empfangen könnte. Erwartungsvoll sieht sie den Mann am Schreibtisch an.

»Können Sie sich gar nicht denken, warum ich Sie habe rufen lassen?«

»Ist Besuch gekommen für mich? Oder – ein Brief vielleicht?«

»Weder das eine noch das andere. Aber Sie werden morgen entlassen.«

»Ist das wahr?«, stammelt sie, fassungslos vor Freude.

»Natürlich ist es wahr. Hier liegt alles schriftlich. Wegen guter Führung wird der Rest der Strafe erlassen. Na na, nur nicht gleich weinen jetzt! Ich gratuliere Ihnen und es freut mich, dass ich ein weniges dazu habe beitragen können.«

Am nächsten Tag gegen Mittag erhält Magdalena das, was sie bei Antritt der Haft hat abliefern müssen. Nur sind es jetzt um fünfzehnhundert Mark weniger, weil ja nicht anzunehmen ist, dass die korrekt arbeitende Addiermaschine der Justiz diese nette Summe vergessen hätte. Dann muss sie irgendein Schriftstück unterschreiben und darf gehen.

Der Verwalter begleitet sie hinaus und sagt ihr, dass sie sich auch bei seiner Frau noch verabschieden möge. Ihr täte es eigentlich Leid, dass Magdalena nun schon gehe. »Und alles Gute dann fürs weitere Leben«, fügt er noch hinzu. »Auf Wiedersehen kann ich zu Ihnen nicht sagen, denn Sie gehören nicht zu denen, die wiederkommen.«

Endlich hat sie alles hinter sich. Als das große Tor klirrend zufällt und Valentin den Schlüssel umdreht, atmet sie zunächst einmal ganz tief auf. Dabei geht ein heiteres Lächeln über ihr Gesicht. Frei!, denkt sie bewegt. Ich bin wieder ein freier Mensch.

Draußen blendet sie das Licht einer beinahe wässrigen Sonne, die den schmutzigen Straßenschnee bescheint, so dass sie die Hand über die Augen legen muss. Ja, es ist Winter geworden. Ein kalter, unfreundlicher Wind pfeift um die Marktecken und sie zieht fröstelnd die Schultern ein. Sie hat keinen Mantel, denn es war noch warm, als man sie von zu Hause fortgeholt hat. Aber schon nach einigen hundert Metern spürt sie die Kälte des Windes nicht mehr, der einen nassen Schnee dahertreibt. Die Flocken fallen in ihr Haar und zerfließen darin. Stolz und frei trägt sie den Kopf.

Die Schaufenster in dem kleinen Städtchen sind schon weihnachtlich geschmückt. Magdalena hat das noch nie gesehen und sie kommt sich vor, als ginge sie nun durch ein Märchenland, in dem alles glitzert und leuchtet. Lange bleibt sie dann vor einem Laden stehen und betrachtet die ausgestellten Sachen. Ganz besonders sticht ihr eine schöne Pfeife in die Augen, und sie denkt sofort an den Toni, dem sie doch ein Weihnachtsgeschenk geben muss. In Gedanken sieht sie ihn schon, wie er bei ihr am warmen Herd sitzt und bedächtig die Pfeife füllt. Der Rauch steigt auf und umnebelt ihr und sein Gesicht. Und hinter dieser schützenden Wand sucht sie zärtlich seinen Mund. Ach, wie lange hat sie seine Küsse entbehren müssen.

Entschlossen betritt sie dann den Laden.

»Ich hätte gerne diese Pfeife dort«, sagt sie. »Was kostet sie?«

Der Mann hinter der Theke lobt seine Ware bis in den Himmel hinein. »Ein wunderbares Stück«, lächelt er, nimmt den Wasserkopf ab, schraubt die Pfeife wieder zusammen und legt noch einen schwarzen Lederbeutel für den Tabak dazu. »Eine größere Freude können Sie dem Herrn Bräutigam gar nicht machen. Und was kostet das Ganze zusammen? Die Kleinigkeit von fünfzehn Mark.«

»Wie viel?«, fragt Magdalena erschrocken. Noch nie in ihrem Leben hat sie fünfzehn Mark ausgegeben.

»Nur fünfzehn Mark. Sie dürfen nicht vergessen: das Rohr ist echt Hirschhorn und der Kopf echt Bruyèreholz.«

»Zwölf Mark geb ich her, aber keinen Pfennig mehr.«

»Da zahl ich ja drauf«, jammert der Ladenbesitzer. »Ist Ihnen denn der Herr Bräutigam keine fünfzehn Mark wert?«

Da lächelt Magdalena kindlich froh. »Der Toni ist mir noch viel mehr wert«, sagt sie, »der ist überhaupt mit Geld nicht aufzuwiegen. Sagen wir dreizehn Mark, aber keine Mark mehr.«

»In Gottes Namen, dann dreizehn. Ich bin es schon gewöhnt, mit Verlust zu arbeiten.« Er wickelt das Ganze in himmelblaues Seidenpapier und umschnürt es mit einem glitzernden Band.

Danach betrachtet Magdalena lange Zeit in einem anderen Schaufenster einen Trachtenmantel aus silbergrauem Loden mit Hirschhornknöpfen. Es ist plötzlich wie ein Rausch über sie gekommen und es ist so ein wunderbares Gefühl, Geld ausgeben zu können.

Wenn ich mit dem Toni an Weihnachten ausgehe, denkt sie, dann muss ich mich schön machen, damit er sich nicht zu schämen braucht mit mir.

Da der Mantel schon so eindeutig mit 86,95 ausgezeichnet ist, getraut sie sich diesmal nicht zu handeln. Nur die letzten fünfundneunzig Pfennig zwackt sie noch ab und freut sich riesig darüber, fast mehr noch als über den schönen Mantel, in dem sie sich nun in den spiegelnden Schaufenstern betrachtet.

»Hundert Mark habe ich jetzt ausgegeben«, sagt sie vor sich hin. »Wenn das der Großvater noch erlebt hätte ...«

Endlich kommt sie zum Bahnhof und erfährt, dass in einer halben Stunde ein Zug geht. Der kleine Warteraum ist ungeheizt.

Aber schließlich ist eine halbe Stunde keine Ewigkeit, und als sie einmal durch das verstaubte Fenster hinausschaut, sieht sie das Züglein mit großen, hellen Drachenaugen aus der Dämmerung herankriechen.

Nach einer halben Stunde Fahrt muss sie wieder aussteigen und von da aus noch eine Stunde zum heimatlichen Dorf gehen. Es ist Nacht jetzt, der Schnee liegt ziemlich hoch hier draußen und ist gefroren. Mit raschen Schritten geht Magdalena dahin und plötzlich wird ihr bewusst, dass sie außer der dünnen Kaffeebrühe am Morgen nichts mehr zu sich genommen hat, weil sie die bevorstehende Entlassung doch so überwältigt hat, dass sie für die Mittagssuppe keinen Appetit mehr hat aufbringen können. Dafür ist die Neue ihr recht dankbar gewesen, die sich erstaunlich schnell in das Gefängnisleben eingewöhnt hat.

Als die ersten Lichter des Dorfes sichtbar werden, spürt Magdalena nun doch eine Beklemmung in sich. Was werden die Leute sagen? Wird man mit den Fingern auf sie deuten, weil sie aus dem Gefängnis kommt? Groß ist zwar die Verbundenheit mit den Menschen im Dorf nie gewesen, aber Magdalena ist empfindlich geworden.

Da sind bereits die ersten Häuser. Hinter den geschlossenen Fensterläden dringt spärlicher Lichtschein hervor. Einmal hört man ein Kind weinen und beim Angermayer jault der Hund an der Kette, weil sein hartherziger Herr vergessen hat, ihn ins Warme zu lassen. Das sind alles so vertraute Geräusche und Magdalena wird überwältigt von ihren Gefühlen.

Auch im Bäckerladen brennt noch Licht, aber gerade will die Bäckerin den Laden schließen. Magdalena will es nun gleich einmal prüfen, ob man gewillt ist, sie wieder aufzunehmen in den Kreis der Dorfgemeinschaft, oder ob man den Stab über sie bereits gebrochen hat, weil sie im Gefängnis gewesen ist. Entschlossen springt sie die drei Stufen hinauf und öffnet die Ladentür. »Guten Abend, Weberin. Einen Laib Brot hätte ich gerne.«

Die Bäckerin erkennt sie zuerst nicht gleich, der silbergraue Lodenmantel gibt dem Mädchen ein fremdes Aussehen, zumal die Bäckerin sie immer noch anders in Erinnerung hat: zerlumpt und zerrissen. Sie nimmt das Brot aus der Stellage und legt es auf den Ladentisch.

»Sechzig Pfennig«, sagt sie.

Magdalena zieht ihre Geldborse und stellt zugleich die Frage: »Kennst mich nimmer, Weberin?«

Die Weberin betrachtet sie eingehend und meint dann: »Wenn ich nicht gewiss wüsste, dass die Rauscher Magdalena im Zuchthaus ist, dann würde ich sagen, du bist es.«

Magdalena fühlt, wie ihr das Blut in die Stirn steigt.

»Zuchthaus war es nicht, nur Gefängnis«, sagt sie.

»Also bist es doch, die Magdalena. Aber wie kommt denn das? Es hat doch immer geheißen, erst nach Neujahr kämst du heim.«

»Man hat mich früher entlassen«, antwortet Magdalena etwas niedergeschlagen, denn sie hat immer gehofft, dass man ihre Abwesenheit im Dorf gar nicht bemerkt.

Die Weberin wickelt jetzt das Brot ein, weiß nicht recht, ob sie Geld dafür nehmen oder, einer inneren Regung folgend, Mitleid erweisen soll, indem sie Magdalena in ihre warme Stube bittet, damit sie sich nach so langer Zeit wieder einmal an einen gedeckten Tisch mit gutem Essen setzen könne.

Aber da legt Magdalena schon das Geld auf den Tisch und sagt kurz angebunden:

»Mach, gib raus! Ich muss heim.«

Da schwindet das Mitleid wieder so schnell, wie es gekommen ist, die Bäckersfrau gibt das Wechselgeld heraus und sagt dann: »Es war eine grenzenlose Dummheit, Mädl, dass du vor Gericht alles auf dich genommen hast.«

»Weiß man denn das hier alles so ganz genau?«

»Ich bitte dich recht schön. Ist ja schwarz auf weiß in der Zeitung gestanden. Hoffentlich entschädigen dich jetzt diejenigen, für die du es auf dich genommen hast.«

»Ich habe – für niemanden etwas auf mich genommen.«

»Na ja, das kann sein. Aber niemand glaubt dir das.«

In Magdalenas Augen leuchtet es kurz auf und sie will es nun gleich darauf ankommen lassen, indem sie der Bäckersfrau die Hand hinstreckt. Ja, wirklich, die hingestreckte Hand wird sofort ergriffen.

»Auf Wiedersehen«, sagt die Bäckersfrau lächelnd. »Und beehre mich nur wieder.«

Magdalena ist nicht mehr so kalt. Die Sterne blinzeln jetzt nicht mehr als kalte Lichter in einem kalten

Zelt, sondern leuchten still wie Kerzenlichter in einem freundlichen Raum. Etwas Drückendes ist plötzlich von Magdalena abgefallen, und es ist ihr, als könne sie sich jetzt erst der Freiheit von ganzem Herzen freuen.

So steigt sie durch den Wald hinauf. Hoch liegt der Schnee unter den stillen Bäumen. Sie muss die Spur erst austreten und ihre Halbschuhe sind dazu nicht recht geschaffen. Aber wenn sie heimkommt, wird sie gleich ein tüchtiges Feuer machen, die Lampe wird freundlich brennen über dem Tisch und sie wird wieder ganz daheim sein.

Endlich steht sie vor der Hütte und sucht in ihrer Handtasche nach dem Schlüssel. Dabei erlebt sie den Augenblick wieder deutlich vor sich, als sie die Hütte abgesperrt und mit dem Polizisten fortgegangen war. Tröstlich warm hat damals die Sonne noch geschienen und auf den Wiesen haben die Herbstzeitlosen geblüht. Es kommt ihr vor jetzt, als sei sie eine Ewigkeit fort gewesen.

Endlich hat sie den Schlüssel gefunden und sperrt auf. Im Dunkeln muss sie sich vortasten, bis sie über dem Herd eine Streichholzschachtel findet. Dann zündet sie das Licht an und jetzt erst sieht sie, dass dort bei der Tür ein Brief liegt. Jemand muss ihn während ihrer Abwesenheit durch den Türspalt geschoben haben.

Ihr erster Gedanke ist, dass es sich um eine Nachricht von Toni handeln könne. Ein freudiger Schreck durchzuckt sie. Der Toni ist hier gewesen und lässt sie nun wahrscheinlich in diesem Brief wissen, wann und wo sie sich morgen vielleicht schon treffen können. Aber dann sieht sie, dass der Briefumschlag mit der Maschine geschrieben ist und von der Gutsverwaltung Kronstein stammt. Hastig reißt sie den Umschlag auf und liest:

Nachdem am 7. 8. der pensionierte Kajetan Rauscher verstorben ist, sieht sich die Administration veranlasst, Ihnen Folgendes mitzuteilen:

In Anerkennung seiner langjährigen, treuen Dienstzeit hat die Kronsteinische Administration dem Verstorbenen seinerzeit unentgeltliches Wohnen in der Jagdhütte im Frauenwald zugesichert. In Anbetracht der durch das Ableben veränderten Rechtslage betrachten wir uns von jener Zusicherung entbunden und ersuchen Sie, die Hütte bis zum 1. Januar nächsten Jahres für den neu ernannten Jagdhüter zu räumen und den Schlüssel bei der Gutsverwaltung in Kronstein abzugeben.

Mit allem hat sie gerechnet, nur mit einer solchen Nachricht nicht. Fort soll sie von hier! Und es ist gar keine Bosheit dabei. Nein, sie begreift durchaus, weshalb sie die Hütte räumen soll, man will sie nicht willkürlich auf die Straße setzen, sondern man braucht die Hütte für den neuen Waldhüter. Es ist nur so schwer, sich vorzustellen, dass sie von hier weggehen muss, wo sie ihre Kindheit verlebt hat, ihre Jugend, und zuletzt noch die glücklichen Stunden der Liebe. Graue Traurigkeit umschattet ihr Herz, und sie fragt sich, was geschehen wird, wenn sie von hier fortgeht, und der Toni sie dann eines Tages nicht mehr antrifft.

»Ach, Toni«, jammert sie vor sich hin. »Warum lässt du mich denn so allein?«

Gleich darauf entschuldigt sie ihn aber wieder und sagt sich, dass er ja von ihrer verfrühten Heimkehr nichts wissen kann. Wüsste er es, er wäre längst hier und würde sie in seine starken Arme nehmen. Nun bleibt ihr wirklich nichts anderes mehr übrig, als nach ihm zu suchen. Aber wo soll sie ihn suchen? Sie versteht heute nicht mehr, warum sie nicht mehr von ihm weiß als einen Vornamen. Auf der anderen Seite des Gebirges ist er daheim. Ja, aber genau wie hier gibt es auch dort Dörfer, Ortschaften und Weiler. Soll sie von einem Ort zum anderen ziehen und fragen, wo hier ein Toni wohne?

Aber plötzlich weiß sie, was sie tun muss. In der ganzen Zeit hat sie nie daran gedacht, jetzt endlich fällt es ihr ein. Und dieser Gedanke macht sie froh, so froh und selig, dass sie die Kälte des Raumes nicht mehr empfindet. Nur die Kuckucksuhr zieht sie noch auf, die so lange stillstehen musste. Dann legt sie sich schlafen, kuschelt sich in die tiefe Mulde des Strohsackes, bis eine behagliche Wärme ihren ganzen Körper durchströmt.

Erst spät wacht sie am nächsten Morgen auf, und nur, weil die Glocken so feierlich über den verschneiten Wald heraufläuten, wird ihr bewusst, dass sie bis zum späten Sonntagvormittag geschlafen hat. Sie schaut zur Tür hinüber, wo nun gleich die kleine Klappe geöffnet und die Morgensuppe hereingeschoben werden muss. Aber merkwürdig, die Tür hat gar keine Klappe, und das vergitterte Fenster ist auch nicht da. Dafür aber tickt die Kuckucksuhr. Da erst begreift Magdalena, dass sie wieder frei ist, dass sie zur Tür gehen, dass sie den Riegel zurückschieben und ins Freie treten kann.

Schnell schlüpft sie in die Kleider und stößt die Tür auf. Schweigend stehen ringsum die Bäume mit der Schneelast auf den Ästen. Immer noch läuten die

Glocken und Magdalena denkt, dass sie eigentlich hinuntergehen könne in die Kirche zum Hochamt.

Zunächst öffnet sie einmal die Fensterläden und da sieht sie erst, wie viel Staub in allen Ecken liegt. Das muss zuerst in Ordnung gebracht werden. Zugleich aber verspürt sie heftigen Hunger und denkt an ein kräftiges Mittagessen. Aber da schaut es nicht besonders gut aus. Nur getrocknete Pilze lassen sich in der Kammer draußen finden. Aus ihnen aber bereitet sie sich ein Essen, wie ihr schon lange keines mehr geschmeckt hat.

Dann sucht sie sich im Schuppen ihre Skier, bearbeitet sie gründlich mit Wachs und schickt sich an, zum Killerhof hinunterzufahren.

Ist das herrlich, wieder so frei und ungebunden durch den Winterwald zu spuren. So unschuldsvoll liegt der Schnee unter den Bäumen, nur manchmal von einer Wildfährte durchzogen. Nun kommt der große Hang, wo damals die Zöllner sie überrascht haben. Magdalena geht leicht in die Knie und jagt in wilder Schussfahrt hinunter.

Gerade um diese Zeit schickt der Killerbauer sich an zum sonntäglichen Gang ins Wirtshaus. Er steht ohne Mantel auf dem Ziegelpflaster vor seinem Hof und scharrt mit den Schuhen ein wenig Schnee beiseite. Als er aufschaut und schon weggehen will, sieht er in rasender Fahrt einen dunklen Punkt über den sonnenbeschienenen Hang heruntersausen und auf seinen Hof zuhalten. Der Bauer macht die Augen klein, kennt aber die Frau nicht, die jetzt in zügiger Fahrt durch den Obstgarten kommt. Die Daumen in den Westentaschen vergraben, lässt er die Besucherin auf sich zukommen.

Mit einer scharfen Wendung hält Magdalena vor ihm, stösst die Stöcke in den Schnee und schaut den Mann an, der sie im selben Moment erkennt.

»Da kommt ja ein ganz seltener Besuch«, sagt er und versucht ein freundliches Lächeln, das ihm aber nicht ganz gelingt. »Haben sie dich – bist du denn früher herausgekommen?«

»Ja, gestern. Wegen guter Führung, haben sie gesagt.« Und lachend fügt sie hinzu: »Mich selber hab ich besser geführt als die Kuh damals.«

»Nicht so laut, Mädl. Manchmal haben sogar die Mauern Ohren. Komm mit rein ins Haus, da lässt es sich besser reden.«

Mit ein paar Griffen hat Magdalena die Bindung ihrer Skier gelöst und lehnt sie an die Hauswand. Dann geht sie hinter dem Mann ins Haus.

»Koch Kaffee«, ruft er in die Tiefe des Ganges, wo wohl die Küche sein mag. »Wir haben Besuch bekommen, Theres!«

In der wohlig durchheizten Stube wirft er den Hut auf die Bank und deutet auf einen Stuhl.

»Nimm Platz, Madl!«

»Ich halte dich hoffentlich nicht auf, Bauer?«

»Nein. Ich komm schon noch zu meinem Sonntagsbier. Und jetzt möchte ich dir Dank sagen, weil du dich gar so gut gehalten hast. Allen Respekt!«

»Wofür denn Dank?«

»Weil du in der Verhandlung so gerade gestanden bist. Ganz kalt ist es mir über den Buckel gelaufen, wie sie dich gefragt haben, wohin du die Kuh hättest bringen wollen. Aber nichts, kein Wort hast du gesagt. Dafür bin ich dir Dank schuldig.«

»Ich bin nicht deswegen gekommen«, sagt Magdalena schnell. »Mir geht es um was ganz anderes,

Killer. Ich möchte wissen, wo der Toni zu finden ist.«

»Welcher Toni?«

»Der dir ursprünglich die Kuh hat bringen wollen.«

»Ach so, den Bruckner Toni meinst du?«

»Ja, ja, den meine ich«, nickt Magdalena voller Eifer. »Wo ist er denn daheim?«

»Wo er daheim war, meinst du?«

»Ich meine, wo ich ihn finden kann. Ich muss wissen, wie es ihm geht.«

»Dem geht es ausgezeichnet«, lacht der Killer und nimmt sich eine der vielen Pfeifen von der Wand, stopft sie mit Tabak und zündet sie umständlich an. »Der hat sich in ein warmes Nest gesetzt.«

»Was hat er?«, fragt Magdalena mit gefurchten Brauen.

»Die reiche Störauertochter von der Wies hat er geheiratet. Der kann sich wirklich glücklich schätzen.« Der Killer drückt mit dem Daumen die Glut in seiner Pfeife nieder und sieht nicht, wie das Gesicht des Mädchens kreidebleich wird. »Ich denke, dass der Toni sich schon erkenntlich zeigen wird, denn wenn du nicht so standhaft gewesen wärest, hätte ja er die vier Monate absitzen müssen.«

Rasch steht Magdalena auf. Ganz steil steht sie da, unbewegt das Gesicht und die Gestalt, die Lippen schmal wie ein Strich, die Augen hart und weit geöffnet. »Das ist doch nicht wahr!«, schreit es auf einmal aus ihrem versteinerten Gesicht heraus. Ihre Stimme klingt wie zersprungenes Glas.

Der Killer starrt sie ganz baff an und empfindet peinlich, dass er etwas Dummes gesagt hat.

»Wann war das?«, fragt Magdalena jetzt.

»Wann das war?« Der Killer schlägt einen alten

Kalender auf. »Das war am 22. September dieses Jahres.«

Magdalena schließt vor Schmerz die Augen. Das ist also gewesen, kurz nachdem sie selbst ins Gefängnis gekommen ist.

Sie stöhnt. »Ist denn so etwas möglich? Kann ein Mensch so gemein sein?« Ihr Verstand erfasst es zwar, aber das Herz will die Botschaft nicht aufnehmen. Es zuckt auf und hält für Sekunden den Schlag an. Aber dann schlägt es wieder, wild und pochend. Eiskalt läuft es durch ihren Körper.

»Ich hätte es dir nicht sagen dürfen«, meint jetzt der Killer und legt verlegen seine Pfeife weg. »Ich habe ja auch nicht gewusst, dass dir der Bruckner Toni etwas bedeutet hat.«

»Ist schon gut«, antwortet sie. »Hätte ich es von dir nicht erfahren, einmal hätte ich es doch hören müssen. Wo, sagst du, ist er verheiratet?«

»In der Wies. Das ist von Birkach gute eineinhalb Stunden zu gehen. Aber ich weiß nicht, Mädl, ob es Wert hat, wenn du ihn aufsuchst. Wohl, die fünfzehnhundert Mark müsste er dir eigentlich ersetzen.«

»Ihn aufsuchen? Ihm nachlaufen?« Sie wirft den Kopf trotzig zurück. »Da kann er alt werden!« Das schreit sie förmlich heraus, dann jedoch sammeln sich ihre Gedanken zu ruhigen Überlegungen. Ihr Herz aber hüllt sich in Trotz. Mit einem Ruck wendet sie sich ab.

»Bleib doch noch ein wenig«, versucht der Killer sie zurückzuhalten. »Der Kaffee muss ja alle Augenblicke fertig sein.«

»Mir ist jetzt nicht nach Kaffee zumute, Killer. Nimm es mir nicht übel, ich möchte heim.«

Draußen schnallt sie die Skier an und gleitet langsam durch den Apfelgarten. Sie merkt kaum, dass der Killer neben ihr hergeht. Erst als er, von ihr abzweigend, noch sagt »Also nimm es nicht gar zu schwer. Du mit deinem Gesicht kannst leicht zehn andere haben«, da bleibt sie stehen und antwortet:

»Einmal hab ich einen gern gehabt, eben den Toni, dass er ein Schuft ist, habe ich nicht wissen können. Muss halt schauen, wie ich mit mir fertig werde. Ein zweites Mal passiert mir so etwas nicht mehr, das weiß ich.«

Der Killer tritt wieder einen Schritt näher heran. »Wenn ich dir irgendwie helfen könnte. Ich meine, du hast es verdient.«

»Helfen?« Nachdenklich schaut Magdalena über die weiße Fläche hin. »Ja, Killer, vielleicht müsste ich dich um eine Gefälligkeit bitten. Mir ist die Hütte oben zum Ersten gekündigt. Im Augenblick weiß ich nicht, wohin. Wenn du eine Arbeitskraft brauchen könntest?«

Der Killer kratzt sich hinter den Ohren. Man merkt ihm an, dass ihm dieser Vorschlag nicht ganz gelegen kommt. »Müsste ich halt mit meiner Bäuerin reden.«

»Es war nur eine Frage, Killer. Sag Bescheid, wenn du mich brauchen kannst.«

Weg ist sie. Mit langen Schritten spurt sie den Weg hinauf. Daheim angekommen, packt sie erst die Verzweiflung mit voller Wucht. Die Hände im Schoß gefaltet, die Augen gegen die Tür gerichtet, sitzt sie da. Jähe Erkenntnis reißt an ihrem Herzen. Alles fällt ihr wieder ein, auch das, dass er nie mit ihr übers Heiraten hat sprechen wollen. Nur sie ist so dumm gewesen und hat das als eine Selbstverständlichkeit vorausgesetzt. Er aber wird darüber gelacht und nur an ein kleines Taschengeld gedacht haben, wenn sie etwas großspurig von ihren zweitausend Mark gesprochen hat.

Und plötzlich sinkt ihr Kopf vornüber, die Schultern wirft es, ein wehes Stöhnen zerreißt die Stille der kleinen Stube.

Still schleichen die nächsten Tage dahin. Es ist wieder Schnee gefallen und deckt alles zu und doch enthüllt er jeden einzelnen Schritt, den man tut, weil der Schnee sich nicht wieder aufrichtet wie Gras, auf das man tritt. Es bleibt eine Spur zurück und Magdalenas Spur führt in diesen Tagen weit in die Wälder hinein. Gewiss, es ist ein sinnloses Umherrennen im Schnee, aber was soll sie sonst mit ihrer Zeit anfangen?

Der Winter ist der Feind aller Einsamen. Man kann wohl am Abend vor dem Feuer sitzen, sich die Füße wärmen und in die Glut schauen. Aber es steigt nichts Befreiendes aus dieser Wärme und sie ist im Grunde genommen kalt wie der Schnee, der lautlos fällt.

Wenn Magdalena manchmal die Augen schließt, dass der kleine Schein der Herdflamme sie nicht mehr erfüllen kann, steigt das Bild jenes Menschen vor ihr auf, dem sie in bedingungslosem Vertrauen angehangen hat. Sie hört dann einen verlassenen Vogel durch den Wald rufen und den Schnee gegen die Hüttenwand treiben. Sie vernimmt das alles nur mit halben Sinnen und sie ahnt nicht, dass sie selbst in dieser grenzenlosen Einsamkeit innerlich reift.

So kommt Heiligabend heran. Zuerst wollte Magdalena es eigentlich nicht, aber dann zieht es sie doch mit Macht ins Dorf hinunter zur mitternächtlichen Mette. Es ist das erste Weihnachten, an dem sie ganz allein ist und sie nimmt ein paar kleine Kerzen mit, die sie auf das Grab des Großvaters stellen wird.

Sie hört die Glocken eine Stunde vorher durch die Nacht tönen und sie geht durch den Wald. Der Wintermond steht hoch über dem Dorf. Unentwegt muss sie auf dem ganzen Weg an Toni denken. Dort drüben ist sie mit ihm einmal auf einem umgefallenen Baumstamm gesessen. Es war eine warme Nacht. Sie denkt an die Pfeife, die sie für ihn erstanden hat und die sie nun vielleicht dem Adam schenken könnte.

Als sie vor dem Grabhügel des Großvaters steht, die zwei kleinen Kerzen in den Schnee steckt und anzündet, muss sie an seine Worte denken, die er ihr noch gesagt hat, bevor sich seine Augen für immer geschlossen haben.

Da ist sie also wirklich an den Unrechten gekommen. Wie Kajetan es vorausgesagt hat. Aber er hat in einem dann doch nicht Recht gehabt, denn sie ist nicht für ihr ganzes Leben unglücklich, sondern nur hellsichtig geworden, und es könnte sein, dass diese Enttäuschung ihr überhaupt ein Wegweiser zu etwas ganz anderem wird.

Und so steht sie lange vor dem kleinen Grab mit dem Holzkreuz, während durch die offenen Kirchentüren die Klänge von der »Stillen Nacht« herausströmen und der Mond mit feierlichem Glanz über das nächtliche Dorf zieht.

Die Weihnachtsfeiertage gehen vorüber. Die Frist, zu der sie die Hütte räumen muss, rückt immer näher. Einmal kommt der neue Waldhüter vorbei und hat davon gesprochen, dass er bereit wäre, ihr die paar Möbelstücke abzulösen. Sie war einverstanden. Was soll sie auch mit diesen Dingen, sie muss ja jetzt erst mal einen Platz für sich selbst finden. Und da kann sie keine Möbel brauchen, höchstens den blau bemalten Schrank mit den brennenden Herzen an der Tür.

Ja, ihr Traum von einem kleinen Bauernhof, von Hochzeit und Kindern ist ausgeträumt. Manchmal sitzt sie lange am Fenster und starrt in den Schnee hinaus, bis ihr die Augen schmerzen. Und dann versucht sie sich vorzustellen, was sie tun würde, träte der Toni jetzt ganz unvermittelt dort drüben zwischen den Bäumen hervor. Ob sie wirklich die Axt nähme, um ihm den Schädel einzuschlagen, wie sie ihrer Zellengenossin versichert hat? Vielleicht würde sie es wirklich tun, weil sie noch immer der Meinung ist, dass niemandem auf dieser Welt größeres Unrecht geschehen ist als ihr. Ihr ist Böses angetan worden und das Böse schreit nach Rache. Man würde sie dann wieder einsperren, aber das würde sie dann leichter ertragen, weil sie ja wüsste, warum man sie einsperrt. Und sicherlich lebt es sich hinter den grauen Mauern leichter mit dem Gefühl gesättigter Rache als dem der Sehnsucht.

Allein der Toni kommt nicht. Niemand kommt, und seit der Waldhüter gegangen ist, ist keine neue Spur im Schnee zu sehen. Und nur von ganz fern her ist zuweilen ein Laut zu hören, der Schlag einer Axt, der weithin durch den Wald tönt, oder das knarrende Krachen eines stürzenden Baumes.

Dann ist endlich der erste Januar da. Magdalena hat ihre Sachen zusammengepackt, der blaue Schrank steht bereits im Flur, und als sie die Hütte abschließt, wird ihr doch schwer ums Herz. Es kommt ihr gerade so vor, als nähme sie Abschied von ihrem Leben. Sie weiß immer noch nicht, wohin sie gehen wird. Der Killer hat ihr keine Nachricht zukommen lassen. Man verzichtet also auf ihre Hilfe dort.

Gegen Mittag betritt sie den Gutshof in Kronstein. Totenstill ist es zwischen den weiten Gebäuden, nur ein paar Tauben bewegen sich in lautlosem Flug unter dem bleigrauen Himmel. Als sie auf das große Mittelgebäude zugeht, springt eine gefleckte Dogge sie knurrend an. Aber Magdalena hat keine Angst vor Hunden.

»Kusch dich«, sagt sie und das Tier zieht sich schweifwedelnd in die warme Hütte zurück.

Dann steht Magdalena in dem weiten, weiß gekachelten Flur und überlegt, an welche Tür sie klopfen soll. Sie kann doch nicht einfach den Schlüssel auf irgendeine der Türschwellen legen und dann wie ein Dieb davongehen. Da ihre Schuhe mit Eisennägeln beschlagen sind, klappern ihre Schritte laut und aufdringlich auf dem Steinpflaster und plötzlich öffnet sich eine der vielen Türen, eine ältere Frau schaut heraus und fragt Magdalena, was sie wolle.

Magdalena bekommt den Geruch von Bratensoße und angebräunten Zwiebeln in die Nase und verspürt plötzlich einen so starken Hunger, dass sie schlucken muss.

»Ich möchte etwas abgeben«, sagt sie.

»Was denn?«

»Einen Schlüssel. Den Schlüssel von der Jagdhütte im Frauenwald.«

»Letzte Tür rechts«, sagt die Frau nicht unfreundlich und zieht die Tür wieder zu. Also klopft Magdalena an der letzten Tür rechts und eine Männerstimme ruft laut: »Herein!«

Inspektor Wörner sitzt hinter einem ganzen Stapel von Büchern und Schriftstücken. Selbst am Neujahrstag hat dieser Mann keine Ruhe. Der Raum ist freundlich eingerichtet. In einem offenen Kamin brennt ein gleichmäßiges Feuer mit Buchenholzscheiten. Jetzt legt der Gutsinspektor den Federhalter weg und richtet seine Augen auf Magdalena. »Sie wünschen?«

»Ich muss jetzt den Schlüssel von der Jagdhütte oben abliefern. Man hat mir das geschrieben.«

»Jagdhütte? Welche Jagdhütte? Ach ja, richtig, den Schlüssel von Nummer VI. Warum kommt denn diese Dingsda nicht selber?«

»Ich bin die Magdalena Rauscher.«

Schnell richtet der Inspektor wieder seine Augen auf Magdalena.

»Sie sind das?« Umständlich zündet er sich eine Zigarre an. »Ach, nehmen Sie doch Platz, Magdalena, ja, ich hatte eine ganz andere Vorstellung von Ihnen.«

»Was denn für eine?«

»Man hat mir immer erzählt, Sie seien so, so, wie soll ich denn gleich sagen – so heruntergekommen. Und nun steht da eine junge Dame vor mir. Tja, es tut mir Leid, ich habe Sie nicht willkürlich raustreiben wollen da oben. Sie dürfen mir das nicht übel nehmen.«

»Ich nehme nichts übel. Und hier ist der Schlüssel. Ich habe alles noch sauber gemacht oben.«

»Ist schon recht. Und was wollen Sie jetzt anfangen?«

»Ich weiß es noch nicht«, antwortet Magdalena und öffnet den oberen Knopf an ihrem Lodenmantel. Es ist doch recht warm in dem Raum.

»Wenn es Ihnen nichts ausmacht«, meint der Inspektor nach einer Weile des Nachdenkens, »unser letztes Mädchen hat zu Weihnachten geheiratet und wir brauchen nun wieder jemand für Küche und Haushalt. Das wäre aber nur unser Privathaushalt und hat mit dem Gut selber nichts zu tun.«

»O ja. Es ist ja gleich, wohin ich gehe.«

»Na, dann kommen Sie einmal mit. Wir wollen gleich mit meiner Frau sprechen.«

Die Wohnung des Inspektors liegt am linken Flügel des Gutsgebäudes und ist ein abgeschlossenes Reich für sich. Dahinter dehnt sich ein alter Park mit Laubbäumen, zwischen denen Schloss Kronstein versteckt liegt.

Während Inspektor Wörner mit Magdalena über den Hof geht, erkundigt er sich nach Kajetan, wie er gestorben ist, und ob etwas Wahres daran sei, dass ihm dunkle Kräfte zu eigen gewesen seien.

Unwillkürlich muss Magdalena lächeln. Der Mann, der da neben ihr geht, ist so respekteinflößend und will an das dumme Geschwätz glauben.

»Glauben Sie das wirklich, Herr Inspektor?«

»Natürlich nicht. Aber es ist so viel geredet worden. Auch über Sie. Ja – was war da gleich?« Wörner streift sich mit der Hand über die Stirn. »War da nicht etwas mit Zöllnern oder der Grenzpolizei?«

Merkwürdig, diesmal erschrickt Magdalena überhaupt nicht. Sie ist eingesperrt gewesen, aber sie hat nichts Ehrenrühriges getan. Sie hat überhaupt nichts getan.

»Ich bin dreieinhalb Monate eingesperrt gewesen«, sagt sie, auf die Gefahr hin, dass der Mann nun jede Lust verlieren werde, sie noch seiner Frau vorzustellen.

»Ganz richtig, jetzt weiß ich es wieder. Wegen Schmuggelei, glaube ich.«

»So sagten sie und ich war so dumm und habe es nicht geleugnet.«

»Hätten Sie mit Erfolg leugnen können? Es war da einmal so eine Rede, so viel ich mich entsinne, dass Sie etwas auf sich genommen hätten.«

»Ich – habe etwas auf mich genommen. Aber es lohnt sich nicht mehr, es zu widerrufen.«

Sie sind nun am Seitenflügel angelangt und der Inspektor öffnet die Tür. Wieder ein weiter, langer Flur, diesmal aber mit schönen Bildern an den Wänden und einer Nische mit roten Korbmöbeln.

Wörner sagt Magdalena, sie solle einen Augenblick warten. Dann geht er in die Küche zu seiner Frau.

»Hör zu, Mechthild, ich habe ein Mädchen hier. Sie macht mir keinen schlechten Eindruck. Ich weiß nur nicht, wie du darüber denkst. Es ist das Enkelkind des verstorbenen Kajetan.«

»Doch nicht die, die eingesperrt war?«

»Allerdings, sie ist eingesperrt gewesen, aber ich habe das Gefühl, dass sie gar nichts gemacht hat. Ich denke, du könntest es einmal versuchen mit ihr.«

»Wenn du meinst, Gregor, dass sie für uns passt, dann wollen wir sie nehmen.«

Und so tritt Magdalena am selben Tag noch die Stelle an.

Frostklar liegt immer noch der Winter über dem Land. Aber es ist kein guter Winter für die Leute in der Wies. Für Lichtmess haben die beiden Mägde gekündigt, obwohl sie schon alt sind. Aber gerade alte Leute wollen Frieden haben und nach der Last des Tages zum Feierabend ein fröhliches Wort. Der Bauer, ja, dieser junge Bauer Anton Bruckner ist wohl bereit, so ein fröhliches Wort zu verschenken, aber er tut es nur, wenn die Bäuerin es nicht hört. Hinter allem wittert sie etwas, und seit einer der Knechte sie nach heftigem Streit eine »stockverliebte Spinatwachtel« geheißen hat, ist sie bitterböse auf alle, die sich zwischen sie und ihren Mann stellen wollen.

Seit sie weiß, dass sie schwanger ist, getraut sie sich Toni gegenüber wieder forscher aufzutreten. Er kann jetzt nach einem Streit nicht mehr die Stirn runzeln und herausfordernd die Frage stellen: »Was ist denn eigentlich mit meinem Stammhalter?«

Der Stammhalter ist auf dem Weg und die Agnes sollte nun eigentlich selber fröhlichen Herzens sein, weil es wohl so sein mag, dass auch das Kind dann nicht zänkisch wird. Aber die Agnes sucht mit jedem Streit, verfällt in Weinkrämpfe, weil die beiden Mägde gehen wollen und findet gleich darauf wieder einen freundlichen Wortschwall für die junge Magd Monika, die bleiben will.

»Lass sie nur gehen, die beiden Alten«, sagt sie. »Ist sowieso nicht mehr viel ausgerichtet mit ihnen. Es war überhaupt dumm von mir, dass ich sie eingestellt habe. Aber du bleibst mir und das ist die Hauptsache. Ich will einmal nachsehen, ob ich nicht etwas finde für dich in meiner Schmuckschatulle.«

Sie findet wirklich etwas, einen Ring findet sie, mit blauem Stein, der wohl schon alt, aber wertvoll sein mag.

»Steck ihn nur gleich an und sag den anderen, dass du ihn von mir hast«, ereifert sie sich. »Die werden es noch bitter bereuen, dass sie weggehen von der Wies.«

Tags darauf aber hat sie alles schon wieder vergessen und grübelt darüber nach, warum die Monika eigentlich bleiben will. Hat sie irgendetwas mit dem Bauern? Sie kann sich nicht erinnern, zu Monika anders gewesen zu sein als zu den anderen. Aber sie bleibt, sie wird von etwas festgehalten. Vielleicht hat gar der Bauer ihr schöne Reden gehalten, dass sie dableiben solle.

Am Mittag findet der Toni sie in der Küche sitzen.

Das Essen ist nicht fertig, das Feuer im Herd fast erloschen. Seit er weiß, dass sie ein Kind erwartet, bemüht er sich immer um einen freundlichen Ton.

»Was ist denn, Agnes? Bist nicht gut beisammen?«

»Ich muss über so viel nachdenken«, sagt sie unversöhnlich.

»Denk nicht so viel, es wird schon alles gut werden. Schau, die Angerin war schon über vierzig, als sie ihr erstes Kind gekriegt hat.«

»Ha, deswegen denk ich mir gar nichts! Ich bin erst achtunddreißig und du brauchst dir durchaus nicht zu denken, dass du eine zweite kriegst.«

»Dummes Zeug«, sagt er und hängt seine Jacke über die Herdstange zum Trocknen. Dann schürt er das Feuer nach und rückt den großen Topf mit dem Knödelwasser über das offene Feuer.

Ohne sich zu regen, beobachtet sie ihn und stellt dann plötzlich die Frage: »Warum bleibt denn eigentlich die Monika da?«

Langsam richtet er sich auf, sein Gesicht ist gerötet vom Feuer, es kann aber auch aufsteigender Zorn sein. »Sei doch froh, dass sie dableibt. Ist es nicht schwierig genug, dass die beiden andern gehen?«

»Ich werde schon Ersatz für sie finden. Aber dass die Monika bleibt, gibt mir zu denken. Manchmal kommt es mir so vor, als mache sie dir verliebte Augen.«

»Du siehst immer mehr als ich.«

»Besser früh genug alles sehen, bevor es zu spät ist. Meinetwegen wird sie nicht dableiben, schon eher deinetwegen, und wer weiß, was sich da hinter meinem Rücken abspielt.«

Er will es eigentlich nicht sagen, es fährt ihm nur im Zorn so heraus: »Bist du dumm!«

Wie von einem Schlag getroffen, fährt sie in die Höhe. Ihre Augen funkeln böse. »So, dumm bin ich? Das musst ausgerechnet du mir sagen! Du warst freilich klüger, du hast gewusst, was du willst! Was warst du denn schon? Ein besserer Knecht. Ich aber hab dich herausgenommen und hab dich zu dem gemacht, was du heute bist, der reiche Wieserbauer!«

Sein Zorn ist schon wieder verraucht, auch wenn sie ihm erneut vorgehalten hat, was sie aus ihm gemacht hat. Das hat sie jetzt schon so oft getan, dass es ihn gar nicht mehr rührt. Sich bezwingend, setzt er sich zu ihr auf die Bank und legt seine Hand auf ihre Schulter.

»Du hast Recht, Agnes, du hast mich zu einem reichen Bauern gemacht und du hättest es in deiner Hand, mich auch zum glücklichen Mann zu machen. Aber dauernd grübelst du und suchst und witterst hinter allem etwas, was gar nicht da ist. Wenn du so weitermachst, Agnes, sind wir bald allein auf dem Hof, weil niemand mehr bleiben kann. Die Zeiten, wo einem die Dienstboten ins Haus gerannt sind, die sind vorbei. Heute muss man sich die Leute warm halten, die man hat. Das müsstest du als gute Bäuerin, die du sonst bist, schon wissen. Es wäre viel besser, du würdest mehr an unser Kind denken, als dass du mir mit Nichtigkeiten die Tage verbitterst. Manchmal kommt es mir gerade vor, als freutest du dich gar nicht auf das Kommende.«

Wie weggeweht ist jetzt wieder ihre schlechte Laune und sie drückt ihren Kopf an seinen Hals. »Freust du dich denn?«

»Ja, Agnes, ich freue mich darauf, weil ich mir denke, dass ein Kind alles überbrücken kann, was uns jetzt so oft trennt.«

»Ja, Anton. Aber wenn es ein – ich weiß doch, wie gern du dir einen Buben wünscht – wenn es aber ein Mädl wird?«

»Agnes, das ist doch gleich. Mach dir doch darüber keine Gedanken. Die Hauptsache ist, dass alles gut vorübergeht.«

Sie schweigt eine Weile nachdenklich und sagt dann in satter Zufriedenheit, mit ihren Gedanken einen weiten Sprung machend: »Und eine Wut wird er haben, der Hocheder oben, wenn wir einen Buben haben, wo er es nicht einmal zu einer Frau bringt! Und grad mit Fleiß fahr ich dann mit dem Kinderwagen bei ihm oben vorbei, dass er sich grün und blau ärgern muss.«

»Ja, das tust, Agnes«, stimmt er ihr zu. »So, und jetzt schaun wir halt, dass das Mittagessen fertig wird.«

»O ja, das hätt ich heute fast vergessen.« Mit flinker Hand bereitet sie jetzt das Mittagsmahl und ist für ein paar Tage wieder gutmütig.

Der Toni aber hat Recht gehabt, sie findet so schnell keinen Ersatz für die beiden Mägde, die ihnen den Dienst aufgesagt haben. Und so wird für den Stall ein Schweizerehepaar eingestellt. Toni ist diese Regelung eigentlich lieber, zumal er in der Wahl dieser beiden Leute eine glückliche Hand hatte. Sie sind tüchtig im Stall und steigern den Milchertrag um ein beträchtliches.

Da begibt es sich, es mag etwa vierzehn Tage nach Lichtmess sein, dass Toni mit einem Gespann zu einem weit abgelegenen Feldstadel fahren muss, um Heu zu holen. Die Knechte sind im Wald oben und so bleibt ihm nichts übrig, als die Monika mitzunehmen, damit sie ihm hilft.

Die Monika ist ein unscheinbares Ding und Toni wäre es im Traum nicht eingefallen, etwas Besonderes an ihr zu finden oder sie gar begehren zu wollen.

Es ist bitterkalt an diesem Tag. Der Schnee knirscht unter den Schlittenkufen und der Atem der Pferde steigt wie gefrorener Nebel in die Luft.

Schweigend legen sie beide im Feldstadel das Heu auf. Es sind kaum zehn Worte, die sie zusammen sprechen. Bei der Heimfahrt aber geschieht es unglücklicherweise, dass die hohe Fuhre an einer abschüssigen Stelle umkippt und nochmals aufgeladen werden muss. Dadurch entsteht ein großer Zeitverlust und daheim sitzt die Bäuerin mit pochendem Herzen am Fenster und starrt über den verschneiten Hang hinauf, von dem die beiden kommen müssen.

Immer unruhiger wird sie und immer wieder schaut sie auf die Uhr. Jetzt sind sie schon über zwei Stunden aus. In einer Stunde hätten sie zurück sein müssen, denkt sie. Ist also doch etwas mit den beiden. Wie hat sie nur so dumm sein und das Mädchen mitschicken können. Schon ist sie in einen Mantel geschlüpft und windet sich soeben einen Wollschal um den Kopf, um nach den beiden zu sehen, als das Gefährt am Hangrücken erscheint. Der Toni reitet auf dem Sattelgaul, die Monika aber sitzt oben auf der Fuhre, eingehüllt in einen dicken Wollschal, aber, wie es der Agnes scheinen will, mit zufriedenem Gesicht.

Von einer grenzenlosen Unrast befallen, entledigt sie sich ihres Mantels und ihres Schales wieder, wirft abermals einen Blick auf die Uhr und stellt fest, dass die beiden genau zweieinviertel Stunden fortgewesen sind. Es wäre ja nun ein leichtes gewesen zu erfahren, wodurch diese Verzögerung zustande gekommen ist. Aber sie will nicht fragen, sie will Beweise in die Hand bekommen. Sie hört das Gespann über die Tennenbrücke donnern und sieht dann, wie der Toni und die Monika je ein Pferd herunterführen und in den Stall bringen.

Da öffnet sie schon leise die Stalltür und horcht.

»Wir laden jetzt das Heu noch gleich ab«, sagt der Toni.

»Ja, nur an meinem Arm will ich noch schnell nachsehen, ich glaub, ich hab mich ein bissl verletzt, wie ich vom Fuder gefallen bin«, antwortet die Magd und streift ihren Spenzer in die Höhe. Der Bauer tritt hinzu und sieht selber nach, nimmt dabei die Hand der Magd und befühlt die kleine Schürfstelle oberhalb des Gelenkes.

»Gebrochen ist nichts. Nur eine kleine Abschürfung. Das ist noch einmal gut gegangen.«

»Ja, es ist weiter nichts«, sagt die Monika und dann gehen sie in die Tenne hinauf zum Heuabladen.

Vom oberen Stockwerk des Hauses kann man durch eine Eisentür in die Tenne gelangen. Wie ein Schatten drückt sich die Agnes neben einen Grummetstock, steigt über eine Leiter hoch und beobachtet die beiden misstrauisch.

Es gibt eigentlich nichts zu sehen, schweigend werfen die beiden das Heu vom Schlitten und arbeiten zügig, weil es in der Tenne schon dämmerig werden will.

Auf einmal gibt es neben ihnen einen dumpfen Schlag auf dem harten Tennenboden und ein jammervolles Stöhnen. Agnes hat sich zu weit über den Rand des Grummetstockes hinausgebeugt, hat das Gleichgewicht verloren und ist heruntergestürzt.

Es ist kein schwerer Sturz gewesen. Agnes kommt wieder auf die Füße, aber sie knickt in den Knien ein, und der Toni, der, im Gesicht ganz grau vor Schreck, hinzuspringt, kann sie gerade noch vor einem zweiten Fall bewahren. Es rinnt ein wenig Blut über ihr Gesicht, es ist dünnes Blut und nicht viel röter als das Gesicht des Mannes, dem es jetzt eine Zornröte nach der anderen über die Stirn jagt, weil er die Ursache dieses Sturzes erkannt hat. Sie hat ihn und die Magd belauern wollen, das steht für ihn fest und es ist nicht Mitleid, mit dem er sie jetzt auf die Arme nimmt und über den Hof ins Haus trägt. Dann spannt er ein und jagt den Gaul hinunter ins Dorf zum Arzt.

Es ist wirklich kein schwerer Sturz gewesen, das stellt auch der Arzt fest. Es ist nichts gebrochen und es gibt keine innerlichen Verletzungen, aber es geschieht infolge dieses Sturzes etwas viel Schlimmeres.

Der Arzt befiehlt, dass man heißes Wasser aufstelle, und eine Stunde darauf erfährt der Bauer in der Wies, dass die Agnes eine Frühgeburt gehabt und dass er, der Bauer, nun Monate umsonst in der Hoffnung auf einen Erben gelebt habe.

Der Toni vernimmt diese Botschaft, als stände er vor dem Gericht und es sei ihm soeben sein eigenes Todesurteil verlesen worden. Seine ganzen Hoffnungen, seine ganzen Erwartungen sind mit einem Schlag zerstört, und es fällt ihm unendlich schwer, jetzt an das Bett seiner Frau zu treten und ein gutes Wort zu finden.

Fast eine Stunde lang besinnt er sich, bis er dann doch die Schlafzimmertür öffnet. Halb aufrecht sitzt sie in den Kissen, mit verzerrten Lippen, die mageren Hände vor sich auf der Decke.

»Das Kind«, flüstert sie. »Toni … das Kind.«

Er nickt nur, dumpf und stumm. Ihr ewiges Misstrauen hat ihm seinen Sohn genommen. Tiefe Falten sind um seinen Mund eingegraben und sein Herz ist schwer wie ein Stein.

»Vom Sturz ist es«, sagt sie und sie sagt es so, dass er meinen solle, sie könne nichts dafür. Aber er weiß es besser, sie ist vorher nie auf einen Grummetstock gestiegen und es war auch heute dazu keinerlei Anlass gegeben, außer ihrem blinden Misstrauen.

Stumm nickt er ihr zu und geht mit gebeugten Schultern hinaus.

Noch nie ist er, seitdem er hier Bauer ist, ins Dorf zum Biertrinken gegangen. Heute tut er es und er trinkt mehr, als er vertragen kann. Aber der Alkohol macht ihn nur melancholisch, so dass er auf dem mitternächtlichen Heimweg in eine noch viel tiefere Verzweiflung gerät als vorhin.

Es ist die Strafe, denkt er. Magdalena wird ihm sicher geflucht haben wegen seiner Treulosigkeit und dieser Fluch wird nun immer und ewig auf ihm lasten. Der Fluch ist stärker gewesen als der Segen, der ihm vorübergehend widerfahren ist. Und dieser Fluch wird nun immer hinter ihm her sein, das fühlt er. Magdalenas rächende Hand hat über die Berge herübergegriffen, mitten in sein Herz hinein und sie hätte es nicht tödlicher treffen können. Nicht an Agnes denkt er auf diesem Heimweg, sondern nur um Magdalena kreisen seine Gedanken.

Bloß einmal noch so glücklich sein dürfen wie in den wenigen Liebesstunden mit Magdalena. Grell auflachend blieb er stehen und schlägt sich mit der Faust vor die Stirn. Er hat sich ja selber den Weg zum Glück verbaut und mit lähmendem Entsetzen wird ihm bewusst, dass er nie mehr ein freier und glücklicher Mensch wird sein können.

Er spürt nicht die Kälte des Windes, der von Osten her weht, stapft durch den Schnee und gelangt endlich auf den Hof. Matt fällt der Lichtschimmer aus der Kammer auf den Schnee heraus. Lange bleibt er in diesem Lichtkreis stehen, fühlt kein Mitleid mit der Frau, die hinter den Vorhängen wachend liegen mag. Er fühlt nur, dass auch vom Letzten, das ihn mit ihr noch verbunden hat, heute wieder ein großes Stück abgebrochen ist.

So hat sich Magdalenas Leben mit einem Schlag in eine Richtung hin verändert, die sie niemals erwartet hätte. Schon nach zwei Wochen erkennt die Frau Inspektor bereits, dass sie bei Magdalena nicht viel Mühe mit dem Anlernen hat. Jeder Handgriff sitzt bei ihr, sie übersieht keinen Staubfleck und keine Arbeit ist ihr zu viel, alles packt sie mit jugendlicher Kraft an, an jede Arbeit geht sie mit Freude heran.

Sie ist nicht mehr einsam, denn auch am Abend sitzt sie mit der Familie im Wohnzimmer, hört Radio und liest die Bücher aus dem Bücherschrank. Nicht jedes Buch versteht sie. Sie zieht Bücher vor, in denen ein Mädchen von einem Mann betrogen wird. Immer sucht sie ihr eigenes Schicksal dahinter, und doch meint sie, dass an keiner so schamlos gehandelt worden sei wie an ihr. Tief befriedigt ist sie, wenn den Schurken des Romans dann das gerechte Schicksal ereilt, und oft grübelt sie darüber nach, welche Strafe den Toni treffen sollte.

Manchmal kommt Besuch und dann muss Magdalena Kaffee auftragen oder Wein und belegte Brote. Sie richtet alles appetitlich her und die Frau Inspektor geizt nicht mit ihrem Lob, obwohl sie sonst sehr zurückhaltend damit ist, weil sie aus Erfahrung weiß, dass man ein Mädchen damit nicht überfüttern darf.

Wenn Magdalena über den Hof geht zum Hühnerstall, um die Eier abzunehmen, starren ihr die jungen Gutseleven nach. Aber für diese ist es schwer, an sie heranzukommen, sie reagiert auf nichts, am wenigsten auf eine Schmeichelei, die aus einem Männermund kommt. Sie hat sich angewöhnt, mit schmalen Augen an den Männern hinauf- und wieder herunterzusehen, wie eine Musterung sieht das aus, und es kann vorkommen, dass der Eleve Karl Westermayer errötend an sich herunterschaut, ob irgendetwas Lächerliches an ihm sei, das dieses spöttische Lächeln um Magdalenas Mund rechtfertigt.

Um Josefi herum schlägt das Wetter um. Drei Tage dauert der Föhn, der von den Bergen niederweht und warme Wellen vor sich hertreibt, Menschen und Tiere müde und schläfrig macht und als einzig Gutes nur mit sich bringt, dass er den Schnee von den Feldern und Wiesen nimmt. Selbst an den Bergen zeigen sich bereits am zweiten Tag schon riesige dunkle Flecken und nur noch auf den höchsten Gipfeln kann sich der Schnee halten.

Um diese Zeit ist es, dass der Inspektor während des Mittagessens einmal sagt: »Ach, jetzt hätte ich es bald vergessen, Mechthild. Für morgen Abend hat sich der Hocheder angesagt. Vor einer Stunde hat er angerufen.«

Die Frau lächelt erfreut. »Dann wissen wir wenigstens bestimmt, dass der Frühling kommen will. Martin macht seine Besuche immer dann, wenn ein Wechsel der Jahreszeiten bevorsteht. Auf alle Fälle heißt das, dass wir mindestens sechs Flaschen Plattenseer kaltstellen müssen.«

»Ja, ja, er kann schon was vertragen, der gute Martin«, schmunzelt Inspektor Wörner. »Aber ich freue mich auf den Besuch. Er war lange nicht hier.«

So stellt Magdalena am nächsten Tag sechs Flaschen Plattenseer in den Eisschrank und richtet in der Küche für den Abend Kalbsschnitzel und Kartoffelsalat. Um sechs Uhr fährt der Hocheder in den Gutshof und überrascht die beiden Wörners dadurch, dass er mit einem nagelneuen Opel vorfährt.

Vom Küchenfenster aus beobachtet Magdalena die Begrüßung zwischen den Inspektorsleuten und diesem Hocheder, der zu entnehmen ist, dass sie besonders eng befreundet sein müssen. Mechthild schlägt entzückt beide Hände zusammen und der Hocheder erklärt mit knappen Worten die Einzelheiten seines neuen Wagens. Dann öffnet er den Schlag, Mechthild muss einsteigen und wird ein paarmal durch den Gutshof gefahren, so dass die Hühner vor Angst auf den Misthaufen flüchten. Wie ein fröhlicher Knabe benimmt sich dieser Hocheder, der sich über sein neues Auto kindlich freut.

Jetzt betreten die drei die Diele und der Hocheder entledigt sich seiner pelzgefütterten Überjacke. Magdalena ist noch nicht lange genug in dieser Arbeit, dass sie flink herbeigesprungen wäre, um dem Gast das Kleidungsstück abzunehmen. Sie steht in der Küchentür und schaut auf den Mann, dessen graue Schläfen sich so seltsam ausnehmen, weil er noch nicht in dem Alter sein kann, in dem die Männer für gewöhnlich anfangen, grau zu werden.

Der Hocheder ist halb Herr, halb Bauer, groß von Wuchs und doch schmal in den Schultern. Das dunkle Haar, nur an den Schläfen leicht angegraut, ist sorgfältig frisiert, so wie es Bauern sonst nicht zu tragen pflegen. Jetzt wendet er den Kopf und sieht Magdalena. In seinen eisgrauen Augen leuchtet es flüchtig auf.

»Wer ist das?«, hört Magdalena ihn fragen, während die drei den Flur entlang zum Wohnzimmer gehen. Hocheder trägt schwere Stiefel und hat einen weit ausholenden, festen Schritt.

»Unser neues Hausmädchen«, antwortet die Frau Inspektor, worauf sich der Hocheder nochmals umdreht.

Dann betritt er die Wohnstube, reibt sich vergnügt die Hände und lacht: »Und so gemütlich ist es hier! Ich habe mich richtig gesehnt nach eurer warmen Behaglichkeit.«

Das sagt der Mann, der selber ein Gut besitzt, auf dem er sich jeden Komfort leisten könnte.

Eine halbe Stunde später trägt Magdalena das Essen auf. Und wieder fühlt sie den prüfenden Blick des Mannes. Er beweist für einen Bauern eine bemerkenswerte Sicherheit, sagt »danke«, als Magdalena ihm die Speisen vorlegt, und steckt sich die Serviette zwischen den ersten und zweiten Silberknopf seiner grünen Weste. Bedachtsam schneidet er dann sein Fleisch an, kostet den Brocken und nickt anerkennend.

»Ausgezeichnet hast du das wieder gemacht, Mechthild. Es schmeckt mir nirgends so wie bei dir.«

»Ätsch, diesmal hast du falsch geraten«, lacht der Inspektor. »Seit wir die Magdalena haben, braucht Mechthild sich in der Küche um nichts mehr zu kümmern.«

»Tatsächlich? Eine Perle also. Glückssache, solche Leute zu bekommen.«

Magdalena kommt und geht, trägt auf und räumt

ab, schenkt Wein ein und hat es eigentlich gar nicht gern, als die Frau Inspektor sie auffordert, sich auch ein Glas einzuschenken und sich dazu zu setzen. Irgendwie ist sie ein wenig gehemmt durch die Anwesenheit dieses merkwürdigen Menschen. Auch weiß sie mit der Unterhaltung nicht viel anzufangen. Die beiden Herren sprechen über den Ertrag der Ernte des letzten Sommers, sprechen über den Holzeinschlag des Winters, tauschen die neuesten Erfahrungen aus auf dem Gebiet der Nutzviehzüchtung und der Veredlung irgendeiner Weizensorte, wobei Magdalena erfährt, dass sich auf der anderen Seite des Gebirges eine andere Vegetation befindet und Buchweizen dort überhaupt nicht durchzubringen ist. Dann schweigen sie eine Weile, es wird neu angestoßen, wobei es der Gast offensichtlich vermeidet, auch mit Magdalena anzustoßen.

Danach fragt der Inspektor: »Die Schmitz hast du noch immer? Deine Haushälterin?«

Der Hocheder stellt langsam und vorsichtig sein Glas nieder, spielt mit seinen Fingern noch eine Weile an seinem Glas und hebt dann den Blick.

»Nein, abgedampft mit vollen Segeln.«

»Du warst doch zufrieden mit ihr?«, fragt Mechthild verwundert. »Wie soll man denn das wieder verstehen?«

»Ganz einfach. Sie hat es mir auf die Dauer nicht verzeihen können, dass ich meine Zimmertür nie verfehlt habe, obwohl sie die ihre oft nur angelehnt gehabt hat.«

»Aha«, lacht der Inspektor. »Also immer noch Einsiedler bleiben wollen.«

Der Hocheder blickt auf Magdalena, aber die hat anscheinend auf das Gespräch gar nicht geachtet und blättert in einer Zeitschrift. Darum vielleicht sagt der Hocheder seine Antwort so, wie er sie denkt:

»Wenn eine Haushälterin nachts ihre Kammertür offen stehen lässt, sieht es wie Nachlaufen aus. Aber ich finde, nicht eine Frau soll nachlaufen, sondern wir Männer.«

Daraufhin beißt er einer Zigarre die Spitze ab und sucht in seinen Taschen nach einem Streichholz. Diesmal aber ist Magdalena schneller als vorhin in der Diele, als sie ihn den Überrock hat allein ablegen lassen. Sie reicht ihm ein brennendes Streichholz, das er ihr aus der Hand nimmt.

»Vielen Dank. Meine Anerkennung übrigens auch für die ausgezeichneten Schnitzel. Ich habe lange nicht mehr so gut gegessen.«

Magdalena spürt, wie ihr eine brennende Röte ins Gesicht fährt. Noch nie in ihrem Leben hat sie solch ein Lob vernommen.

Der Inspektor merkt es aber gleich und hilft ihr aus der Verlegenheit, indem er seinen Gast fragt: »Wer führt dir denn jetzt den Haushalt?«

»Vorläufig die alte Hermine, ihr kennt sie ja. Mittags Kraut und Kartoffeln mit Rauchfleisch, abends Rauchfleisch mit Kartoffeln und Sauerkraut. Na ja, am nächsten Ersten kommt meine Schwester Marie und will die Zügel in die Hand nehmen.«

»Und wie stehst du jetzt mit deinem Nachbarn, mit dem du den Prozess wegen des Fischwassers geführt hast?«

»Daran hat sich bis heute nichts geändert. Feindschaft auf der ganzen Linie. Der Alte ist ja vorigen Sommer gestorben und im Herbst ist dort eingeheiratet worden. Ich habe erfahren, dass man dort aufs Neue eingeschnappt ist, weil ich versäumt habe, zu gratulieren. Es war keine beleidigende Absicht dabei. Ich hatte es wirklich vergessen.« Er trinkt sein Glas leer und Magdalena steht auf und schenkt ihm wieder ein.

»Ich könnte mich manchmal kaputtlachen«, spricht der Hocheder weiter, »wenn ich die beiden beobachte. In der ersten Zeit ist sie dauernd hinter ihm hergelaufen. Anton, schreit sie ständig hinter ihm her und pludert sich auf wie eine verliebte Amsel. Siehst du, Gregor, das kann ich einfach nicht verstehen, wie man eine Frau, bar jeder weiblichen Reize, heiraten kann, nur weil sie einen schönen Hof hat. Noch dazu ist sie viel älter als er, ich glaube um zehn Jahre. Dabei ist er ein strammer Kerl, soweit ich mich darauf verstehe. Manchmal habe ich das Gefühl, dass er gern mit mir eine Unterhaltung anfangen möchte. Aber wahrscheinlich hat man ihm beigebracht, dass es auch bei einem jungen Wieser nicht zur freundlichen Nachbarschaft reichen darf, wo der Alte schon vor Jahren den Keim zur Feindschaft gelegt hat.«

Hier geschieht es, dass das soeben frisch gefüllte Glas Magdalenas Hand entgleitet und klirrend zu Boden schlägt. Betroffen sehen alle auf.

»Na, na«, sagt der Inspektor. »Was ist denn mit dir los, Magdalena?«

Magdalena antwortet nicht, bückt sich und sammelt die Scherben auf.

»Ich weiß nicht«, sagt Mechthild. »Sie ist sonst wirklich nicht ungeschickt.«

»Vielleicht ist sie über irgendetwas erschrocken«, meint der Inspektor, während Hocheder weiterspricht:

»Manchmal wirkt es geradezu komisch, wie die Wieserin sich mir gegenüber benimmt. Im vergangenen Herbst musste sie es unbedingt so haben, dass ihr Mann die Gemeindejagd von Birkach bekommt. Das war natürlich nur meinetwegen. Aber der Sägewerksbesitzer Meindl hat mehr geboten. Jetzt haben sie sich auch einen Traktor zugelegt und es würde mich wundern, wenn der Neid sie jetzt nicht ruhen ließe und sie nicht auch schon nach einem Auto trachtet, und zwar nur deshalb, weil ich eins habe.«

Dann wird das Thema gewechselt und die vierte Flasche Plattenseer aus dem Eiskübel genommen.

»Sag, Martin, warum denkst du denn gar nicht ans Heiraten?«

»Warum? Das weiß ich selber nicht. Vielleicht ist mir die Richtige noch nicht begegnet.«

»Wenn ich mich recht erinnere, warst du in deiner Jugend nicht schüchtern.«

»Ja, damals hätte ich mich leichter verheiratet, das stimmt. Aber dann war das Unglück mit Charlotte, ihr wisst ja noch. Nach ihr ist keine mehr gekommen, die mein Herz angerührt hätte. Und dann wird man – ich will nicht gerade sagen wählerischer – aber unschlüssiger. Na ja, wenn jetzt Marie kommt, wird auch alles leichter.«

Magdalena aber sitzt währenddessen in der Küche mit todblassem Gesicht. So also ist das, muss sie denken. Eine viel ältere Frau hat er sich genommen, nur um des schäbigen Vorteils willen. Aber was sie schon halbwegs vernarbt geglaubt hat, das bricht jetzt wieder auf.

Er kann sie doch nicht lieben, grübelt sie weiter. Was muss denn das für ein Leben für ihn sein?

Plötzlich öffnet sich die Tür, die Frau Inspektor erscheint und erkundigt sich teilnahmsvoll, ob ihr etwa nicht gut sei.

»Nein, mir ist nicht gut«, antwortet Magdalena, froh darüber, dass ihre Chefin so nett zu ihr ist.

»Schön, dann leg dich nieder, Magdalena. Bis morgen ist es sicher wieder vorbei und heute brauche ich dich nicht mehr.«

Drüben im Wohnzimmer aber sagt der Hocheder zu seinem alten Freund Wörner: »Du erinnerst dich doch noch an Charlotte, Gregor?«

»Ganz gut sogar noch und ihr Tod ging mir damals genau so nahe wie dir.«

»Ja, das weiß ich noch. Aber diese Dingsda – wie heißt sie gleich wieder, euer neues Hausmädchen?

»Magdalena meinst du?«

»Ja, Magdalena. Findest du nicht, dass sie mit Charlotte eine gewisse Ähnlichkeit hat?«

Nachdenklich schaut Wörner seinen Freund eine Weile schweigend an. Dann nickt er. »Du hast Recht, Martin. Jetzt, wo du es sagst, fällt es mir auch auf. Das Gesicht erinnert irgendwie an Charlotte. Sonst aber natürlich ist doch ein großer Unterschied. Charlotte kam aus einer ganz anderen Welt, hat Charme gehabt und sie war sehr gebildet.«

Das Gespräch wird abgebrochen, weil Mechthild wieder im Zimmer erscheint und noch belegte Brote herumreicht, die Magdalena vorbereitet hatte.

Spät in der Nacht hört Magdalena den Gast wegfahren. Der Motor heult auf und die Pneus zischen, als er die Kurve beim Tor scharf anschneidet. Noch eine Weile hört Magdalena das Motorengebrumm und nimmt es schließlich mit hinein in Schlaf und Traum.

Der Frühling kommt. Auf den Wiesen wimmelt es schon von gelben Schlüsselblumen, die Kirschbäume beginnen zu blühen und an den Bachrändern blühen schattenliebende Vergissmeinnicht.

Um diese Zeit geschehen am Rand von Magdalenas Leben ein paar Dinge, die nicht ganz bedeutungslos sind. Zuerst einmal sagt der Inspektor, dass man im Schloss unter den alten Buchen die Flaggen hissen müsse, weil die Herrschaft für einige Wochen komme.

Hedy von Arnsfeld ist jetzt die Frau des jungen Freiherrn von Kronstein. Magdalena begegnet den beiden, als sie von einer Besorgung im Dorf zurückgeht. Da reitet die junge Freifrau an der Seite ihres Mannes an Magdalena vorüber und zügelt plötzlich ihr Pferd.

»Sehe ich recht, oder?«, fragt sie. »Bist du die Magdalena oder nicht?«

»Ja, gnädige Frau.«

»Damals sagten wir du zueinander! Aber na ja.« Sie steigt vom Pferd und reicht Magdalena die Hand. »Ich bin sprachlos, wie Sie sich zu Ihrem Vorteil verändert haben, Magdalena.«

Magdalena lächelt die andere dankbar an. »Daran sind Sie nicht ganz unschuldig, gnädige Frau.«

»Dann freut es mich, Magdalena. Ich habe es gefühlt, dass meine Belehrungen nicht auf unfruchtbaren Boden gefallen sind. Kannst du dich noch erinnern, Wilhelm, an das Enkelkind des alten Kajetan? Ich habe dir doch einmal erzählt, dass ich ihr Stoffe geschickt habe und Bücher.«

Der Freiherr nickt nur und streichelt sein dunkles Bärtchen. Dann klopft er seinem Pferd den Hals und sagt: »Soweit ich mich erinnere, ist Kajetan gestorben.«

»Ach ja«, antwortet die junge Frau und wendet sich wieder an Magdalena. »Damals habe ich so viel an Sie denken müssen, Magdalena. Was aus Ihnen geworden ist und wie Sie mit dem Leben allein zurechtgekommen sind.«

»Mit dem Leben gut«, antwortet Magdalena und

will hinzufügen: Nur mit der Liebe nicht. Das verschweigt sie aber, weil der junge Herr so hochmütig von seinem Apfelschimmel herunterschaut.

»Ach, Sie müssen mich einmal besuchen, Magdalena«, verlangt die Freifrau und setzt den einen Fuß in den Steigbügel. »Ich muss unbedingt wieder einmal mit Ihnen plaudern.« Dann sitzt sie im Sattel und fragt von dort aus noch zurück: »Wo sind Sie denn jetzt eigentlich?«

»Auf dem Gutshof, bei Inspektor Wörner.«

»Ach, dann werden wir uns sicherlich noch öfters treffen. Machen Sie's gut, Magdalena!«

Magdalena ist von dieser Begegnung auf seltsame Weise berührt. Erinnert die junge Frau sie doch an eine Zeit, in der das Leben noch ganz unerschlossen vor ihr gelegen ist. Erst unter ihrem Einfluss hat Magdalena den Mut aufgebracht, ein wenig »ins Leben« hineinzuschauen. Ach ja, sie möchte brennend gerne einmal mit der jungen Frau allein zusammenkommen, weil sie fühlt, dass sie der einzige Mensch ist, dem sie ihr Herz ausschütten kann.

Dann wird auf dem Gutshof Kronstein eine neue Magd eingestellt. Und diese Magd heißt Monika und kommt von einem Hof in der Wies.

»Sie muss von dem Hof sein«, erklärt der Inspektor seiner Frau, »von dem uns Martin erzählt hat, dass er mit dessen Bauern einen Prozess wegen eines Fischwassers gehabt habe.«

»Und wo sie um zehn Jahre älter ist als er«, wirft Magdalena ein, worauf sich der Inspektor und seine Frau ansehen, denn es ist bisher noch nie geschehen, dass Magdalena sich an einer Unterhaltung beteiligt hat, es sei denn, man hat sie ausdrücklich um ihre Meinung gefragt.

Und Magdalena verliert in den folgenden Tagen ihre mühsam gesammelte Ruhe wieder. Zum ersten Mal kann sie Genaueres über ihn erfahren. Sie empfindet eine leichte Scheu, die Magd auszufragen. Aber einmal schickt es sich doch. Magdalena hängt im Garten Wäsche auf, als die Monika vorübergeht, und da wendet Magdalena sich an sie.

»Hör einmal, wie hat der Hof geheißen, wo du bisher gewesen bist?«

»Beim Wieser in der Wies.«

»Warum bist du dort fort? Ich meine – so mitten unterm Jahr fort?«

»Kennst du den Wieser?«, fragt die andere zurück.

»Nur flüchtig. Mich interessiert nur, warum du unterm Jahr dort weggegangen bist.«

»Weil es einfach nicht mehr zum Aushalten war dort. Die Wieserin hat den Teufel im Leib und eifert ohne jeden Grund.«

»Auch mit dir?«, fragt Magdalena, weil sie sich nicht denken kann, dass der Toni sich in diese unscheinbare Monika verliebt haben könnte.

»Mit jeder, die auf dem Hof ist, eifert sie. Dabei ist es wirklich nicht so, dass er hinter einem anderen Kittel herschaut. Auftritte hat es dort manchmal gegeben, das war nicht mehr schön«

Eine wilde Freude zuckt in Magdalena auf. So hat er es gewollt, denkt sie, so soll er es haben.

Aber mit dieser Feststellung kommt sie noch lange nicht zur Ruhe. In dieser Nacht steht sie lange am offenen Fenster ihres Zimmers und schaut zu den Sternen hinauf. Die jungen Buchenblätter im Schlosspark flüstern leise im Nachtwind und Magdalena kommt es vor, als sei dies eine eigene Sprache für sie, als würde ihr aus der Nacht eine Botschaft zugeflüstert.

Ist es nun Zufall oder Schicksal, dass die Monika hierher gekommen ist? Magdalena beschließt, noch mehr zu erfahren. Jede Kleinigkeit will sie wissen, findet aber am nächsten Tag keine Gelegenheit dazu und geht darum am späten Abend hinüber in den Querbau, wo das Gesinde schläft.

Es ist nicht schwer zu erfahren, in welcher Kammer die Monika schläft. Lange und nachdrücklich muss sie klopfen, bis von drinnen Antwort gegeben wird und huschende Schritte sich der Tür nähern, die sich nur für einen kleinen Spalt öffnet. Aber Magdalena drückt energisch nach und tritt ein.

»Ich muss dich nochmal sprechen«, sagt sie. »Aber du kannst dich ruhig wieder hinlegen, mich stört es nicht.«

Sie setzt sich auf den Bettrand und legt die Hände auf die Knie. »Wir haben gestern vom Wieser in der Wies gesprochen. Es war etwas, was du angedeutet hast. Ich möchte aber alles wissen.«

»Wenn ich da anfangen müsste, könnte ich die ganze Nacht erzählen.«

»Ich habe Zeit, die ganze Nacht.«

»Du schon, du bist im Herrschaftshaus drüben und kannst länger schlafen als unsereiner.«

»Im Längerschlafen liegt auch nicht die Seligkeit. Sie ist, glaube ich, um zehn Jahre älter als er?«

»Warum interessiert dich denn das alles so?«

»Weil ich ihn einmal gekannt habe, das ist aber schon lange her.«

»Ja, dann muss es schon lange her sein, denn zwei Jahre ist er ja schon mit der Wieserin gegangen, bevor er sie heiratete.«

»Was? Zwei Jahre sagst du? Das kann doch nicht gut möglich sein.«

»Wenn du es besser weißt als ich, warum kommst du dann überhaupt und stiehlst mir den Schlaf?«

Dann hat er also, überlegt Magdalena krampfhaft, schon vor mir mit dieser Wieserin ein festes Verhältnis gehabt. Und ich war nur so ein Blümlein am Weg, das man abreißt und dann wegwirft.

»Haben sie Kinder?«, fragt sie dann plötzlich.

»Weil du dich gar so interessierst für alles, muss ich dir halt doch einiges erzählen. Nein, es sind keine Kinder da und es wird dort auch nie mehr ein Kind geben. Einmal war sie schwanger und dann ist sie uns in ihrem blinden Misstrauen auf den Heuboden nachgeschlichen und ist abgestürzt. Eine Frühgeburt war die Folge, und seitdem sind sie von Doktor zu Doktor gereist, einmal sogar in die Hauptstadt zu einem berühmten Professor. Aber jeder sagt das gleiche. Die Wieserin wird keine Kinder mehr haben.«

»Und er? Möchte er Kinder?«

»Und wie! Seit er es weiß, hat man nie mehr ein Lachen von ihm gehört. Er getraut sich ja sowieso kaum, mit jemandem auf dem Hof zu sprechen, weil sie überall etwas dahinter wittert. Aber einmal hat er mir doch sein Leid geklagt. Es ist kein Leben so, hat er gesagt, ohne Kinder. Er lebt in einer richtigen Not, der Mann, und er hat mir manchmal Leid getan.«

Dann erhebt sich Magdalena vom Bettrand, geht zur Tür. »Gute Nacht, Monika.«

Als sie über den Gutshof ins Herrschaftshaus hinübergeht, fühlt Magdalena eine tiefe Befriedigung in sich. Von dieser Stunde an aber wird sie von wilden Zweifeln hin- und hergerissen. Sie findet nun überhaupt keine Ruhe mehr. Ich muss ihn sehen in seinem Unglück, denkt sie immer wieder. Und er soll mich sehen in meiner blühenden Kraft, damit ihm sein selbstverschuldetes Unglück erst richtig bewusst wird. Geht er jetzt durch ein Fegefeuer, so soll er dann durch die Hölle gehen.

Magdalena hat das Gefühl, dass sie nun nie mehr im Leben froh sein wird, wenn sie nicht eine Genugtuung findet für alles, was dieser Mann ihr angetan hat. Täglich und stündlich soll er daran erinnert werden, wie er mit ihrer Jugend gespielt und sie dann beiseite geschoben hat.

In ihrer Not fällt ihr die junge Frau im Schloss drüben wieder ein. Sie ist es gewesen, die schon einmal bestimmend in ihr Leben eingegriffen hat und die vielleicht auch verstehen wird, was sie, die Magdalena, nun tun will.

Der nächste Tag ist ein Sonntag. Ein warmer Frühlingsregen geht über die Erde und tropft mit hellem Ton ins Blattwerk der Buchen. Lange überlegt Magdalena, ob sie es wagen soll hinüberzugehen, bleibt aber dann doch auf der breiten Steinterrasse der Südseite stehen, von wo aus man einen herrlichen Blick auf die Berge hat.

Noch während Magdalena so dasteht und darüber nachdenkt, in welcher Richtung über dem Gebirge wohl der Wieserhof liegen mag, wird fast lautlos eine der großen Glastüren geöffnet, und die Freifrau von Kronstein betritt die Terrasse.

»Ach, sieh mal an«, sagt sie. »Das ist aber nett, Magdalena, dass Sie gekommen sind. Das trifft sich gerade gut. Mein Mann ist weggeritten und wird erst gegen Abend wiederkommen. Kommen Sie herein und setzen Sie sich, wir müssen nicht unbedingt nass werden.«

Die Glastür bleibt offen, die beiden ungleichen

Frauen sitzen sich in den bequemen Korbmöbeln gegenüber.

»Wir trinken danach Kaffee oder Tee, was Sie lieber mögen«, sagt die Freifrau. »Aber zuerst erzählen Sie mir einmal. Wie ist es Ihnen in der Zwischenzeit ergangen?«

»Gut und schlecht, wie es sich gerade ergeben hat.«

»Das sind die Gegensätze des Lebens, sie wiegen einander auf und es muss wohl so sein.«

Magdalena weiß nicht recht, wo sie eigentlich beginnen soll, schweigt eine lange Zeit und knüpft dann an das allererste Zusammentreffen an.

»Als Sie damals zu uns gekommen sind, Großvater hat noch gelebt, da haben Sie etwas zu mir gesagt.«

»Ja, was denn?«

»Ich weiß es noch so genau, als hätte mir das erst gestern jemand gesagt. Ich müsste die Fesseln sprengen, haben Sie gesagt, und müsste mich freimachen, weil ich mich sonst um meine eigene Jugend betrüge.«

»Und, haben Sie sich freigemacht?«

»Nein, zuerst kam noch ein Brief von Ihnen. Sie haben mir ein Paket geschickt, für das ich mich bis heute noch nicht bedankt habe.«

»Lassen Sie nur, ich habe es nicht deswegen geschickt.«

»Das weiß ich schon, aber ich hätte zumindest schreiben müssen. Dass ich das hätte tun müssen, weiß ich jetzt erst. Damals habe ich es nicht gewusst. In vielem, was der Großvater mir beigebracht hat, sind doch große Lücken geblieben. – Als ich das Paket auf der Post abgeholt hatte, bin ich ihm zum ersten Mal begegnet.«

»Ach, na so was!« Hedy von Kronstein schlägt die Beine übereinander und zündet sich eine Zigarette an.

Dann drückt sie auf einen Klingelknopf. »Kaffee oder Tee?«, fragt sie.

»Mir ist das gleich«, antwortet Magdalena.

»Ich ziehe starken Kaffee vor und er wird Ihnen auch nicht schaden.« Sie gibt den Auftrag an das eintretende Mädchen und lehnt sich tief in den Sessel zurück. »Also, da sind Sie ihm das erste Mal begegnet. Was war dann?«

Und nun erst kann Magdalena alles erzählen. Und sie erzählt es so, dass die Freifrau nicht nur mehr oberflächlich daran interessiert ist, sondern mit steigender Anteilnahme die Stationen mitwandert, durch die Magdalenas Irrweg gegangen ist. Nur einmal wird Magdalena kurz unterbrochen, als das Mädchen mit Kaffee und Kuchen erscheint. Jetzt hört man auch den Regen wieder auf die Terrasse klopfen und die Blätter im Wind rauschen.

Hedy von Kronstein schenkt ihrem Gast ein.

»Und nun erzählen Sie, Magdalena, wie ging es dann weiter?«

Ohne jede Erregung spricht Magdalena, aber sie vergisst nichts, Satz reiht sich an Satz, gerade als ob sie aus einem Buch lesen würde. Nicht einmal wird sie unterbrochen. Erst als sie zu jener Station kommt, wo am Ende das Gefängnis gestanden hat, richtet sich die Freifrau empört auf.

»Entschuldigen Sie, Magdalena, aber das verstehe ich nicht ganz. So ein großes Opfer ist auch ein geliebter Mann nicht wert.«

»Ich glaubte es aber«, antwortet Magdalena. »Wenn man danach feststellen muss, dass man getäuscht worden ist, schmerzt es natürlich, aber es ist doch schön, wenn man einmal jemandem so vertraut hat.«

»Sie werden doch nicht sagen, dass er Sie enttäuscht hat?«

Da leitet Magdalena den Bericht des zweiten Teiles ihres Irrweges ein und jetzt wird ihre Stimme etwas lauter, man merkt die innere Erregung, die bei jedem Wort mitschwingt und von der auch die Freifrau mitgerissen wird. Erst als sie hört, was Magdalena sich nun als Rache ausgedacht hat, zieht sie nachdenklich die Stirn kraus.

»Ich weiß nicht, Magdalena, ob es das Richtige ist, was Sie tun wollen.«

»Zuerst habe ich auch geglaubt, mit einer Axt müsste es geschehen. Aber dann wäre auch mein Leben verpfuscht und für ihn wäre alles mit dem ersten Schlag schon erledigt. So aber wird es ihn viel besser treffen. Ich weiß es, er wird tausend Qualen leiden dabei. Jeden Tag eine Qual, dreihundertfünfundsechzig im Jahr.«

»Und Sie glauben, Magdalena, dass Sie selber dabei keine Qual erdulden?«

»Nein, gar keine. Aber ich werde jede der seinen miterleben und mich daran stärken.«

»Wenn es nur gut ausgeht, Magdalena. Ich könnte mir denken, wo einmal geliebt worden ist, kann die Rache nicht ohne Ende sein, und eines Tages könnte der Hass einschlafen und wieder Liebe daraus werden.«

Da muss Magdalena lachen, wie sie noch nie gelacht hat. »Nein, nein, nein! Wenn ich das nicht so genau wüsste, dann könnte ich niemals in die Wies gehen. Ich war mir vorher noch nicht ganz im Klaren, jetzt aber weiß ich, dass ich es tun muss, ich fände sonst keine Ruhe mehr.«

Lange schaut die Freifrau sie an. Dann reicht sie

Magdalena über den Tisch herüber die Hand. »Ja, jetzt glaub ich es auch, dass Sie es tun müssen. Aber Glück kann ich Ihnen nicht dazu wünschen. Das ist etwas, durch das jeder Mensch allein hindurch muss.«

Am gleichen Abend noch kündigt Magdalena der Frau Inspektor den Dienst. Die schaut sie zunächst einmal ganz entgeistert an. Dann stemmt sie sich dagegen. »Das kommt gar nicht in Frage, Magdalena. Das kannst du uns nicht antun!«

In Magdalenas Augen kommt wieder der harte Glanz, wie immer, wenn sie entschlossen ist, etwas durchzufechten. »Es fällt mir nicht leicht, aber es muss sein«, sagt sie.

»Du musst doch einen Grund dazu haben, Magdalena. Hast du es denn nicht gut gehabt bei mir?«

»Doch, sehr gut. Ich werde es nie vergessen. Aber ich muss weg, ich kann Ihnen nicht erklären, warum es sein muss.«

»Da muss ich aber zuerst noch mit meinem Mann sprechen. Ich glaube nicht, dass er so ohne weiteres einverstanden sein wird.«

Sofort sucht Mechthild ihren Mann auf und klagt ihm ihren Kummer. Nachdenklich hört er sie an, überlegt eine Weile und sagt dann:

»Es kann nicht anders sein, Mechthild, als dass ein Mann dahintersteckt. Und du weißt aus Erfahrung, dass man dann niemanden halten kann. Bis jetzt ist alles so gut gewesen, wolltest du das Mädchen aber nun gegen seinen Willen noch halten, gäbe es nur Verdruss und Ärger auf beiden Seiten.«

»Du findest dich leicht damit ab. Und gestern erst hast du sie noch gelobt über alle Maßen und hast sogar gesagt, dass wir noch nie so ein tüchtiges Mädchen gehabt hätten.«

»Jawohl, hab ich. Und ich finde mich auch nur deswegen ab, weil ich weiß, wie unvernünftig es wäre, jemanden gegen seinen Willen halten zu wollen. Lass sie gehen, sie soll sich die Hörner nur abstoßen. Schlag das Tor nicht ganz zu, damit sie danach um so leichter wieder zu uns findet.«

Das fasst Mechthild nun wie einen Trost auf, und sie geht damit sofort wieder zu Magdalena zurück.

»Ich habe mit meinem Mann gesprochen, Magdalena. Weißt du wenigstens, wohin du gehst?«

»Ja, eben weil ich das weiß, darum muss ich ja fort.«

»Ehrlich gestanden, Magdalena, ich begreife das nicht ganz. Versprich mir aber, dass du wiederkommst, wenn es dir dort nicht gefallen sollte. Die Tür wird immer für dich offen stehen.«

»Ja, das verspreche ich von Herzen gern.«

Und als wieder eine Woche vergangen ist, macht Magdalena sich auf den weiten Weg über das Gebirge nach dem Wieserhof.

Magdalena sieht ein paar Einödhöfe vor sich am Hang liegen, die sich unter den blühenden Kirschbäumen fast vergraben haben. Der Beschreibung nach müsste der mit dem roten Dach der Wieserhof sein. Weiter oben liegt ein größeres Gut, dessen weiße Mauern hell in der Sonne leuchten. Flüchtig denkt Magdalena an den Hocheder, der zu Winterausgang einmal Gast auf Kronstein gewesen ist. Dies könnte wohl sein Besitz sein.

Flüchtig steigt vor ihrem geistigen Auge die Erinnerung an den Mann in ihr auf. Sie sieht ihn mit seinen glänzenden Schaftstiefeln, kerzengerade wie ein junger Mann von achtzehn, und hört ihn sagen: »Sieht es wie Nachlaufen aus. Aber nicht eine Frau soll laufen, sondern wir Männer.«

Komisch, dass ihr das gerade jetzt einfällt. Schließlich ist sie ja nicht wegen dieses Hocheders hierhergekommen, sondern wegen des Bauern in der Wies. Sie gibt sich einen Ruck und geht auf den Wieserhof zu. Sie betritt ihn mit heftigem Herzklopfen, denn in den nächsten Minuten muss sie ihm ja gegenüberstehen.

Aber Anton Bruckner, der Bauer in der Wies, ist um diese Zeit auf den Wiesen draußen und fährt mit der Mistegge die langen Schwaden auf und ab. Dafür tritt Agnes, seine Frau, aus dem Haus, als sie den Hofhund bellen hört.

Einen schärferen Gegensatz als diese beiden Frauen kann es wohl nicht geben. Wie das blühende Leben steht Magdalena da in der schmucken Tracht ihres Tales. Die blonde Haarkrone nimmt sich wie ein kostbares Schmuckstück aus gegen das magere Schöpflein der anderen. Magdalena hat den Mund halb offen vor Staunen, weil sie nicht begreifen kann, dass Toni von ihr weg nach diesem Geschöpf hat greifen können.

Es ist ohne jeden Ausdruck, ein Gesicht, das in seiner Leere nur eine verknitterte Maske ist. Mag sein, dass die Wieserin eines anderen Ausdruckes nicht fähig ist, es kann aber auch sein, dass sie diese Maske nur dieses schönen Mädchens wegen aufgesetzt hat, das da vor ihr steht und sagt, sie habe gehört, hier werde eine Magd gesucht.

Das leere Gesicht belebt sich einen Augenblick, zwar nicht so, dass sich die gelbliche, ungesunde Farbe verwischt hätte, sondern nur insofern, dass sich die dünnen Brauen ein wenig heben.

»Eine Magd, ja. Aber du siehst nicht aus wie eine Magd«, sagt die Wieserin mit einer farblosen Stimme.

»Sondern?«

»Wie eine, die anschaffen will.«

»Ihr könnt es ja einmal mit mir versuchen.«

»Ganz richtig. Ein Vesuch kostet nichts. Ich bin die Bäuerin hier und – werde es bleiben.«

Magdalena weiß nicht, was die Feststellung bedeuten soll. Jedenfalls sagt die Frau es mit scharfer Betonung und denkt sich wohl etwas dabei. Und das muss beantwortet werden.

»Ich habe gar nicht die Absicht, hier Bäuerin sein zu wollen«, meint sie und schaut über den Hof hin.

»Ja, dann komm halt, ich zeige dir, wo du schlafen kannst.«

Sie gehen die Treppe aus Eichenholz hinauf ins obere Stockwerk. Am Ende des Flures öffnet die Wieserin eine Tür und sagt dabei:

»Hast du sonst kein Gepäck als das, was du da in der Hand trägst?«

»Nein, meinen Schrank habe ich bei der Bahn aufgegeben, er wird vielleicht morgen oder übermorgen in Birkach ankommen.«

Misstrauisch schaut die Bäuerin von der Seite her das Mädchen an. »Hast du denn schon gewusst, dass man dich hier nehmen wird?«

»Wenn es hier nicht ist, wird es woanders ein. Gute Leute kann man überall brauchen.«

»Das ist richtig«, antwortet die Wieserin und fügt im Türzuziehen noch hinzu: »Aber Selbstlob hat einen üblen Geruch.«

Magdalena zieht sich um. Sie tut alles wie unter einem Zwang, begreift selber noch nicht ganz, weshalb sie hierher gekommen ist. Vom Fenster aus sieht sie einen schönen Ausschnitt Bauernland, mit Hügeln, Äckern und blühenden Wiesen. Ein warmer Wind weht über die jungen Saaten und eine Lerche schwingt sich trillernd am Fenster vorbei ins blaue Himmelszelt hinauf.

Plötzlich zuckt sie zusammen. Über den Hügelrücken her kommt ein Bulldog und am Steuer sitzt – sie hätte ihn unter Tausenden sofort erkannt – der Toni. Hinterher kommen drei oder vier Knechte, keine Magd, genauso, wie die Monika es ihr geschildert hat.

Der Bulldog fährt jetzt in den Hof ein und hält zwischen Stadel und Stall. Der Bauer springt ab und geht rasch ins Haus. Nur flüchtig hat Magdalena sein Gesicht gesehen und es ist ihr vorgekommen, als ob zwei scharfe Linien um seine Mundwinkel eingegraben seien.

In dieser Minute horcht Magdalena tief in ihr Inneres hinein, ob ihr Herz einen Schlag schneller schlage als vorher. Aber es schlägt ganz gleichmäßig und ruhig. Der Mann ist tot für mich, stellt sie mit Genugtuung fest, strafft sich und geht hinunter in die Küche.

Ihr Herz schlägt auch jetzt noch ganz ruhig und sie bereitet sich nun auf die nächsten Minuten vor. Gleich wird sie ihm gegenüberstehen und sie rechnet jetzt nur noch die Monate nach, seit er zum letzten Mal bei ihr gewesen ist.

Als sie die Küche betritt, steht der Mann mit dem Rücken zur Tür. Er entzündet gerade vor dem offenen Ofentürchen einen Span und bringt seine kurze Pfeife in Brand. Da sagt die Wieserin, die Arbeit mit dem eisernen Scharrlöffel in der Pfanne unterbrechend:

»Da ist eine neue Magd, Anton.«

Langsam dreht er sich herum und ein kalter Schreck fährt in sein gebräuntes Gesicht. Er öffnet den Mund, als ob er schreien wolle, aber er findet keine Worte. Nur brennende Röte überzieht jetzt sein Gesicht.

Magdalena kostet diesen Augenblick aus und fühlt, dass sie ihm haushoch überlegen ist. Das mag wohl daher kommen, weil sie in dem Bewusstsein vor ihm stehen kann, frei von aller Schuld zu sein. Die Augen schmal, in zornig-stolzer Verachtung schaut sie in seinen Blick hinein. Dann biegen sich ihre Mundwinkel herab zu einem spöttischen Lächeln.

Durch dieses lange Schweigen wird die Agnes aufmerksam. Sie schaut von einem zum andern, zieht die Pfanne vom Herd und wird ein wenig unsicher. In diesem Augenblick aber haben die beiden ihre Gesichter wieder in der Gewalt, und da die Agnes an sich kein großes Geisteslicht ist, merkt sie nicht, dass zwischen den beiden Menschen soeben die Vergangenheit mit eisiger Kälte gegrüßt hat.

»Warum sagtst du nichts?«, fragt die Agnes. »Brauchen wir eine Magd oder nicht?«

Und nun macht der Mann den unverzeihlichen Fehler, dass er sich zum Herrn aufwirft und so tut, als hätte hier alles nach seinem Willen zu geschehen und als hänge es nur von seiner Gnade ab, ob Magdalena hier bleiben darf oder nicht. In diesem Augenblick hat er vielleicht wirklich den festen Willen, sie wieder aus seinem Gesichtskreis fortzuschieben.

»Unbedingt muss es nicht sein«, sagt er. Und weil ihn die Frau dafür, wie es Magdalena scheinen will, dankbar anlacht, sofern man das schiefe Mundverziehen für ein Lachen halten kann, geht er jetzt sogar zu ihr hin und legt seinen Arm um ihre Schulter.

Jawohl, die Magdalena soll nur den Eindruck haben, dass hier alles in Ordnung ist. »Wenn wir alle fest zusammengreifen, könnten wir wohl ohne eine Magd auskommen«, sagt er.

Magdalena fühlt sofort, dass diese Komödie ihretwegen gespielt wird. Sie ist nicht mehr das unwissende Mädchen, sie ist durch ihre Enttäuschung klug und hellhörig geworden. Es sieht genauso aus, als ob der Mann sich schutzsuchend an seine Frau dränge. Ein spöttisches Lächeln spielt wieder um ihren Mund. Das aber deutet die Agnes als Hilflosigkeit und meint daraufhin:

»Ich fürchte aber, Anton, dass es mir doch zu viel wird, wenn ich im Hauswesen und zugleich auch draußen auf dem Feld noch arbeiten soll. Du weißt ja, die Gesündeste bin ich nicht.«

»Ja, dann meinetwegen«, antwortet er schnell und schaut über Magdalena hinweg. »Hast du mit ihr schon etwas ausgemacht wegen des Lohnes und so?«

»Nein, gar nichts, Anton. Du bist doch der Bauer.«

»Du kannst bleiben. An Lohn zahle ich dir, was üblich ist.«

»Danke«, antwortet Magdalena hohnvoll und zieht die Hand schnell zurück, als er ihr die seine zum Zeichen des Abschlusses geben will.

Da dämmert ihm zum ersten Mal, dass sie ihn nicht mehr liebt, sondern nur verachtet.

Zunächst weiß der Wieser überhaupt nicht, was er von der Sache halten soll. An einen Zufall kann er nicht glauben, dazu ist sie in der Minute des Wiedersehens zu beherrscht gewesen. Sie ist nicht tödlich erschrocken wie er, sie hat sich wahrscheinlich auf diesen Augenblick sorgfältig vorbereitet. Eines hat er sofort festgestellt: Es ist nicht mehr die glaubensselige und vertrauensvolle Magdalena des vergangenen Sommers. Die Zeit hat sie zu einem willensstarken Menschen geformt, der ihm, ohne zu zucken, die Klinge hinhält, um sie mit der seinen zu kreuzen.

Wenn es aber nicht Liebe und Sehnsucht ist, was sie hierher geführt hat, was ist es dann? Nur um zu zeigen, dass sie auch verachten kann, lohnt es sich doch wirklich nicht, sich auf einem Hof abzuschinden für einen geringen Magdlohn, wenn sie es anderswo besser haben könnte.

In den nächsten Tagen aber wird er schon eines anderen belehrt. Da merkt und begreift er schon, dass es eine grenzenlose Qual sein wird, neben ihr herzuleben. Zuweilen schaut er ihr aus gesenkten Brauen heraus nach und dann packt ihn eine wilde Sehnsucht nach ihrer Jugend und Schönheit, denn auch da bedarf es keines zweimaligen Hinschauens, um festzustellen, um wie viel Magdalena seit damals schöner geworden ist. Ach, und es gäbe doch so vieles zu besprechen. Er müsste ihr auch noch danken, dass sie es auf sich genommen hat und für ihn ins Gefängnis gegangen ist. Aber man kann ja nicht sprechen mit ihr. Wenn er ihr bloß die Arbeit anschafft, nimmt sie es mit ihrem spöttischen Lächeln zur Kenntnis. Richtet er sonst ein Wort an sie, antwortet sie ihm so kaltschnäuzig, dass selbst die Agnes einmal in einem Anfall von Ehrlichkeit sagt:

»Vor der brauche ich keine Angst zu haben. Die hat es sicher nicht auf dich abgesehen.«

Ja, die Agnes ist ganz arglos und kommt gar nicht auf den Gedanken, dass die beiden sich einmal etwas bedeutet haben könnten. Früher hat sie es nie gewagt, aus dem Haus zu gehen. Jetzt aber spürt sie plötzlich wieder das Verlangen, selber ins Dorf zu gehen, um einzukaufen. Sie trägt Magdalena auf, in der Küche nach dem Rechten zu sehen, das Mittagessen herzurichten und die Leinenstücke zum Bleichen auszulegen. Sie braucht dazu keine besonderen Erläuterungen zu geben, weil sie längst gemerkt hat, dass Magdalena jede Arbeit mit peinlicher Genauigkeit verrichtet. Von einer inneren Zufriedenheit erfüllt, wie schon lange nicht mehr, geht die Agnes den Wiesenweg hinunter ins Tal und freut sich an dem schönen Morgen.

Daheim aber geht Magdalena an die aufgetragene Arbeit. Der Bauer ist mit dem Gesinde auf den Wiesen draußen und wird vor Mittag kaum heimkommen. Sie hat übrigens längst gemerkt, dass er ihre Nähe meidet, dass er ihrem Blick ausweicht und einen Gleichmut zur Schau tragen will, der gespielt ist. Ja, es sieht geradeso aus, als sei er der Beleidigte, weil sie es gewagt hat, seinen Weg noch einmal zu kreuzen.

Magdalena setzt das Suppenfleisch auf und geht in den Pflanzgarten hinaus um etwas Grünzeug zu holen. Da raschelt es plötzlich in den Haselnussstauden hinter dem Staketenzaun und der Bauer steht vor ihr.

Nicht das leiseste Erschrecken zeigt sich darüber in ihrem Gesicht, es ist geradeso, als hätte sie ihn erwartet und sei dankbar für die Gelegenheit, nun recht kalt an ihm vorbeizusehen nach einem Hühnerhabicht, der über dem Dachfirst kreist.

»Ich muss mit dir reden, Magdalena«, stößt er hervor.

»Dazu sehe ich keine Veranlassung«, antwortet sie voll Hohn. »Was bliebe auch noch zu reden, nach allem, was geschehen ist.«

»Du bist grausam geworden, Magdalena. Willst du mich nicht wenigstens einmal anhören?«

»Lust verspüre ich allerdings keine dazu, aber es

interessiert mich doch, wie du deine Schlechtigkeit zu bemänteln versuchen wirst.«

»Warum bist du eigentlich nach der Wies gekommen?«

»Um mir genau einzuprägen, wie ein Mensch aussieht, der einen andern kaltblütig ins Unglück gebracht hat.«

Er zieht die Schultern ein und wird rot im Gesicht. Dann versucht er, indem er ein wenig großspurig wird, Magdalena einzureden, dass es nicht allein an ihm gelegen habe, dass er gleichsam unter dem Zwang seines Vaters gehandelt habe, und wie weit so ein Abhängigkeitsverhältnis oft gehe, das habe ja sie selber mit ihrem Großvater erlebt. Und im Übrigen tue sie ihm Unrecht, weil er überhaupt nicht der Mann sei, ein Mädchen so ohne weiteres sitzen zu lassen. Er hätte ihr das sicherlich noch alles gesagt, aber dann sei ja die Sache mit dem Gericht dazugekommen.

Da lacht sie ihm kalt ins Gesicht. »Meine Gefängnisstrafe ist dir zur rechten Zeit gekommen. Und dann will ich dir gleich als erstes sagen: So einer wie du kann mich ja gar nicht in Untreue sitzen lassen. Was einzig und allein wahr ist, ist das, dass ich dich einmal für mein Leben lieb gehabt hab, und ich habe an dich geglaubt. Dann aber habe ich gemeint, ich müsste mich in den Boden verkriechen vor Schande und Scham, als ich erfahren hab, was du mit mir gemacht hast.«

»Ja, das glaube ich«, antwortet er zerknirscht und schaut zu Boden.

»So? Das glaubst du? Nein, dein Glaube sieht ganz anders aus. Dein Glaube heißt Geld und Besitz. In deiner Gier danach zertrittst du bedenkenlos ein Menschenherz. Ja, das hättest du beinahe fertig gebracht.

Und am Anfang war es so – du sollst auch das wissen – dass ich gemeint habe, ich müsste dich mit einer Axt erschlagen. Aber dann habe ich mich aus dem Staub aufgerichtet, in den du mich geworfen hast. Ich bin klüger geworden und ich weiß, dass das, was du der Umwelt als dein Glück zeigen willst, nur ein Wahn ist, denn du bist nicht glücklich, das weiß ich ganz genau. Der Wind hat sich gedreht, und es ist heute wieder so, dass ich in meinem Alleinsein viel glücklicher bin als du in deiner Ehe.«

»Ja, du hast Recht, ich bin nicht glücklich. Mir fehlt ein Kind. Ein Kind könnte manches überbrücken. Aber die Agnes kann keine Kinder bekommen, sagen die Ärzte.«

»Ich könnte Kinder bekommen, Anton Bruckner. Ein ganzes Dutzend, genauso, wie ich es immer geträumt habe, dass es sein soll, wenn ich mit dir einen kleinen Hof pachte. Und hinter meinen Träumen, das darfst du mir glauben, Anton Bruckner, da ist ein heißer Wille gestanden. Du aber bist über meine Träume hinweggestiegen und hast nach der Agnes Störauer gegriffen. Nun hast du eben Pech gehabt, wenn die Agnes keine Kinder bekommen kann. Glaubst du, das tut irgendwem Leid?!«

Sie bückt sich, schneidet etwas Schnittlauch und Petersilie ab und geht an ihm vorbei zum Gartentürchen hinaus. Mit zusammengekniffenen Augen starrt er hinter ihr her. Wie locker der Rock um ihre Beine spielt, wie stolz sie den Kopf hält und wie ihr Blondhaar in der Sonne flimmert! Jetzt hebt sie den Kopf, sieht zu ihm hinüber und sagt mit schneidender Stimme:

»Ich habe auch fünfzehnhundert Mark für dich zahlen müssen. Das wirst du ja erfahren haben.«

Sie lässt das kalte Wasser aus dem Brunnenrohr über das Grünzeug laufen und wartet nun doch neugierig, was er dazu sagen wird. Aber er sagt gar nichts, steht wie angemauert immer noch am Gartenzaun, beide Hände um die Staketen gepresst.

»Im Übrigen möchte ich dir raten, wieder hinauszugehen auf die Wiesen«, ruft ihm Magdalena zu. »Denn wenn die Bäuerin plötzlich heimkäme, heute würde ich nicht mehr lügen für dich – ihr würde ich ganz ehrlich sagen, weshalb du von der Arbeit fortgerannt bist.«

In hilflosem Zorn schreit er zu ihr herüber: »Du bist der reinste Teufel!«

»Teufel ist gut. Das muss ich mir merken, Wieser.«

Sie schwenkt das Grünzeug noch mal im Wasser und geht ins Haus. Als sie nach einer Weile zum Küchenfenster hinausschaut, sieht sie ihn langsam und mit eingezogenen Schultern den Hang hinaufgehen.

Von diesem Tag ab richtet er kaum mehr das Wort an sie und Magdalena tut es fast Leid, dass sie ihn nicht weiter demütigen kann. Bald findet sie aber heraus, dass er ständig in Angst lebt, sie könnte es einmal der Agnes erzählen. Innerlich ist er schon so zermürbt, dass ihn die Anwesenheit Magdalenas gar nicht mehr erregen kann. Auch hat er sich mittlerweile schon daran gewöhnt, dass Magdalena jeden Samstag, wenn er ihr den Wochenlohn hinzählt, ihm singend vor Spott und Hohn zur Antwort gibt: »Danke schön, Bauer in der Wies.«

Einmal hat er es versuchen wollen, ihr einen Zehnmarkschein mehr hinzuschieben, aber sie hat gefragt: »Was soll das?«

Da hat er beschämt den Schein wieder zurückgezogen und es seitdem nie mehr versucht. Wirkliche Sorge macht ihm nur das gute Einvernehmen, das zwischen Agnes und Magdalena besteht und wider Erwarten bestehen bleibt. Gerade wegen Magdalena hat er auf heftige Eifersuchtsszenen gewartet, da sie aber nun ausbleiben, lebt er stets in Unsicherheit, ob Magdalena der Agnes gegenüber nicht doch schon einiges hat durchblicken lassen.

Nein, das hat sie nicht getan. Trotzdem ist ihr aber die Agnes gut und wird ihr von einem Tag zum anderen geneigter. Rein gefühlsmäßig fühlt die Frau einfach, dass ihr von Magdalenas Seite keinerlei Gefahr droht.

Eines Abends sitzen Agnes und Magdalena auf der Hausbank. Der Toni hat es nicht gewusst, sonst wäre er sicher nicht in der Haustür erschienen und hätte nicht gewagt, ebenfalls Platz zu nehmen, wo sich eigentlich zwei Frauen allein ein wenig miteinander unterhalten wollten, denn die Agnes hat ihre Magd gerade gefragt, woher sie stamme.

Magdalena sieht, dass der Bauer sich gerade seine Pfeife anzündet und anscheinend nicht die Absicht hat, gleich wieder zu gehen. Darum braucht sie mit ihrer Antwort ein wenig länger, weil sie sie nicht für die Frau, sondern allein für den Mann geben will.

»Auf der anderen Seite des Gebirges«, antwortet sie. »In einer Blockhütte im Frauenwald bin ich aufgewachsen bei meinem Großvater.«

Die Agnes fragt noch dies und jenes, und es wäre nicht Agnes gewesen, wenn sie die Frage vergessen hätte, ob Magdalena denn keinen Burschen habe. Sie habe nichts dagegen – hier zieht sie auch ihren Mann in die eigene Meinung mit ein – wenn der Bursche sie einmal hier besuchen wolle. »Nicht wahr, Anton«, fügt sie noch mal hinzu, damit es darüber keinen Irrtum gäbe.

»Mir gleich«, brummt er hinter den Rauchwolken hervor, mit denen er sein Gesicht eingenebelt hat. Da holt die Magdalena tief Atem und sagt, dass sie keinen Burschen habe.

»Das kann ich nicht verstehen«, meint die Agnes. »Bei so viel Schönheit. Hast du denn noch nie einen gehabt?«

»O doch«, antwortet Magdalena wie auf ein Stichwort. »Einmal war ich sehr verliebt und ich habe geglaubt, dass er ein gestandener Bauernkerl ist. Dass er bloß die Feigheit eines Landstreichers gehabt hat, ist mir erst später aufgegangen. Ich war kaum zwei Monate fort, da hat er schon eine andere geheiratet, ohne es mich wissen zu lassen.«

»Schau, schau«, sagt die Agnes und schaut ihren Mann an. »So sind die Männer.«

»Nein, so sind Lausbuben. Männer können nicht so handeln«, erwidert Magdalena und lächelt zufrieden, als sie sieht, wie der Toni die Hände zu Fäusten ballt und die Lippen zusammenpresst. Dann hebt er plötzlich den Kopf und lauscht.

»Was ist denn da im Stall wieder los?«, sagt er und steht auf.

»Ist höchstens wieder eine Kuh los«, meint die Agnes. Man hört tatsächlich dumpfes Murren und das Klirren einer Kette und der Toni ist froh, einen Grund zu haben, die Hausbank zu verlassen.

Noch immer glüht die Sommersonne über den Bergen, legt sich strahlenschwer auf die Nacken der Menschen, die das erste Heu ernten und sich nach einem kühlen Windhauch sehnen. Zuweilen steigen hinter dem Gebirge drohende Gewitterwolken auf, die sich erst in den späten Abendstunden entladen. Dann rauscht für Stunden ein erquickender Regen über die abgemähten Wiesen und um Mitternacht stehen schon wieder die Sterne in einem blank gescheuerten Himmel und flimmern im leisen Wind, der noch hinter dem Regen herzieht. Am frühen Morgen aber, wenn die letzten dieser Himmelsaugen verblassen, dann rattern schon wieder die Mähmaschinen auf den Wiesen – die vom Hoched und die von der Wies.

Um diese Zeit kränkelt die Agnes wieder einmal, und Magdalena muss, auf sich allein gestellt, das große Hauswesen führen. Eine andere wäre vielleicht gar nicht so gut zurechtgekommen. Sie aber schreckt vor keiner Schwierigkeit zurück, in ihr lebt noch der Ehrgeiz, vor den Menschen zu bestehen, die etwas von ihr erwarten und die sie für ihre Arbeit bezahlen. So wird auch weiterhin Punkt zwölf Uhr am Mittag die kleine Dachglocke geläutet, und wenn Bauer und Gesinde die Stube betreten, steht die dampfende Suppe bereits auf dem Tisch. Und es besteht seit langem kein Zweifel mehr darüber, dass Magdalena besser kocht als die Bäuerin. Sie bringt einen anderen Geschmack, bringt mehr Abwechslung in die Reihe der Speisen, das merkt nicht nur der Bauer, das merken auch die Knechte, die mit ihrem Lob nicht zurückhalten, während es ihm verboten ist, auch nur die kleinste Anerkennung zu zeigen.

Eines Abends verlässt Magdalena den Hof, um in das Dorf zur Näherin zu gehen. Sie hat immer noch einige von den Stoffen, die ihr damals Hedy geschickt hat.

Auf dem Heimweg dunkelt es bereits, und als sie

durch den kleinen Wald, der auf halbem Weg liegt, kommt, muss sie den Blick zu den Wipfeln heben, die noch einen schmalen, grauen Schimmer auf den Weg herunterwerfen. Fern hört sie eine Wiesenschnarre rufen und einmal klagt im Geäst hinter ihr ein Vogel.

Plötzlich vertritt ihr eine Gestalt den Weg, und obwohl Magdalena eigentlich Furcht nicht kennt, hebt sie doch instinktiv abwehrend die Hand. Im nächsten Augenblick weiß sie auch schon, wer vor ihr steht, wird ganz ruhig und sucht nach einem passenden Wort, das ihn treffen könnte. Gerade aber, als sie glaubt, es gefunden zu haben –»Wegelagerer« könnte sich nach ihrer Meinung nicht schlecht anhören – da sagt er schon:

»Erschrick nicht, Magdalena. Ich muss mit dir reden. So wie bisher kann es auf gar keinen Fall weitergehen.«

»Und warum nicht?«

»Wenn du deinen Spott nicht ablegst und deinen Hohn, Magdalena, dann – ich glaube immer, es gibt dann noch einmal ein Unglück.«

»So, glaubst du? Und deshalb musst du mir zur Nachtzeit den Weg verstellen? Oder hast du es deiner Agnes gesagt, dass du mir entgegengehst?«

Ganz nahe steht er vor ihr, schwer geht sein Atem und sie biegt den Kopf zurück, um davon nicht berührt zu werden.

»Lass den Spott, Magdalena. Ich ertrage es nicht mehr.«

»Was erträgst du nicht mehr?«

»Alles liegt mir so zentnerschwer auf der Brust. Oder glaubst du denn, ich liebe dich weniger als vordem? Die Agnes liegt kränkelnd im Bett und du – du, mit deiner strotzenden Gesundheit, gehst durch das Haus.«

»Ich kann für meine Gesundheit nichts, Anton Bruckner.«

»Das weiß ich. Aber seit du mir kürzlich das wieder gesagt hast – das von den Kindern – seitdem finde ich keine Ruhe mehr. Es müsste ja kein Dutzend sein, ich wäre mit einem schon zufrieden. So weiß ich ja überhaupt nicht mehr, wofür ich lebe und arbeite.«

»Dann habe ich ja erreicht, was ich hab erreichen wollen. Das mit dem Kind ist ja nicht erst seit heute. Einmal habt ihr eine Magd gehabt, die Monika. Von der weiß ich alles, auch das von dem Sturz der Agnes vom Heuboden. Und auch das, wie unglücklich du mit ihr bist. Siehst du und das habe ich sehen und miterleben wollen. Darum bin ich in die Wies gekommen, nicht deinetwegen, wie du am Anfang vielleicht geglaubt hast. Nein, du bist für mich gestorben. Aber du sollst dich dein ganzes Leben lang sehnen müssen nach dem Lächeln eines Kindes. Ich will gern darum beten, dass die Agnes noch lange lebt.«

»Magdalena – das kann doch nicht dein Ernst sein!«

»Ich bin zum Spaßen wirklich nicht aufgelegt, Anton Bruckner. Und zur Wahrheit bin ich schon immer gestanden, wenn du es nicht mehr wissen solltest.«

»Ja, das weiß ich. Es ist aber auch die Wahrheit, dass ich – für ihren Tod bete.«

»Du bist gemein! Zum Dank, dass sie dich in diesen schönen Hof gesetzt hat, um den dich Hunderte beneiden mögen – betest du für ihren Tod. Tust du denn das wirklich?«

»Einmal sollst du mir doch noch glauben, Magdalena.«

»Ich habe einmal an dich geglaubt. Aber das, was du jetzt tust, ist noch viel schlechter als das, was du mir angetan hast. Was könnte dir auch schon der Tod der Agnes bedeuten?«

»Begreifst du denn nicht, Magdalena, was das zu bedeuten hätte? Der Weg wäre frei für uns beide. Wir könnten Kinder haben, Buben und Mädel, wie der Hof sie braucht ...«

»Das hättest du alles haben können, es müsste nicht erst über die tote Agnes hinweg geschehen, Anton Bruckner.«

»Sag doch Toni zu mir, wie früher«, braust er auf. »Lass doch dieses einfältige Anton Bruckner.«

»Früher? Wann war das? Das ist schon so lange her, dass ich es nicht mehr weiß und auch nicht wissen darf, denn bei allem Hass, den ich einmal auf die Agnes gehabt habe, muss ich mir heute eingestehen, dass sie mir bis in die Seele hinein Leid tut.«

Auf einmal packt er sie jäh beim Arm und zwingt ihr Gesicht nahe an das seine. »Lenerl, du musst! Schau, ich liebe sie ja nicht, und seit du im Haus bist, halte ich es kaum noch aus. Und es kann doch nicht sein, Lenerl, dass du alles vergessen hast.« Er reißt sie an seine Brust, küsst mit wildem Atem ihren Mund ...

Nur den Bruchteil einer Sekunde ist sie wie erstarrt, dann schlägt der Stolz in hellen Flammen hoch. Sie stemmt die Fäuste gegen seine Brust, und als sie einen Augenblick Luft bekommt, schlägt ihre Faust hart mitten in sein Gesicht, dass er gezwungen ist sie loszulassen.

»Ach so meinst du es«, sagt sie heftig atmend. »Aber du irrst dich gewaltig, Anton Bruckner, wenn du meinst, dass ich zur Ehebrecherin tauge.«

Und ehe er etwas darauf antworten kann, ist sie weggerannt. Ihre Schritte sind auf dem Moosboden nicht hörbar. Nur einen Ast hört er einmal unter ihren flüchtenden Schritten brechen, dann umfängt ihn wieder die unheimliche Stille des Waldes.

Langsam hebt er die Hand und fährt sich über die schmerzende Stelle, die Magdalenas Schlag hinterlassen hat. Dann lässt er sich müde zwischen den Wurzeln des Baumes nieder und starrt vor sich hin.

Wie soll das bloß noch alles werden, denkt er verzweifelt. Heute hat er sich endlich befreien wollen von dem Joch, in das er hineingeraten ist, und er ist so töricht gewesen, zu glauben, dass auch Magdalena nicht alles vergessen haben könnte. Seit sie im Haus ist, ist ihm das Zusammenleben mit der Agnes eine Qual geworden. Ein Kinderspiel sind dagegen die Monate vorher gewesen.

Wieder langt er nach der schmerzenden Stelle in seinem Gesicht. Hat sie ihn wirklich geschlagen? Bis zu dieser Stunde hat er immer gezweifelt, ob der Hass, den sie ihm so offen zeigt, auch wirklich in ihrem Herzen wurzeln könnte.

Dieses Ereignis aber hat ihm nun wirklich gezeigt, dass sie ihn so ehrlich hasst, wie sie ihn einmal geliebt hat. Halbheiten gibt es in ihrem Leben nicht, sie führt alles getreu durch und hält auch bis zum Letzten, wenn sie einmal erkannt hat, was richtig für sie ist. Natürlich wird sie ihn nun weiter verfolgen mit ihrem Hass. Das Heutige ist nicht angetan, eine Besserung des Verhältnisses erwarten zu lassen.

Freilich hätte er es in der Hand, diesem Zustand ein Ende zu machen. Er könnte ihr morgen schon sagen, dass sie den Hof zu verlassen habe. Er weiß aber auch, dass er es nicht wird sagen können, weil er ihre

Antwort fürchtet, und weil er sich an ihr Hiersein schon so gewöhnt hat, dass ihm der ganze Hof leer erscheinen würde ohne sie.

Als Anton Bruckner eine halbe Stunde später den Hof betritt, kommt es ihm vor, als habe sich über alles ein matter, trüber Schein gelegt, die Fensterscheiben, den Giebel des Hauses und selbst über die Statue des heiligen Florian, der in Lebensgröße in einer Nische zwischen der Feuermauer des Hauses und der des Stalles unbeweglich steht – alles erscheint ihm grau. Ja, gerade dort bleibt sein Blick am längsten haften und er meint, der Heilige habe nun sein Antlitz gänzlich vor ihm verhüllt, als schäme er sich, dass der Herr des Hauses in den Wald gegangen ist, um Böses zu tun.

Wie hat Magdalena gleich gesagt? – Du irrst dich, wenn du glaubst, dass ich zur Ehebrecherin tauge.

Hat er denn das wirklich gewollt?

Oben in der Kammer brennt noch Licht, und als er die Stiege hinaufgeht, kommt gerade Magdalena aus dem Zimmer der Bäuerin. Ein Schreck geht durch ihn hindurch. Ist sie nun zur Kranken gegangen und hat ihr erzählt, dass er, der Bauer, ihr aufgelauert hat? Wie angewurzelt bleibt er stehen und starrt dem Mädchen nach, das ihn auf der Stiege bemerkt hat, aber ohne sich nach ihm umzusehen, in die Tiefe des Ganges hineingeht bis zu ihrem Zimmer, dessen Tür gleich darauf hinter ihr ins Schloss fällt.

Er weiß nicht, dass Magdalena täglich noch nach der Kranken sieht, bevor sie sich schlafen legt, und so kann er nichts anderes denken, als dass sie sich über ihn beklagt hat. Nun, so mag es sein. Wo es nichts mehr zu leugnen gibt, wird er ohne Scham nun die Wahrheit zugeben. Niemand soll ihm künftig noch mal den Vorwurf machen können, dass er feige gewesen ist.

Vorsichtig öffnet er die Tür. Vom Lampenlicht der Nachttischlampe beschienen, leuchtet ihr Gesicht gelblich und verknittert in den weißen Kissen. An ihrem Ausdruck ist nicht zu merken, ob sie etwas weiß. Wohl sind ihre Augen auf ihn gerichtet, ganz still, ohne besonderen Ausdruck und das verwirrt ihn maßlos.

»Nun?«, fragt er und streckt das Kinn vor.

Es ist die Frage, die er jeden Morgen stellt, wenn er in ihre Kammer tritt. Es kann heißen: Nun, wie geht's? Es kann aber genauso heißen: Nun, machst du immer noch nicht Schluss? Es kann aber auch so heißen, wie es jetzt gemeint ist: Nun, hat sie verpetzt, dass ich sie im Wald überfallen habe?

Die Frau aber nimmt die Frage so, wie sie jeden Tag von ihr genommen wird, dass der Mann sich eben erkundigt, wie es ihr gehe.

»Es geht schon, Anton. Du musst halt Geduld haben mit mir. Vielleicht kann ich nächste Woche wieder aufstehen.«

Das hab ich gar nicht hören wollen, denkt er und wendet sich langsam wieder um. Sie hat also doch kein Wort gesagt. Warum will sie ihn schonen, wenn sie ihn hasst? Oder schweigt sie nur aus Mitleid mit der Kranken?

»Komm, komm, setz dich ein wenig zu mir. Ich muss dir etwas sagen.«

Also doch, denkt er und wappnet sich für das, was nun kommen wird. Nur die Nachttischlampe dreht er ein wenig zur Seite, damit sie sein Gesicht nicht so grell bescheint.

»Es tut mir so Leid um dich«, sagt sie, indem sie

nach seiner Hand fasst. Ihre Stimme geht wie die Stimme einer Sterbenden durch den Raum und berührt ihn wie der Frost eines Wintertages, in den er unvorbereitet in Hemdärmeln hinaustritt. »Du bist so gut zu mir«, flüstert sie weiter, »und du brauchst nicht zu glauben, dass ich die Not in deinen Augen nicht sehe. Und darum habe ich gedacht, ich müsste dir doch wieder einmal eine Freude machen, wenn auch anderer Art. Ich weiß, Anton, wie du sehnsüchtig manchmal hinaufschaust nach Hoched, wenn er mit seinem neuen Wagen ins Dorf braust. Kauf dir einen, Anton.«

»Nein, das geht nicht«, antwortet er schnell und in tiefer Beschämung.

»Doch, ganz leicht geht es, Anton. Ich weiß, du denkst an die Ernte, ob sie der Hagel nicht zerschlagen wird wie im Vorjahr. Aber nimm das Geld von meinem Sparbuch auf der Bank. Geh gleich morgen, Anton.«

»Nein, Agnes«, antwortet er. »Wenn schon, dann warten wir, bis du wieder gesund bist. Schlaf jetzt, das viele Reden tut dir nicht gut.«

Er legt ihre Hand auf das Deckbett zurück und geht hinaus. Geht mit schweren Schritten die Stiege hinunter in seine Kammer, in der er seit der Erkrankung der Bäuerin allein schläft. Er ist neunundzwanzig Jahre alt, strotzt vor Kraft und Gesundheit und schläft einsam in einer Kammer zu ebener Erde.

Wider Erwarten steht am Ende der Woche die Wieserin von ihrem Krankenlager auf. Allen erscheint sie wie ein Geist, wenn sie so über den Hof geht, und an allem hat sie etwas herumzunörgeln. Es scheint, als habe sie die Geduld im Krankenbett zurückgelassen und wandle nun als die leibhaftige Ungeduld durch den Hof. Nur an Magdalena hat sie nichts auszusetzen, außer dass sie doch etwas zu tief in den Schmalzhafen hineingelangt hat.

»So fett brauchen sie gar nicht zu essen, die Mannsbilder«, sagt sie. »Da werden sie grad recht übermütig.« Und sie sticht mit der langen Gabel wieder einen Brocken Fett aus der Pfanne, den Magdalena gerade eingelegt hat.

Nur für einen kurzen Augenblick spürt Magdalena eine Auflehnung gegen den Geiz der Frau und sie wehrt sich dagegen mit der Begründung: »Es gibt viel Arbeit jetzt auf den Wiesen. Da muss die Kost schon gut und reichhaltig sein.«

»Das macht nichts, dann werden sie müd und kommen auf keine dummen Gedanken, wenn es Nacht wird.«

Das wäre nun eigentlich der Augenblick, in dem Magdalena gleich die Kündigung anbringen könnte. Sie trägt sich jetzt tatsächlich mit dem Gedanken des Weggehens, nicht aus Angst, dass sie schließlich doch noch rückfällig werden und den Erinnerungen frühlingsstürmischer Zeit in der Waldhütte im Frauenwald erliegen könnte. Nein, das ist wirklich nicht mehr der Grund. Sie will fortgehen, weil sie keinen Sinn mehr darin sieht, weiterhin auf einem Hof zu arbeiten, der durch die Heirat mit der Agnes Störauer Antons Eigentum geworden ist. Ihr Sinn geht immer noch dahin, einen eigenen kleinen Bauernhof zu haben, Herr zu sein über Felder und Wiesen. Jetzt, nachdem sie ihm ihre Verachtung zur Genüge gezeigt hat, will sie ihm auch noch beweisen, dass sie auch allein an das Ziel kommt, das sie sich in liebesseligen Stunden mit ihm gesteckt hat.

Da aber die Bäuerin nach dem kurzen Anfall nörglerischen Geizes wieder ruhig und zahm wird, bringt Magdalena es nicht mehr fertig zu kündigen. Auch ist es ja so, dass der Bauer sie eingestellt hat und darum auch die Kündigung entgegenzunehmen hat. Darüber aber wird es wieder Sonntag.

Anton Bruckner hat die Knechte entlohnt, und als Magdalena nach einer Weile hereinkommt, schiebt er auch ihr den Wochenlohn mit einer stummen Geste zu.

Gewissenhaft, wic sic ist, zählt sic die Scheine genau nach. Dann hebt sie den Kopf, schaut an ihm vorbei zum Fenster hinaus und sagt: »Ich brauche jetzt meine fünfzehnhundert Mark.«

Erschrocken wendet er den Kopf, nicht weil sie das Geld so bestimmt fordert, sondern weil er gleich richtig vermutet, dass sie den Hof verlassen will.

»Warum? Willst du etwa fort?«

»Kann sein, dass ich fortgehe.«

»Aber gerade jetzt, Magdalena! Die viele Arbeit, und du weißt, die Bäuerin ist krank, und –«

»Ich habe dir nicht gesagt, dass du eine kranke Frau heiraten sollst.«

Das ist nun wieder deutlich und er zuckt unter diesem Schlag mit den Brauen.

»Ich will doch nicht ewig Magd sein«, sagt sie.

»Brauchst du ja nicht, Magdalena. Wart noch ein halbes Jahr oder ein Jahr, länger wird es nicht mehr dauern. Die Ärzte sagen, dass es unheilbarer Krebs ist.«

»Und wenn sie morgen stürbe, es würde nichts ändern, denn ich habe dich so vergessen, wie man nur einen Menschen vergessen kann.«

Am Abend desselben Tages findet sie, als sie ihr

Deckbett aufschlägt, einen Briefumschlag mit zweitausend Mark. Als er am anderen Morgen in die Küche kommt und nach Zündhölzern sucht, schiebt sie ihm fünfhundert Mark über den Tisch hin.

»Ich habe nicht gesagt, dass ich zweitausend will, sondern nur meine fünfzehnhundert. Ich will mir von dir nichts schenken lassen.«

»Ich will dir doch nichts schenken. Hab mir nur gedacht, dass es ein Ausgleich sein könnte für die Zeit, als du –«

»Ach so meinst du?« Sie schüttelt verständnislos den Kopf. »Glaubst du denn, dass diese dreieinhalb Monate mit Geld zu bezahlen sind? Es war ein Opfer. Und Opfer kann man nicht mit Geld bezahlen. Damals habe ich geglaubt, es wäre aus Liebe. Heute weiß ich, dass ich ein Opfer meines Vertrauens war.«

Eine Stunde darauf weiß auch schon die Bäuerin, dass Magdalena gehen will. Sie benimmt sich wie eine Irrsinnige, die Vorwürfe, Versprechungen und Beschwörungen prasseln auf Magdalena nieder wie ein Sturmwind. Aber sie lässt sich nicht mehr von ihrem Plan abbringen, lässt schweigend alles über sich ergehen und schüttelt nur den Kopf, als die Agnes wie in einem plötzlichen Einfall die Frage stellt, ob etwa hinter ihrem Weggehen der Bauer stecke.

Da die Agnes ihren Zorn beim besten Willen nicht bei Magdalena anbringen kann, bricht sie mit dem Anton am Mittag wegen einer Geringfügigkeit einen Streit vom Zaun. Aber der Toni ist nicht mehr das geduldige Lamm früherer Tage. Er wird störrisch, schreit sie böse an und schlägt mit der Faust auf den Tisch. Vielleicht weiß er auch, dass Magdalena in der Küche nebenan steht und alles hört.

Jawohl, Magdalena hört es widerwillig mit an. Sie

hört auch, wie sich die Stimme der Frau überschlägt, und ihm mit aller Seelenruhe ins Gesicht schreit:

»Was bist du denn schon gewesen? Ein besserer Knecht. Ich hab dich erst zu dem gemacht, was du bist. Und dass du es weißt, aus dem Wagen wird nichts. Im Tresor fehlen mir fünfzehnhundert Mark. Mit welchem Weibsbild hast du denn das Geld durchgebracht, während ich krank war? Von jetzt an bleibt der Schlüssel bei mir oder soll ich zusehen, wie du schon zu meinen Lebzeiten den Hof verluderst? Immer ist das so, wenn der Bettelmann aufs Ross kommt, kann er es nicht reiten. Und was hast du mitgebracht? Gar nichts! Aber herumstehen da und schreien und sich aufspielen!«

»Das musst du mir vorwerfen«, schreit er zornig zurück. »Was bist du denn schon? Bist ja nicht einmal fähig, ein Kind zu kriegen! Solche wie du bist, hätte ich zehn andere haben können!«

Das gelblich schimmernde Gesicht der Agnes läuft rot an. Ein neuer Vorwurf liegt ihr schon auf den Lippen, als man plötzlich von draußen einen scharfen Pfiff hört. Alle beide rennen sie gleichzeitig hinaus.

Im Hof aber steht der Hocheder mit zornrotem Gesicht, das Gewehr im Arm. »Euer Sauköter hat mir wieder zwei Rehe gerissen«, sagt er laut und drohend. »Aber damit ist es jetzt Schluss.« Er hebt die Büchse und zielt gegen die Hundehütte hin, wo der Hofhund Tasso sich schuldbewusst verkriecht.

In diesem Augenblick wird ihm von rückwärts das Gewehr hochgeschlagen und der Schuss geht über die Dächer.

Zornig dreht der Hocheder das Gesicht über die Schulter. In seinen Augen leuchtet es kurz auf. Dann wirft er das Gewehr hinter die Schulter.

»Ach – sieh mal einer an!«

Magdalena spürt, wie etwas Merkwürdiges in ihr passiert. Sie erkennt ihn jetzt erst, will seinen Blick aushalten und muss doch plötzlich verwirrt woandershin sehen.

»Wenn der Hund gewildert hat«, sagt sie, »dann ist das nicht seine Schuld, sondern die Schuld derer, die vergessen haben, ihn an die Kette zu legen. Und ich glaube, das gehört zu meinen Pflichten.«

Der Hocheder lächelt kaum merklich. »Nehmen Sie die Schuld auf sich, Fräulein, die einen anderen betrifft?«

Magdalena erschrickt bis ins Herz hinein. Das ist so doppelsinnig hingesprochen, als wüsste dieser Mann, dass sie bereits einmal für einen anderen Schuld auf sich genommen hat. Genau für denselben Mann, der nun ein wenig hilflos vor diesem Hocheder steht. Der Hocheder aber wendet sich jetzt an den Wieser:

»Es ist nicht das erste Mal, dass euer Hund wildert und streunt. Ich habe euch schon zweimal warnen lassen. Wenn ich ihn noch mal antreffe, mache ich kurzen Prozess.«

Da schreit die Agnes schrill dazwischen. »Der Hund wildert ja gar nicht! Das sagst du bloß, weil du uns sonst nichts anhängen kannst!«

Der Hocheder sieht sie an wie einen Menschen, der etwas recht Dummes dahergeplappert hat. Vielleicht hat es sich auch schon bis nach Hoched hinaufgesprochen, dass sie an einer unheilbaren Krankheit leidet, so dass der Hocheder daher aus Mitleid verschweigt, was er jetzt gern sagen möchte.

Wortlos wendet er sich ab und geht davon. Aber nur bis zum Pflanzgartenzaun, dann dreht er sich noch mal um und winkt Magdalena zu sich heran. Mit dem Finger macht er das. Eine zornige Falte erscheint zwischen ihren Brauen, aber sie weiß es selber nicht, wie es kommt – willenlos geht sie auf ihn zu. Es ist, als ob sich ein geheimnisvoller Faden von ihm zu ihr hinzöge und selbst wenn er gepfiffen hätte, so wie vorhin, als er die Leute aus dem Haus gerufen hat, sie wäre auch diesem Pfiff gefolgt.

Jetzt steht sie vor ihm, und obwohl sie ziemlich groß ist, überragt er sie fast noch um einen Kopf. Seine Augen sind auf sie gerichtet.

»Wir haben uns doch schon irgendwo gesehen. Ich weiß jetzt auch, wo es war.«

Magdalena nickt stumm, ohne seinem Blick auszuweichen.

»Wie kommst du hierher? Was tust du hier?«

Sie hört, dass er sie duzt und kann sich auch dagegen nicht auflehnen. Hört sie es eigentlich nicht ganz gerne? Ist es nicht, als ob darunter eine kalte Mauer der Fremdheit zerbröckle?

»Ich bin als Magd hierher gegangen«, antwortet sie.

»Ist das Zufall gewesen oder war es dein Wille, ausgerechnet hier Magd zu spielen?«

»Ich spiele nicht, ich bin nie etwas anderes gewesen als eine Magd. Warum fragen Sie?«

»Weil der Zufall dich auch zweitausend Meter weiter hinauf hätte spielen können, dann wärst du dort gewesen, wo ich bin.«

»Dann hätte es wie Nachlaufen ausgesehen.«

»Du hast deine Antworten rasch zur Hand. Das gefällt mir. Nur immer das sagen, was man denkt. Im Übrigen meine ich es ernst mit meinem Angebot. Ich suche Leute – für die Ernte.«

»Ist Ihnen daran gelegen, wenn ich komme?«

»Ich pflege meine Angebote nicht zweimal zu machen«, antwortet der Hocheder und geht davon.

Magdalena begreift, dass seine letzte Antwort nicht anders hat ausfallen können. Ein Herr wie er bittet nicht, der befiehlt. Und obwohl nun wieder etwas wie Trotz in ihr aufkommen will, weiß sie doch, dass sie als Erntemagd zu ihm gehen wird.

Oben am Zaun der großen Jährlingsweide bleibt der Hocheder stehen und wischt sich über die Stirn. »Ganz richtig«, sagt er halblaut vor sich hin. »So war es. Ich habe von Nachlaufen gesprochen bei Wörners. Sieh mal einer an, an dem Abend hat die Kleine so getan, als ob sie die Zeitschrift läse!«

Ja und dann, wie war das doch gleich? Es ist ihr doch ein Weinglas aus der Hand gefallen. Aus welchem Anlass denn? Hat er nicht über diesen Bauern in der Wies gesprochen? Donnerwetter, da muss doch was dahinterstecken. Warum hat dieses Mädchen die gute Stelle bei Wörners aufgegeben und ist diesem Kerl nachgelaufen? Aber da wird er dahinterkommen, so gewiss am Nachmittag ein Gewitter kommen wird, dem Gewölk nach wenigstens, das sich jetzt schon über die Nordwand des steilen Jochs heraufschiebt.

Als Magdalena ins Haus zurück will, versperrt ihr die Agnes in der Tür den Weg. »Was hat er wollen von dir?«

»Ich soll bei ihm arbeiten. Er braucht Leute für die Ernte.«

Und so erfährt Magdalena gleich in der ersten Minute schon, was ihr über den Hocheder wissenswert erscheint. Nach Angaben der Agnes ist der Mann da oben nicht verheiratet, ist ein herrischer, eingebildeter Mensch, der glaubt, er ist besser als andere Bauern, weil er einmal studiert und den Hof nur widerwillig übernommen hat, als sein ältester Bruder nicht mehr aus dem Krieg heimgekehrt ist.

Dies alles ist aber für Magdalena kein Grund, ihre halbe Zusage wieder umzuwerfen, und sie sagt, dass sie trotzdem nach Hoched gehen wird.

»Fängt er jetzt schon an, uns die Leute wegzuziehen!«, schreit die Agnes. »Aber über den kommt schon auch noch was! Wenn du ein richtiger Mann wärst«, geifert sie ihren Mann an, der sich stillschweigend vorbeischieben will, »dann hättest du ihn mit der Peitsche vom Hof gejagt!«

»Erst vor einer halben Stunde hast du mir ins Gesicht geschrien, dass ich nur durch deine Gnade hier Bauer geworden bin«, antwortet er schlagfertig, und wie es Magdalena scheinen will, ganz ruhig. Erst als ihm die Agnes sagt, dass die Magdalena zum Hocheder hinauf will, geht ein zorniges Zucken um seine Augenlider. Aber dann fragt er nicht die Magdalena, sondern seine Frau, die dies noch viel weniger wissen kann: »Glaubt sie denn, dass sie es da oben besser hat?«

»Ich habe es hier nicht schlecht gehabt«, antwortet Magdalena. »Es wird dort oben nicht anders sein und arbeiten muss man überall, wenn einem das Glück nicht von selber in den Schoß fällt.«

»Wie mir, meinst du?«, fragt er schnell und lächelt wehmütig dabei.

»Weil ihm das mit dem Hund nicht hinausgegangen ist, will er uns jetzt einen anderen Streich spielen«, jammert die Agnes wieder. »Anton, steh nicht da wie ein Hackstock und sag ihr, dass sie bleiben soll. Es kommt mir auf ein paar Mark Lohn mehr nicht an! Bloß dass der da oben seinen Willen nicht hat.«

Der Anton sucht Magdalenas Blick, bettelnd hängen seine Blicke an ihrem Gesicht, bis er sie vor ihrem spöttischen Lächeln beschämt niederschlägt.

»Man soll einen Menschen nicht halten, wenn er nicht gerne da ist«, sagt er und schluckt wieder. »Und es mag durchaus sein, dass sie aus einem Haus des Unfriedens auf einen Hof des Friedens geht, denn bei allem, was man dem Hocheder vorwerfen kann, eines nicht, dass er mit nichts auf den Hoched gekommen ist, so wie ich in die Wies.«

Es ist das erste Mal, dass Magdalena den Mann um dieser Worte wegen ein wenig bewundert. Sogar die Agnes ist davon betroffen und starrt ihrem Mann entgeistert nach, als er über den Hof geht, auf den Traktor springt und den Motor anlässt.

Als sie sich umwendet, um zu Magdalena hin eine neue Schmährede gegen den Hocheder loszulassen, ist diese bereits im Haus verschwunden.

Immer wieder fragt sich Magdalena, weshalb sie dem Angebot des Hocheder folgen will. Was erwartet sie eigentlich von ihm? Oder vielmehr, was erwartet er von ihr? Die letzte Frage verwirft sie aber sofort wieder und erkennt sie als völlig überflüssig. Was der Hocheder von ihr erwartet, weiß sie, denn er hat deutlich genug gesagt, dass er Leute braucht für die Ernte. Er will ihre Arbeitskraft für seine Äcker, nicht mehr und nicht weniger.

Langsam geht sie den Hügel hinauf, bleibt beim Feldkreuz, wo die Gemarkungen zwischen der Wies und dem Hoched gehen, stehen und schaut hinunter. Dort unten liegt der Wieserhof in der prallen Morgensonne, mit seinen eben erst abgeernteten Wiesen. Silbern leuchten die breiten Kornäcker und goldgelb die Weizenfelder. Dort unten versucht nun ein Mann zu leben in Reichtum und Würde, der zu einem ganz einfachen menschlichen Schicksal nicht den Mut gefunden hat. Nie mehr wird dieser Mann froh werden können. Und darüber empfindet sie eine große Genugtuung. Sie hat ein paar Monate bei ihm gearbeitet und weiß nun alles von seiner unglücklichen Ehe. Nie mehr wird dieser Mann sich zu einem befreiten, glücklichen Lachen aufschwingen können, nie mehr wird er ein fröhliches Herz haben.

Und sie? Kann sie jemals wieder fröhlich sein? Haben Enttäuschung und Hass alles Gute aus ihrem Herzen fortgenommen, so dass sie nie mehr einem Mann vertrauen kann? In einem Buch hat sie einmal gelesen, dass es Menschen gibt, denen einfach alle Liebe danebengerät, weil sie unter einem falschen Stern geboren sind. Gehört auch sie zu jener Gattung?

Sie hat ihr Leben so tapfer in die Hand nehmen wollen und es ist ihr in der verhältnismäßig kurzen Zeit, seit sich das wachsame Auge des Großvaters für immer geschlossen hat, schon so viel danebengegangen. Und nun will sie wieder in etwas Ungewisses hineingehen, von dem sie nicht weiß, wie sie herauskommen wird. Sie weiß vorerst nur, dass sie in den Erntewochen viel Geld verdienen wird und dann endgültig die Sache mit dem eigenen Hof verfolgen will. In Birkach unten hat man ihr gesagt, dass einer zu pachten sei und dass dreitausend Mark nötig seien, um Hausrat und Vieh abzulösen.

Zögernd geht sie jetzt auf den Hof zu, und je näher sie ihm kommt, desto mehr erkennt sie, dass dies wirklich schon ein Gut ist, nicht recht viel kleiner als das von Kronstein. Die Gebäude sind groß und das Hofgeviert gepflastert, nichts liegt herum, alles ist von peinlicher Sauberkeit.

Das Wohnhaus steht etwas abseits zwischen alten Lindenbäumen. Die Haustür ist weit offen und man sieht in einen Flur mit böhmischen Gewölben, die in ihren Ausmaßen dem Wandelgang eines alten Klosters ähneln. Dort stellt Magdalena ihren Rucksack nieder und räuspert sich vernehmlich. Eine streng aussehende Frau erscheint, der Magdalena sagt, dass sie vom Herrn Hocheder bestellt worden sei.

Es ist die Leiterin des Haushalts, Fräulein Marie, die Schwester des Hocheders, die erst im Frühjahr zu ihm gezogen ist. Sie ist etwa fünfzig und trägt als Zeichen ihrer Herrschaft über dieses Haus ein großes Bund mit Schlüsseln an ihrem Schürzenband. Prüfend schaut sie Magdalena an, dann geht sie, klopft an eine der vielen Türen und sagt:

»Martin, hier ist jemand, den du herbestellt hast.«

Die Tür öffnet sich und im Rahmen erscheint der Hocheder, hemdärmlig und eine Zigarre im Mund. Langsam nimmt er sie heraus und streift bedächtig die Asche ab.

Täuscht sich Magdalena, oder spielt wirklich ein kleines Lächeln um seinen Mund? Freut er sich über ihr Kommen oder ist es nur die Befriedigung, dass sie seinem Angebot so prompt gefolgt ist? Bang schlägt ihr Herz ein paar Sekunden. Da sind die eisgrauen Augen schon von ihr weggewandert.

»Ja, richtig, ich habe sie für die Ernte eingestellt. Ihre Sachen sind wohl noch unten beim Wieser. Sag dem Tobias Bescheid, dass er sie holt, wenn ich es vergessen sollte. Mag sie bis zum Mittag bei dir in der Küche helfen. Am Nachmittag kann sie dann aufs Feld hinausgehen. Zeige ihr inzwischen, wo sie schlafen kann.«

Die Tür schließt sich hinter ihm. Magdalenas

Trotz lehnt sich auf. Schließt einfach die Tür und lässt sie stehen! Ich habe sie für die Ernte eingestellt, hat er gesagt. Nichts weiter, nicht einmal gefragt hat er, wie sie beim Wieser drunten weggekommen ist. Er hat mir auch gar nicht gesagt, was für einen Lohn er mir bezahlen will, fällt ihr auf einmal ein. Wenn die Ernte vorbei ist, kann sie wohl wieder gehen. Und sie ist der törichten Meinung gewesen, dass er ihr auch über die Ernte hinaus Arbeit geben würde. Wenn sie nun gleich ihren Rucksack wieder aufnähme und davonginge?

In diesem Augenblick sagt Fräulein Marie: »Nimm deinen Rucksack und komm mit.«

Sie gehen über den Hof, wo über den Ställen die Kammern für das Gesinde eingebaut sind. In so eine Kammer wird Magdalena eingewiesen, um kurz darauf von Fräulein Marie blau gewürfeltes Bettzeug in die Arme gelegt zu bekommen, mit der Bemerkung, sie möge das Bett dort frisch überziehen.

Als Magdalena allein ist, tritt sie ans Fenster und stellt fest, dass man von da aus genau auf den Wieserhof hinuntersehen kann. Dann kleidet sie sich um und geht hinüber in die Küche, wo bereits zwei Frauen, außer Fräulein Marie, an dem großen Herd hantieren.

Zum Mittagessen erscheinen mindestens fünfundzwanzig Personen, darunter fünf Leute, die gerade neu eingestellt worden sind, drei Burschen und zwei Mädel, eingestellt für die Ernte wie Magdalena.

Das Essen ist reichlich, gut und kräftig. Es wird zur Sommerzeit immer an den großen Tischen, die im böhmischen Gewölbe aufgestellt sind, eingenommen. Einmal geht der Hocheder den Flur entlang, wünscht knapp »Mahlzeit« und verschwindet in dem kleinen Stübchen neben der Küche, wo für ihn und Fräulein Marie gedeckt ist.

Nach dem Essen geht der Baumeister ebenfalls in das kleine Stübchen und berät mit Herrn Hocheder die Arbeit des Nachmittags.

»Übrigens, du wirst es gesehen haben«, sagt der Hocheder. »Ich habe noch eine eingestellt für die Ernte. Glaubst du, dass wir jetzt genug haben?«

»Wir hätten auch mit den anderen fünf gereicht.«

Der Hocheder überhört das und fragt: »Wann kann mit dem Korn begonnen werden?«

»Ich denke, übermorgen. Das am Bühel wird schon weiß in den Spitzen.«

»Dann teile die Leute bis übermorgen so ein, wie es zweckmäßig ist. Vielleicht kann beim Kirchsee unten Streu gemäht werden.«

So geht Magdalena am Nachmittag mit den anderen zum Kirchsee hinunter und erst zwei Tage später auf den großen Kornacker am Bühel.

In dieser Höhe oben wächst zwar das Getreide nicht mehr so üppig wie weiter unten, dafür sind die Flächen größer, die sich an den sonnenseitigen Hängen abwärts ziehen; Korn, Weizen, Hafer und Gerste. Wenn das Wetter so bleibt, kann man in vierzehn Tagen damit fertig sein.

Die Tage liegen schwül über dem Land. Magdalena hat längst begriffen, dass die Erntearbeit kein leichtes Spiel ist, so wie es vielleicht aussieht, wenn man von der Höhe her die gebückten Leute in der glühenden Sonne sieht. Magdalena muss denken, dass sie es bei dem Inspektor auf Kronstein viel schöner gehabt hätte. Selbst auf dem Wieserhof ist sie nicht so der glühenden Sonne ausgesetzt gewesen. Hier ist sie eigentlich nur die elfte oder die zwölfte, die die Halme vom Boden aufrafft und flink zu Garben bindet für einen Gutsherrn, der mit grenzenloser Gleichgültigkeit am Rand der Felder vorbeigeht und nur mit dem alten Michael spricht, der hier so eine Art Baumeister ist. Für die anderen hat er keinen Blick, gerade so, als fehle ihm das Verständnis dafür, dass auch eine Magd jemand sein kann.

Ja, so ist dieser Hocheder, der nach Magdalenas Meinung ruhig Hochmutseder heißen könnte. Nie mehr hat er sie mit seinen merkwürdigen Augen angeschaut. Und sie wünscht es oft genug, dass er zu ihr herschauen möge oder wenigstens den Baumeister frage, wie die Neue sich anlasse.

Weil er dies aber nicht tut und an ihr vorbeigeht, als hätte er nie zuvor ein Wort mit ihr gesprochen, überfällt das Mädchen eine unendliche Traurigkeit, denn in dieser Zeit erst erkennt sie, dass sie diesen Mann liebt, mit einer großen Leidenschaft, dass sie wenigstens auf seinem Hof arbeiten will, um irgendwie in seiner Nähe sein zu können.

Was Magdalena nicht weiß ist, dass der Hocheder sonst jedes Jahr tatkräftig bei der Ernte mitgeholfen hat. Heuer aber rennt er mit der Büchse im Wald herum, ohne recht viel zu schießen. Sie weiß auch nicht, dass er oft lange oben unter den Bäumen steht und mit seinem Fernglas dorthin schaut, wo sich über den goldgelben Halmen des Weizenfeldes die blonde Haarkrone dieser Magdalena auf- und niederbeugt.

Und immer grübelt er darüber nach, warum Magdalena von Kronstein weg ohne jeden ersichtlichen Grund zu diesem Wieser gegangen ist. Er ist noch auf keine rechte Spur gekommen, obwohl er seine Fühler vorsichtig ausgestreckt hat. Er konnte nur in Erfahrung bringen, dass dieser Mann da unten, der neben einer viel älteren Frau herlebt, ein wenig geschmuggelt hat und dass sein Bruder und sein Vater es ebenfalls getan haben. Hier enden aber seine Nachforschungen wie an einer unüberwindlichen Mauer, und das macht ihn unruhig.

Eines Mittags sieht Magdalena vom Weizenacker aus, wie der Hocheder mit seinem Wagen aus dem Hof fährt und dann in die breite Straße nach Birkach einbiegt. Lange noch sieht man die Staubwolke in der Luft stehen und der Hocheder mag das Dorf Birkach längst passiert haben, als das letzte Echo des Motorengeräusches noch leise in den Wäldern hinter dem Weizenfeld nachsingt.

Der Hocheder aber fährt in einem rasenden Tempo die Alpenstraße entlang und kommt gerade in Kronstein an, als der Inspektor seinen Nachmittagskaffee trinken will.

»Was ist jetzt los?«, sagt er zu Mechthild im Hinausgehen. »So mitten unterm Tag ist Martin noch nie gekommen.«

»Vielleicht ist er zufällig in der Gegend gewesen.«

Da kommt der Hocheder bereits ins Haus und sagt tatsächlich, dass er zufällig in der Gegend zu tun gehabt habe und sie auf einen Sprung besuchen wolle.

»Du kommst gerade recht zum Kaffee«, lächelt Mechthild und schenkt ihm gleich ein.

Der Hocheder ist schon bei der zweiten Tasse Kaffee angelangt und zündet sich eine Zigarre an, als er so ganz beiläufig sagt: »Wisst ihr, wer mir da kürzlich begegnet ist?«

Nein, wie sollten sie das wissen?

»Die Magdalena, die voriges Jahr bei euch war.«

»Ach, die Magdalena?«, fragt Mechthild.

»Ja, denkt euch, komm ich da kürzlich einmal zu

meinem Nachbarn, dem Wieser, hinunter und will seinen Hund erschießen, weil er mir immer wieder Wild reißt. Wer schlägt mir das Gewehr in die Höhe? Sie – die Magdalena.«

»Na, wie kommt sie denn ausgerechnet dorthin?«, wundert sich Inspektor Wörner.

»Das möchte ich eben auch wissen. Ich habe sie für die Ernte eingestellt.«

»Ist sie denn von diesem Wieser gleich weg und zu dir gegangen?«

Der Hocheder nickt und streift sorgfältig die Binde von seiner Zigarre.

»Das verstehe nun einer«, meint Mechthild. »Bei uns hätte sie es doch viel schöner gehabt.«

»Dann werdet ihr mich auch darin nicht verstehen, wenn ich euch sage, dass ich sie über die Ernte hinaus bei mir behalten möchte, wenn auch nicht als – Erntemagd.«

»Sondern?«, fragt der Inspektor voller Spannung.

Ja, das ist nun gar nicht so leicht zu beantworten, für den Hocheder wenigstens nicht, der in diesen Dingen merkwürdig schüchtern ist. Zuerst trinkt er langsam seine Tasse leer und deckt schnell die Hand darauf, als Mechthild nochmals einschenken will. Dann sieht er gedankenvoll ein paar kleinen Ringen nach, die von seiner Zigarre aufsteigen. Zuerst den Inspektor und dann Mechthild ansehend, beginnt er zögernd:

»Ihr beide kennt mich lange genug – und wisst, dass mich nicht leicht Verliebtheit überfallen kann. Dazu denke ich zu nüchtern. Es ist etwas ganz anderes – ich kann es nicht ausdrücken, was es ist. Aber wenn sie vorbeigeht, wird es hell in mir. Das war schon damals so, als ich sie bei euch das erste Mal gesehen habe. Seitdem hat mich ihr Gesicht immer verfolgt –«

»Weil es Charlottes Gesicht ist«, wirft Wörner ein.

»Das allein ist es nicht. Und bei genauem Hinsehen ist es auch gar nicht Charlottes Gesicht. Ich weiß nicht, ob ich überhaupt richtig lieben kann. Ich weiß nur, dass es wieder recht einsam um mich würde, wenn ich sie nicht mehr um mich hätte. So, das ist alles. Nun sagt mir bloß um Himmels willen, was ich tun soll.«

»Ja, mein Lieber, da ist guter Rat teuer«, meint der Inspektor.

»Wenn ihr mir nicht raten könnt, zu wem soll ich sonst gehen?«

»Es ehrt uns, Martin, aber wie gesagt, in solch heiklen Fragen ist oft schon ein Wort zu viel. Willst du sie denn heiraten?«

»Für ein kurzes Spiel wäre sie kaum zu haben.«

»Soweit kenne ich sie allerdings auch«, wirft Mechthild ein.

Der Inspektor aber steht auf, geht ein paarmal im Raum auf und ab, als überlege er sich genau, was er nun sagen müsse.

»Hör einmal zu, Martin. Wenn ich ganz ehrlich sein soll, dann verstehe ich das nicht ganz. Aber weil ich dich lange genug kenne, weiß ich, dass die Sache wahrscheinlich sogar tiefer sitzt, als du dir selbst eingestehen willst. Ich denke mir das eben so, dass die Erinnerung an Charlotte, die glücklichen Stunden mit ihr und ihr plötzlicher Tod im Laufe der langen Jahre nun in dir abgeklungen sind. Es ist auch ganz natürlich, dass ein Mensch wie du nicht immer allein durchs Leben laufen kann. Ob deine Wahl nun gerade richtig ist, kann ich nicht beurteilen. Es kommt ja schließlich nicht alle Tage vor, dass ein Gutsbesitzer seine Erntehelferin heiraten will. Als Mensch freilich kann ich ihr nur das beste Zeugnis ausstellen. Wir hatten nie Anlass zu einer Klage und haben es sehr bedauert, als sie uns damals Hals über Kopf verlassen hat. Ich glaube auch, dass sie ein guter Kamerad sein wird. Leider darf ich dir aber auch nicht verschweigen, dass sie, bevor sie zu uns kam, einige Monate im Gefängnis gesessen hat.«

Das gibt dem Hocheder einen Riss. »Warum?«

»Sie soll eine Kuh über die Grenze geschmuggelt haben.«

»Das ist doch kein richtiges Verbrechen – ich meine …«

»Ja, du hast Recht. Es war nur meine Pflicht, es dir zu sagen, bevor du es von einer anderen Seite weniger schön zu hören bekommst. Im Übrigen glaube ich, dass sie bei der ganzen Sache gar nicht die wirklich Schuldige gewesen ist. Ich habe da nie recht klar sehen können.«

»Willst du ein Glas Wein trinken, Martin?«, fragt nun Mechthild.

»Ja, bitte, wenn es keine Umstände macht«, antwortet der Hocheder gedankenverloren, hebt dann aber plötzlich den Kopf. »Jetzt komme ich dahinter. Dieser Wieser hat früher auch geschmuggelt, von daher muss ihre Bekanntschaft herrühren. Wie sagtest du vorhin gleich? Sie sei nicht die wirklich Schuldige gewesen?«

»So hat man damals allgemein angenommen.«

Angestrengt denkt der Hocheder jetzt nach. »Weißt du, wann das war?«

»Moment mal, Mechthild, wann ist die Magdalena zu uns gekommen?«

»Zu Neujahr.«

»Ganz richtig. Da hat sie den Schlüssel abgeliefert.

Vor Weihnachten ist sie heimgekommen. Dreieinhalb Monate war sie weg. Muss also die Verhandlung Mitte oder Ende September gewesen sein.«

»Aha. Genau um diese Zeit hat der Bauer in der Wies geheiratet. Allmählich ahne ich die Zusammenhänge. Jedenfalls danke ich dir herzlich, Gregor, dass du mich aufgeklärt hast. Und nun könnte ich eigentlich wieder heimfahren.«

Aber so schnell wird daraus nichts. Der Inspektor führt seinen Gast zuerst noch durch die Ställe, in denen es allerdings für den Hocheder, der sein Gut selbst zu einem Mustergut entwickelt hat, nicht viel Neues zu sehen gibt.

Die Sonne steht schon ziemlich tief, als er endlich die Heimfahrt antritt.

Als er daheim ankommt, leuchten schon die Sterne. In der großen Gesindestube geht es noch laut her. Der Hocheder bleibt, nachdem er den Wagen in die Garage gebracht hat, eine Weile im Hof stehen und blickt durch die erleuchteten Fenster hinein, ob er Magdalena nicht entdecken kann. Aber sie ist nicht anwesend. Er hat überhaupt manchmal das Gefühl, als sondere sie sich von den anderen ab. Ob sie wohl schon schläft?

Im Wohnhaus wartet die Schwester bereits mit dem Abendbrot auf ihn.

»Du warst lange aus, Martin. Ich habe immer ein wenig Angst, wenn du mit dem Wagen unterwegs bist.«

Er lacht sie herzhaft an, zieht seine Jacke aus und setzt sich an den Tisch.

»Bei Wörners war ich«, erzählt er. »Schöne Grüße soll ich dir bestellen.«

Mit großem Appetit verzehrt er das ungarische Saftgulasch und denkt angestrengt darüber nach, wie er es nun auch gleich der Schwester beibringen könnte.

»Hat es etwas Neues gegeben in der Zwischenzeit?«

»Nein. Mit dem Kainzacker sind sie heute fertig geworden. Tobias sagt, dass sie morgen den Weizen am Hang schneiden wollen.«

Er nickt, wischt sich mit der Serviette den Mund ab und lehnt sich weit zurück. »Es kann aber sein, Marie, dass es bald etwas Neues gibt bei uns.«

»Du machst mich neugierig, Martin. Du wirst doch nicht heiraten?«

»Würde dich das stören, Marie?«

»Aber nein, Martin. Du weißt doch, dass es immer mein großer Wunsch gewesen ist, einen guten Kameraden an deiner Seite zu wissen.«

»Ja, das weiß ich. Und darum möchte ich auch mit dir darüber sprechen. Ich weiß nun nicht, ob du meine Wahl so ohne weiteres verstehen wirst. Ich glaube sogar, dass du deine Gründe haben wirst, das Mädchen abzulehnen.«

Der Hocheder geht das Ganze diplomatisch an und baut gleich ein wenig vor, weil er ihre streng standesbewusste Einstellung zur Genüge kennt. Marie ist in einem Institut erzogen worden und ist selber dann lange Jahre Leiterin eines Mädchenpensionats gewesen, bis sie auf sein dringendes Bitten hergekommen ist, um seinen Haushalt zu übernehmen. Er wirft einen Blick zu ihr hinüber und sieht, wie sie bereits steil aufgerichtet dasitzt und voller Erwartung ist.

»Und darf ich wissen«, fragt sie jetzt, »wer meine Schwägerin sein wird?«

»Natürlich sollst du es wissen. Pass auf, Marie. Kannst du dich noch erinnern, vor etwa acht Tagen ist ein Mädchen mit einem Rucksack im Flur gestanden und wollte mich sprechen. Ich habe sie dann als Erntearbeiterin eingestellt.«

»Ja – und was ist mit der?«

»Die ist es eben, die ich meine.«

Marie schnappt ein paarmal nach Luft, lässt den Mund dann halb offen stehen und schaut den Bruder mit kugelrunden Augen an.

»Das ist doch nicht dein Ernst, Martin?«

»Ich weiß nicht, Marie, warum ich spaßen sollte.«

»Sie ist mit einem Rucksack gekommen, Martin.«

»Nicht zu vergessen der blaue Schrank mit den roten, brennenden Herzen«, lächelt der Hocheder. »Tobias hat ihn beim Wieser unten geholt.«

»Aber ich bitte dich, Martin, du hast sie als Erntemagd geholt.«

»Warum soll der Weg meiner zukünftigen Frau nicht zuerst über den Acker führen?«

Daraufhin hat Marie lange Zeit nichts zu sagen, bis es dann plötzlich ein wenig ungut aus ihrem Mund herausspringt: »Jedenfalls scheint die Person zu wissen, was sie will.«

»Siehst du, Marie, das ist nun ein großer Irrtum deinerseits. Das Mädchen weiß nämlich überhaupt noch nichts. Und es kann ohne weiteres sein, dass sie mich gar nicht will.«

»Das wär ja noch schöner«, platzt jetzt Marie heraus und gibt damit den wirklichen Wesenszug ihres Herzens preis. Im Grunde genommen ist sie nämlich ein guter Kerl und will für ihren Bruder nur das Beste. »Ich werde sie mir gleich einmal genauer ansehen«, gibt sie bekannt.

»Ja, tu das, Marie. Aber tu mir den Gefallen und sprich nicht mit ihr darüber, bevor nicht alles klar ist. Ich bin heute eigens deswegen zu Wörners gefahren, weil sie dort einige Zeit in Stellung war. Man hat sie dort in höchsten Tönen gelobt.«

»Na ja, ich sage ja nichts, Martin. Du bist jetzt alt genug, um zu wissen, was du tun musst. Dieses Einspännerleben ist auch nichts für dich. Und was sollte denn aus Hoched einmal werden, wenn keine Erben da sind.«

»Eben deshalb«, sagt er und lächelt wieder hintergründig. »Und nun, Marie, trinken wir beide eine Flasche Wein zusammen und stoßen darauf an, dass alles gut wird.«

Am nächsten Tag hat Magdalena auf dem Weizenacker ihr Kopftuch liegen lassen. Es läge ja sicher morgen auch noch dort, denn wer sollte auch nachts über abgeerntete Felder gehen und nach Kopftüchern suchen. Aber der Feierabend ist so langweilig für Magdalena, obwohl die anderen Leute laut und fröhlich in der Gesindestube lärmen und Bier trinken.

Langsam geht Magdalena hinter den Wirtschaftsgebäuden hinaus. Die Nacht ist schön und ein warmer Wind streicht von den Bergen herüber und hat viel Stimmen in sich: den Jodlerruf einer Sennerin, aufsteigend aus einer Talmulde zwischen den Bergen, die Stimmen der Nachtvögel und Rädergerassel aus der Ferne.

Da liegt das Kopftuch schon. Magdalena hebt es auf und geht über das Feld, zwischen den aufgestellten Garben aufwärts bis dorthin, wo man von der Kuppe weg ins Tal hinuntersehen kann. Sie sieht auch die Lichter vom Wieserhof heraufschimmern und spürt dabei nichts mehr, was die Erinnerung an den Mann da unten verschönern könnte.

Plötzlich stockt ihr Atem, weil sie die Nähe eines Menschen hinter sich fühlt und der Schweißhund hätte sie erst gar nicht anzuknurren brauchen, damit sie weiß, dass es der Hocheder ist, der hinter ihr steht.

»Was tust du denn hier?«

Die Nacht ist so still, dass die Frage vielleicht härter und lauter klingt, als sie beabsichtigt ist.

»Ich hatte mein Kopftuch vergessen«, antwortet Magdalena und ärgert sich, weil ihr Herz schon wieder so merkwürdig pocht.

»Hier?«, fragt er. »Ich sah eins liegen am Ackerrain unten. Du stehst wohl nur hier, weil es dich hergetrieben hat. Haben dir die Lichter da unten etwas zu sagen?«

Einem anderen hätte Magdalena wahrscheinlich eine spöttische Antwort gegeben. Hier aber ist sie kleinlaut, so schüchtern in ihrer scheuen Liebe, dass nichts anderes Platz hat in ihrer Seele.

»Ja, Herr Hocheder, die Lichter da unten haben mir einiges zu sagen.«

»Kaum die Lichter, eher der Mann?«

Woher er nur alles weiß, denkt sie.

»Nicht mehr«, antwortet sie leise. »Das ist alles vergessen.«

Die klare Nacht steht über zwei Menschen, die sich etwas sagen wollen und die richtigen Worte dafür nicht finden. Der Mann schaut lange zu den Sternen auf, schaut dann wieder das Mädchengesicht vor sich an und greift plötzlich nach ihrer Hand. Sie atmet aufgeregt durch ihren halb geöffneten Mund und sie denkt, dass sie träumt. Hocheder legt ihr die andere Hand auf das Haar. Ihr Kopf beugt sich unter dem leichten Druck zurück, sie sieht den Himmel über sich mit dem fahlen Halbmond und den leuchtenden

Sternblumen und gerade da – als eine Sternschnuppe sich löst und wie ein feuriger Strich über den Horizont hinsaust – da küsst der Hocheder sie.

Er fühlt, dass ihre Lippen seine Zärtlichkeit erwidern und es erfüllt ihn mit einem großen Glücksgefühl. Wieder aufblickend, sieht er die große, schweigende Landschaft um sich im Mondlicht glänzen. Er sieht die Garben auf den Feldern und den Wald im Hintergrund. Alles Große und Unveränderliche ist da und umschließt auch ihn und das Mädchen und das Neue und Traumhafte, das in dieser Stunde für sie beide beginnt.

Vielleicht bereut er plötzlich alles wieder, denn er geht, ohne ein weiteres Wort zu sagen, von ihr weg und taucht in der Dunkelheit unter.

Ja, er bereut es, denkt Magdalena, und eine tiefe Traurigkeit breitet sich in ihr aus.

Am nächsten Tag geht der Hocheder wieder schweigsam und hochmütig am Feldrand vorbei, spricht kurz mit Tobias und geht wieder weiter, als hätte er Magdalena in der vergangenen Nacht nicht geküsst.

Acht Tage später ist die Ernte eingebracht. Alle Scheunen sind bis unter das Dach gefüllt und auf Hoched wird zur Erntefeier gerüstet. Es gibt Bier in reichlichen Mengen und gutes Essen. Zu den Klängen einer Ziehharmonika wird getanzt, die einer der jungen Ernteknechte spielt, die morgen bereits ihr Bündel wieder schnüren, um weiterzuwandern. Der Hocheder hat sie bereits ausbezahlt.

Da die Leute rechtschaffen und redlich für ihn gearbeitet haben, kann der Hocheder sich dieser Feier nicht entziehen. Es wäre auch dann der Sinn dieser

Feier nicht vollständig gewesen, denn immer ist es so gewesen, dass der Herr dieses Hauses ein paar Worte des Dankes gesprochen hat an die Menschen, die die Ernte eingefahren haben, und an den Allmächtigen, der sie hat wachsen lassen.

Martin Hocheder macht das kurz.

»Meine liebe Leute! Wieder dürfen wir das Glück erleben, das Fest einer reichen Ernte zu feiern. Ich danke euch im Namen aller, für die ihr das Getreide aufgehoben und eingebracht habt! Gott war gnädig in diesem Jahr, hat die Ernte vor Hagel verschont und durch seine unermessliche Güte uns reichen Segen geschenkt ...«

»Amen!«, sagt irgendjemand in der hintern Ecke. Der Hocheder setzt sich daraufhin sofort nieder und niemand weiß, ob er noch weitergesprochen hätte.

Da sitzt er nun, in der Mitte des oberen Tisches, mit aufgestützten Ellenbogen. Manchmal zieht er die Stirn kraus, wenn einer der Knechte laut grölt, weil er nicht Manns genug ist, einen Humpen Bier zu leeren, ohne davon betrunken zu werden. Zwanzig Leute sind um ihn herum, aber nur eine sticht für ihn aus der Menge heraus mit ihrem hohen Wuchs, mit ihrer Schönheit. Der Hocheder hat Zeit und Muße genug, sie zu beobachten, ohne dass es auffällt. Und wenn einer von den jungen Burschen mit ihr tanzt, schaut der Hocheder geflissentlich in eine andere Richtung, weil er es nicht sehen will, wie ihr junger Körper sich in den Armen eines andern wiegt.

Ganz unversehens setzt sich dann auch Marie zu ihm, sagt lange nichts und beobachtet nur. Tobias fordert sie zu einem Tanz auf, aber sie lehnt ab, nicht deswegen, weil sie einmal Heimleiterin in einem Mädchenpensionat gewesen ist, sondern weil sie wirklich schlecht tanzen kann. Dafür trinkt sie aus dem dargereichten Krug, allerdings mit Überwindung, denn sie hat beobachtet, dass dieser Tobias schnupft, und sie sucht die Stelle, wo sie ihren Mund ansetzt, so aus, dass sie gewiss ist, dass dort noch niemand getrunken hat. Dann reicht sie den Krug mit einem »Danke« zurück, lächelt freundlich dazu und das sieht nun recht leutselig aus. Anschließend sagt sie zu ihrem Bruder:

»Wo sie sich nur ihre Dirndlkleider machen lässt? Sie sieht entzückend aus darin.«

»Wer?«

»Frag nicht so albern, Martin!«

»Ach so, ja. Es ist sehr schön und steht ihr gut.«

»Nur am Hals etwas weit ausgeschnitten. Aber das ist wohl so Mode, ich verstehe mich weniger auf bäuerliche Kleidung. Auf alle Fälle versteht sie es zu tragen. Und diese Haarkrone dazu sieht allerliebst aus. Ein schönes Menschenkind, äußerlich wenigstens.«

»Danke, Marie«, sagt Hocheder. »Auch innerlich ein sehr schönes Menschenkind, liebe Schwester.«

»Das musst du besser wissen als ich. Ich hatte noch keine Gelegenheit, sie näher kennen zu lernen. Ich habe nur bis jetzt beobachtet, dass sie kein Bier trinkt, und das gefällt mir. Kannst du mir sie später auf eine Stunde überlassen, ich möchte mit ihr reden.«

»Leider nein, Schwester. Ich selber habe nämlich noch nichts mit ihr gesprochen.«

»Wenn du in deinen Bauernversammlungen auch so wortkarg wärst, hätten sie dich sicherlich nicht in den Kreistag gewählt.«

»Diese Themen liegen mir eben besser. Aber gedulde dich nur, Marie, es wird sich bald entscheiden.«

Indessen tanzt Magdalena und ist dabei so glücklich und froh, denn ihr hat der Hocheder den Erntelohn nicht ausbezahlt. Fünf andere ziehen morgen weiter, sie aber wird noch bleiben. Es ist wie ein stillschweigendes Übereinkommen. Darum sieht sie immer wieder froh zu dem Mann hin, der sie offensichtlich noch nicht hergeben will nach getaner Arbeit. Man darf es vielleicht auch so auffassen, dass sein Kuss in der Sternennacht nur eine Aufforderung zum längeren Bleiben gewesen ist.

Das alles denkt sie, während sie tanzt. Ich bedeute ihm doch etwas, denkt sie, und das macht ihr Herz so leicht und frei, dass sie ein paarmal übermütig auflacht, wenn ihr einer von den Burschen etwas Törichtes ins Ohr flüstert. Bei solch einem übermütigen Lachen aber steht der Hocheder auf, nimmt den Arm seiner Schwester, führt sie hinaus und kommt nicht mehr zurück.

In dieser Nacht, da der Mond das Zimmer mit seinem Licht durchflutet, träumt Magdalena, der Hocheder sei in ihre Kammer getreten, habe sich vorsichtig auf den Bettrand gesetzt und seine Hand auf ihre sonnenverbrannte Stirn gelegt. Und als Magdalena die Augen aufschlägt, schaut sie in die grauen Augen des Mannes hinein, die dicht über ihrem Gesicht stehen und die vom stillen Leuchten des Mondlichtes erfüllt zu sein scheinen.

»Sie sind es, Herr Hocheder«, flüstert sie und zaghaft tasten sich ihre Hände an seinen Ärmeln empor bis zu seinen Schultern. Er sagt nichts, beugt nur sein Gesicht noch näher zu ihr, dass er den feuchten Glanz ihrer Augen sieht, und vergräbt dann seine Hände in ihren blonden Haaren, die aufgelöst über ihre Schultern hängen.

»Muss es sein, dass du mich immer siezt und mit

Herr ansprichst?«, fragt er. »Ich möchte das sein für dich, was ich nur für ganz wenige gewesen bin, der Martin Hocheder.«

Und damit hat er eigentlich nach seiner Meinung schon alles gesagt. Wenn das Mädchen das nur begreifen wollte, dass dies zwar eine ganz einfache, aber gültige Liebeserklärung ist.

Ganz still liegt sie, die Hände immer noch auf seinen Schultern und sie meint, dass er sie nun küssen wird wie in der Sternennacht auf der Kuppe oben.

Gerade in dem Augenblick aber beugt er sich zurück, küsst sie nicht, sondern greift in seine Tasche, zieht ein Kuvert hervor und legt es auf ihre Brust.

»Hier ist dein Ernteloh, Magdalena. Und morgen packst du deinen Rucksack und fährst mit dem Postomnibus um sieben Uhr dorthin, wo ich dich zum ersten Mal gesehen habe.«

Schlaff fallen Magdalenas Hände von seinen Schultern. Traurigkeit erfüllt sie, als sei ein Maskenfest zu Ende und der graue Tag steigt wieder über die Wälder. Trotzig schiebt sie die Unterlippe vor. Der Mann soll nur nicht glauben, dass sie so gänzlich in seiner Gewalt sei, dass er sogar über ihre Zukunft herrschen könnte. Auf keinen Fall will sie sich zwingen lassen, wieder nach Kronstein zu gehen.

»Nein, dorthin gehe ich nicht«, sagt sie.

»Doch, doch. Du wirst schon hingehen. Man weiß bereits Bescheid dort. Dort bleibst du und wartest, bis ich dich hole. Versteh mich nicht falsch, Magdalena, wenn du mich überhaupt willst, natürlich nur. Ich bin nie zu einer Magd gegangen und werde zu keiner Magd gehen. Es ist schäbig, zu glauben, dass eine Magd dankbar zu sein habe und dafür Liebe geben müsste. Ich werde aber zu dir kommen und – bei dir bleiben, wenn du mehr geworden bist als meine Erntemagd.«

Magdalena glaubt, nicht recht gehört zu haben. Was soll denn das alles bedeuten? Ganz wirr ist ihr im Kopf und ihr Herz schlägt einen rasenden Takt.

»Ich gehe jetzt«, sagt er. »Nur einmal nenn mich beim Vornamen. Ich möchte wissen, wie es sich aus deinem Mund anhört.«

»Martin ...«

Es rührt ihn so sehr, dass er sich jetzt niederbeugt und sie küsst. »Fahr also morgen nach Kronstein. Das Fahrgeld ist auch im Kuvert. Es wird vier Wochen dauern, denke ich, bis ich komme und dich abhole. Bis dahin aber prüfe dich, ob du mit einem Mann glücklich sein kannst, der um einiges älter ist als du.«

Er geht von ihr weg, hat aber die Tür noch nicht erreicht, als sie ihn zaghaft anruft.

»Ich muss Ihnen – ich muss dir noch etwas sagen, Martin. Erschrick nicht, bitte – aber ich war einmal über drei Monate im Gefängnis.«

»Und du hast geglaubt, dass ich das nicht weiß? Ich bin der Sache so lange nachgegangen, bis sich das Geheimnis gelüftet hat. Viel Respekt habe ich vor dem da unten nie gehabt. Seit ich aber weiß, dass er dich für sich ins Gefängnis hat gehen lassen, ist mir der letzte Rest von Achtung noch abhanden gekommen. Er ist ein guter Bauer, das ist ihm nicht abzustreiten, aber ein minderwertiger Charakter.«

»Und doch, Martin – ich bin einmal so einsam und verlassen gewesen – da sah ich ihn und –«

»Aber du musst mir davon nichts erzählen!«, unterbricht er sie. »Was gewesen ist, ist ohne Interesse für mich. Nur das Zukünftige ist maßgebend.«

So lautlos, wie er gekommen ist, schließt sich die Tür wieder hinter ihm.

Magdalena kann lange nicht einschlafen. Erst als das Mondlicht schon verblasst und das erste Grau um die Fenster spielt, fallen ihr die Augen zu. Sie weiß, dass der Tag um diese Zeit immer noch um drei Uhr aufsteigt, und berechnet im Einschlafen schon, dass sie immerhin noch drei Stunden schlafen kann.

Zärtlich hat sie das Kuvert an die Brust gedrückt. Das Geld ist genau auf die Stunde und den Tag bemessen, keine Mark mehr und keine weniger. Nur das Fahrgeld liegt extra. Anders wäre es auch nicht die Art des Hocheders gewesen, der eigentlich nie Bauer hat sein wollen und nur in die Lücke gesprungen ist, weil den eigentlichen Erben vom Hoched der Krieg verschlungen hat.

Pünktlich erwacht sie wieder, kleidet sich sorgfältig an und packt ihren Rucksack. Den blauen Schrank verschließt sie. Als sie über den Hof geht, weiß sie nicht, ob sie sich von jemandem verabschieden soll oder nicht. Aber sie überlegt nicht lange und geht rasch um die Hausecke und die Abkürzung hinunter, die ins Dorf führt. Nur einmal, bevor sie in den Wald einbiegt, bleibt sie stehen und schaut zurück mit einem ganz eigentümlichen Gefühl. Und es kommt ihr so vor, als werde da oben hinter einem Fenster ein Vorhang vorgezogen.

Magdalena kann es nicht lassen, von der Bahnstation Mooskirchen aus über die Moorwiesen zu gehen und den Wald hinauf zur Hütte im Frauenwald. Mit aller Gewalt zieht es sie dorthin, wie um sich prüfen zu wollen, wie stark die Erinnerungen noch sind.

Die Hütte ist verschlossen und so kann sie nun

eine ganze Weile auf der Bank sitzen und über alles nachdenken. Am stärksten sind die Bilder ihrer Kindheit und frühen Jugend, die Jahre mit dem Großvater. Und zuweilen ist ihr, als komme er hinter dem Haus hervor, einen Packen mit Kräutern auf dem Rücken, den Knotenstock in der Faust. Sein weißer Bart bewegt sich leise im Wind und seine Augen sind fragend auf sie gerichtet. So eindrucksvoll und wirklichkeitsnah ist diese Vision, dass sie meint, aufstehen zu müssen, nach seiner Hand zu fassen und ihm alles zu erzählen, was gewesen ist und was nun sein wird.

Die Sonne scheint warm auf den Vorplatz, ein Eichelhäher ruft in der Tiefe des Waldes und leise rieseln die Fichtennadeln im Wind. Endlich denkt Magdalena daran weiterzugehen. Sie geht am Killerhof vorbei. Wie gut, dass er sie damals nicht als Arbeitskraft hat brauchen können!

Ein wenig beklommen wird ihr erst ums Herz, als sie sich dem Gutshof Kronstein nähert. Aber die Frau des Inspektors kommt ihr gleich so herzlich entgegen, dass Magdalena unwillkürlich Tränen in die Augen steigen.

»Na, na, nur nicht weinen jetzt! Komm nur, Magdalena, und sei wieder ganz zu Hause bei uns.«

Mechthild nimmt Magdalena beim Arm und führt sie ins Haus. Eine halbe Stunde später aber hört Magdalena, dass sie hier nicht mehr Hausmädchen zu sein hat, sondern dass es für sie genügend anderes zu erlernen gibt, das nicht mehr zu den Aufgaben eines Mädchens gehört, sondern in den Bereich der zukünftigen Frau auf einem Gut mit mehr als fünfhundert Tagwerk fällt.

Ja, und außerdem hat Magdalena jetzt viel Zeit, darüber nachzudenken, wie sich ihr Leben gestaltet hat, seit sie an jenem Tag vor den Großvater hingetreten ist und ihm gesagt hat, dass sie ein wenig ins Leben hineinschauen will. Zu gern hätte sie auch die junge Freifrau Hedy von Kronstein daran teilnehmen lassen. Aber die Herrschaften sind längst wieder abgereist, im kleinen Schlösschen sind die Rollläden heruntergelassen und der Fahnenmast schaukelt leer im Wind.

Die Inspektorsleute sind rührend zu ihr und behandeln sie wie eine Tochter, deren Aussteuer es herzurichten gilt. Von ihnen erfährt sie so manches über den Mann, den sie heiraten wird. Kein Schatten liegt auf seiner Vergangenheit und sein Leben hat sich nur in anderer Bahn bewegt, als er es ursprünglich gewollt hat.

Merkwürdig ist wiederum nur, dass er in der ganzen Zeit nicht ein einziges Mal kommt. Nur das Telefon läutet nach vierzehn Tagen und er teilt mit, Magdalena möchte sich bei der Gemeinde in Mooskirchen erkundigen, weshalb die Heiratspapiere so lange ausbleiben, die er längst angefordert habe.

Magdalena geht also nach Mooskirchen, schlägt aber nicht »Krach«, wie Martin Hocheder es ihr am Telefon rät, sondern fragt nur ganz höflich, was mit den Papieren sei.

Die Papiere, ja natürlich. Sie würden gleich morgen weggeschickt. Man könne es nur nicht recht glauben, ob es denn wirklich und wahrhaftig wahr sei, dass sie den bekannten Bauernführer Hocheder heirate.

»Ich weiß nicht, ob er ein Bauernführer ist«, antwortet Magdalena. »Ich weiß nur, dass er der Hocheder ist, und dass ich ihn heiraten werde.«

»So ein Glück, so ein Glück«, sagt der Bürgermeister. »Wenn das der Kajetan noch erlebt hätte!«

Dasselbe sagt auch der pensionierte Postbote Adam Rossgotter. Nur mit dem Unterschied, dass er es ihr von Herzen gönnt, während es beim Bürgermeister eher wie Neid geklungen hat, was wohl verständlich sein mag, da er selber drei heiratsfähige Töchter hat.

Zusammen mit Adam geht Magdalena noch an das Grab des Großvaters, und es wäre nun wirklich viel, was sie dem Toten da unten zu sagen hätte. Sicher wäre er jetzt mit ihr zufrieden und würde dazu wohlwollend nicken.

»Wenn du mir den Gefallen tun und ein wenig nach dem Grab sehen wolltest, Adam«, bittet Magdalena. »Zu Allerheiligen komme ich dann schon immer herüber über das Gebirge.«

»Muss ich wohl. Hab zu viel Schnaps von ihm getrunken«, lächelt Adam erinnerungsselig.

Ungefähr vierzehn Tage später läutet wieder das Telefon. Am anderen Ende ist Martin Hocheder und sagt ihr, dass sie sich für den nächsten Morgen richten solle. Punkt sieben Uhr werde sie abgeholt.

Magdalena kann kaum antworten vor Freude. Sie zittert vor Aufregung.

»Martin – sprich doch noch ein paar Worte. Lass mich deine Stimme hören – sag, dass es wirklich wahr ist.«

»Dumme, liebe Magdalena«, sagt er und man hört heraus, dass er es lachend sagt. »Freust du dich?«

»Ganz irrsinnig, Martin.«

»Ich nicht weniger. Also, mach's gut, Magdalena, und träum recht schön in deiner letzten Nacht, die du allein bist. Was man nämlich da träumt, soll in Erfüllung gehen.«

»Ich möchte von einem kleinen Sohn träumen, Martin. Wie findest du das?«

»Das wäre – ein schöner Traum ...«

Dann knackt es in der Leitung und die Verbindung ist unterbrochen.

Leuchtend steigt der Morgen – ihr Morgen – aus dem Meer der Ewigkeit. Seit einer Stunde wartet Magdalena bereits in ihrem Brautgewand, den Myrtenkranz über die blonde Haarkrone gesteckt, das schmale Gesicht in leichter Aufregung gerötet. Immer wieder kommt Mechthild herein und kann sich nicht sattsehen an dieser schönen Braut. Einmal sagt sie zu ihrem Mann: »Martin hat doch gewusst, was er will. Ich habe nie eine schönere Braut gesehen.«

Endlich fährt die Landauerkutsche mit den beiden Goldfüchsen vor. Der Hocheder hat den alten Tobias geschickt, der sich mit der Tatsache immer noch nicht hat vertraut machen können, dass er auf seine alten Tage nun doch noch eine junge Herrin bekommen soll, nachdem er so viele Jahre dem schweigsamen Junggesellen gedient hat. Grau und mit gebeugtem Rücken sitzt er auf dem Kutschbock, ein wenig müde und missgelaunt, weil er nun doch schon über vier Stunden unterwegs ist. Aber als die Braut aus der Tür tritt, da heben sich seine müden Lider zu erstauntem Schauen, weil er nicht ganz begreifen kann, dass diese leuchtende Schönheit dieselbe Frau sei wie die Erntemagd. Und als Magdalena nun gar auf ihn zugeht und ihm, schüchtern lächelnd, die Hand hinaufreicht, da geht ein heller Schein über sein zerfurchtes Gesicht. Feierlich überreicht er ihr das Brautgebinde, einen mächtigen Strauß weißer Lilien. Dann strafft sich sein Rücken, und kaum dass die Braut im Rückteil des Wagens Platz genommen und sich von den Inspektorsleuten verabschiedet hat, schnalzt er mit der Zunge, und die Goldfüchse fegen in scharfem Trab davon.

Da der Hocheder kein Aufsehen will, hat er die Trauung in einer abseits gelegenen Wallfahrtskirche anberaumen lassen. Er ist mit seinem Wagen dort bereits eingetroffen, als die Kutsche ankommt. Als er Magdalena sieht, leuchten seine grauen Augen auf.

In einer halben Stunde ist alles vorüber. Magdalena setzt sich nun zu ihm ins Auto und in jagender Fahrt geht es in Richtung Birkach. Von weitem sieht Magdalena dann schon das Schild über der Tür des Wohnhauses zu Hoched, das sie willkommen heißt. Festlich gekleidet steht das Gesinde auf dem Vorplatz versammelt. Als das Brautpaar aussteigt, tritt der Großknecht vor und schreit mit voller Lungenkraft und hochrotem Kopf einen Willkommgruß heraus, dass selbst der Hocheder verstohlen lächeln muss.

Wo man ihr aber so freundschaftlich entgegenkommt, da verliert auch Magdalena ihre letzte Scheu und Ängstlichkeit. Und als ihr Marie den großen Schlüsselbund überreichen will, zum Zeichen, dass Magdalena nun Herrin sei über alle Stuben und Truhen des Hauses, da tut Magdalena die schöne Geste der Verständigung, indem sie Marie die Schlüssel wieder zurückgibt, weil sie fühlen mag, wie schwer es für einen älteren Menschen sein muss, wenn ihm von einer Jungen das Symbol der Macht aus den Händen genommen wird. Sie schaut zu ihrem Mann und sagt leise zu ihm:

»Ich brauche nur einen Schlüssel, Martin, und das ist der zu deinem Herzen.«

Ganz fest drückt er ihren Arm in dem seinen und führt sie ins Haus, die breite Treppe hinauf in das große Zimmer. Und dort geschieht es, dass Magdalena aus ihrem Kleidausschnitt ein schmales, weißes Kuvert zieht und es ihrem Mann überreicht.

»Was ist das?«, fragt er.

»Sieh nur nach, Martin. Du musst nicht meinen, dass ich mit ganz leeren Händen zu dir komme.«

Er zählt die Scheine und sieht sie verwundert an.

»Dreitausend Mark sind es, Magdalena.«

»Ja, Martin. Zweitausend hat mir der Großvater vererbt, zweihundert hat mir jemand geschickt, der mir mit guten Worten den Weg in ein anderes Leben gewiesen hat – es war die heutige Freifrau von Kronstein – und das Übrige, das mich wohl am meisten freut, habe ich mir als Magd verdient.«

Das überwältigt ihn so sehr, dass er sie in die Arme nimmt und sie heftig küsst. Sie merkt gar nicht, dass er ihr dabei den Umschlag mit dem Geld wieder in den Kleidausschnitt steckt.

Der Winter ist streng auf Hoched, streng und einsam und der Schnee liegt meterhoch. Aber ewig dauert kein Winter, und als der erste Föhnwind kommt und den Schnee wegfrisst, kann man unter den Apfelbäumen schon einzelne Krokusse sehen. Um diese Zeit erfährt Hocheder von seiner Magdalena, dass sie schwanger ist.

Noch keine Stunde, seit sie mit ihm verheiratet ist, hat Magdalena diesen Mann verlegen gesehen. Bei diesem Geständnis aber wird er rot wie ein Knabe. Es ist so, als ob in seinen grauen Augen ein feuchter Schimmer stehe.

»Ja?«, fragt er leise. »Und denkst du, dass es ein Sohn sein wird?«

»Es wird ein Sohn sein – unser Sohn, Martin.«

Anschließend nimmt der Hocheder die Büchse

über die Schulter, greift an die Taschen, ob er die Patronen nicht vergessen hat, und geht in den Wald hinauf. Da es aber um diese Zeit noch nichts zu schießen gibt, was der Mühe wert gewesen wäre, begreift Magdalena, dass er jetzt einfach in den Wald gehen muss, um allein zu sein mit seiner Freude.

Und immer drängender kommt der Frühling über das Land. Wie ein stürmischer Jüngling steigt er über die Berge herunter und weckt Blumen und Blüten. Magdalena freut sich auf ihr Kind. Noch nie in ihrem Leben ist sie so glücklich gewesen. Keine Sorge, keine Aufregung, nichts trübt ihre Tage. Nur von dem heimlichen Wunsch wird sie fast aufgezehrt, in diesem Zustand dem Mann da unten von der Wies zu begegnen, dem dieses Glück versagt bleiben muss.

Eines Tages ergibt es sich wirklich. Magdalena hat ihren Mann zur Jagd begleitet und geht nun allein den schmalen Feldweg zurück. Da sieht sie plötzlich den Anton Bruckner auf dem gleichen Weg daherkommen. Sie sieht, wie er bei ihrem Anblick leicht zusammenzuckt. Es sieht einen Augenblick so aus, als ob er ihr ausweichen wolle, aber dazu ist es bereits zu spät, und das schöne Gras will er wohl auch nicht in den Boden treten.

Es ist ein Hochgefühl sondergleichen für Magdalena, so dazustehen und ihn vorbeigehen zu lassen. Sie sieht, dass auch bei ihm, trotz seiner jungen Jahre, die Haare schon stark ergraut sind und dass sein Mund von einer strengen Härte ist, so streng, dass er sich nicht einmal zu einem Gruß öffnet. Nur seine Blicke gleiten über ihre Gestalt hin, umfassen ihren Körper und gleiten dann in den Boden hinein, weil er nicht den Mut findet, ihren Blick zu suchen.

So geht er vorüber, zieht die Schultern ein wenig

ein und nimmt die Richtung zum Dorf hinunter, wohl ins Wirtshaus, denn es hat sich schon längst herumgesprochen, dass der Bauer begonnen hat zu trinken, indessen die Wieserin dem unerbittlichen Tod entgegenwelkt.

Im Juli dieses Jahres ist der Hocheder in seiner Eigenschaft als Kreisbeauftragter bäuerlicher Genossenschaften gezwungen, in der Landeshauptstadt vor einem größeren Gremium einen Vortrag zu halten. Ungern hat er sich dazu entschlossen. Reden halten ist nicht seine Sache.

Hochaufgerichtet steht er am Podium. Sein Vortrag dauert bereits eine halbe Stunde. Mit energischen Gesten unterstreicht er seine Ausführungen.

»Meine Damen und Herren«, sagt er soeben. »Es kann nicht Ziel einer gesunden Ernährungswirtschaft sein, Preishöhen zu schaffen, die für die Importeure interessant, für uns aber gar nicht diskutabel sein dürfen. Und wenn uns von diesen Herren gesagt wird, dass die Genossenschaften mit niederen Handelsspannen zufrieden sein müssten, so kann ich diesen Herren bloß sagen –«

Hier wird er von dem Portier des Hauses unterbrochen, der ihm leise etwas ins Ohr sagt. Nur eine Sekunde verändert sich sein Gesicht, dann sagt er: »Entschuldigung, nur einen kleinen Moment«, und rennt hinaus.

Zwei Minuten später erscheint er wieder, geht zum Podium vor und spricht den angefangenen Satz weiter, als hätte er ihn gar nicht unterbrochen:

»... dass unsere Genossenschaften seit langem schon mit niederen Handelsspannen arbeiten und damit im Interesse sowohl der Erzeuger wie auch der

Verbraucher eine gesunde Konkurrenz schaffen. Wir Bauern können jedenfalls nur sagen: Gott sei Dank, dass wir unsere Genossenschaft haben. Und wir werden uns dafür mit aller Kraft einsetzen, dass sie uns erhalten bleibt, für die, die nach uns kommen, für unsere Söhne und Sohnessöhne.«

Das ist eigentlich in seiner ursprünglichen Rede nicht vorgesehen gewesen. Da aber am Telefon seine Schwester Marie ihm soeben gesagt hat, dass auf Hoched gerade ein gesunder Bub angekommen sei, hat er den Schluss seiner Rede eben so gehalten, dass von den Söhnen die Rede gewesen ist.

Eine Stunde später fährt er bereits heimwärts. Als er in Birkach einfährt, läutet gerade auf dem Turm der Kirche das Totenglöcklein. Nur einen Augenblick hält er an und erfährt, dass vor einer Stunde die Bäuerin in der Wies, die Agnes Störauer, gestorben sei.

Zuhause angekommen nimmt er mit großen Schritten die Stufen, verschnauft erst vor der Tür ein wenig und tritt dann leise ein.

Der Augenblick ist so groß und herrlich, wie er ihn sich oft in seinen stillen Träumen gewünscht hat. Ganz behutsam tritt er näher und sinkt vor dem Bett in die Knie. Zärtlich gleitet Magdalenas Hand über seinen Kopf und bleibt in seinem Nacken liegen.

Die Monate vergehen und die Jahre. Auf Hoched kommt im vierten Jahr, freudig begrüßt, zu den beiden Buben Martin und Gregor ein kleines Mädchen namens Magdalena dazu.

Zu einem ganz neuen Leben ist dieser Hof erwacht. Kinderlachen schallt durch die Gewölbe des Flures. Der Hocheder aber hält seiner Magdalena die Liebe und die Treue und es ist immer noch dieselbe große

Liebe wie am Anfang. Das Schweigsame seines Wesens hat sich etwas gelockert, und wenn er fort ist auf Reisen, wo er in zunehmendem Maße als Redner des Bauernverbandes auftritt, dann schreibt er ihr jeden Tag einen Brief voll tiefer Liebe, obwohl er dabei in den vier Seiten nicht ein einziges Mal das Wort Liebe niederschreibt.

Einmal fügt er auch in einem Brief ein, dass er erfahren habe, der Wieser beabsichtige, die große Breiten, die an die Hochedergründe angrenze, zu verkaufen. Da er aber voraussichtlich erst am Samstag zurückkomme, bitte er sie, dies erledigen zu wollen, zu dem und dem Preis.

Nichts hätte Magdalena lieber getan als das. Sie nimmt sogar ihre zwei Buben, den Martin und den Gregor mit auf den Wieserhof. Dort gibt es kein langes Feilschen, der Preis ist gut bemessen und der Wieser greift gierig nach den Scheinen, die Magdalena ihm hinzählt. Er ist nur mehr ein Schatten dessen, was er einmal gewesen ist, und es ist bereits abzusehen, wann dieser Mann den ganzen Hof vertrunken haben wird und wieder in der Not landet, aus der er aufgestiegen ist.

Dieses Geschäft ist beendet, aber Magdalena stellt nun noch eine Forderung an den Mann. Sie stellt sie knapp und kategorisch: »Ich wünsche, Anton Bruckner, dass du mir das Vorkaufsrecht über den Hof in der Wies einräumst.«

Er stiert sie mit glasigen Trinkeraugen an. »Glaubst du, dass ich schon so weit bin?«

»Heute noch nicht, morgen auch noch nicht, aber im nächsten Jahr bestimmt. Ich will den Hof kaufen für einen meiner Söhne. Ja oder nein?«

Magdalena geht mit einem Sieg davon. Was ihn bewogen hat zuzusagen, interessiert sie nicht. Sie fühlt nur eine tiefe und glückliche Befriedigung in sich. Den einen Buben an der rechten und den anderen an der linken Hand, gehen sie langsam den Berg hinauf. Dabei erzählt sie ihnen: »Das, was ihr soeben gesehen habt, dieses Wrack, war einmal ein Mann, wie keiner von euch werden darf. Er hat die Wahrheit mit Füßen getreten und hat die Treue gebrochen. Und wer nicht treu sein kann im Leben, zu sich selber und zu anderen, dem zerbricht alles zwischen den Händen, was er auch anfassen mag.«

Ob die beiden kleinen Hocheder das schon verstehen? Kaum. Aber es ist so gut, der Mutter zuzuhören, ihre Stimme ist wie ein Gesang und klingt so friedlich wie die Abendglocke, die soeben aus dem Tal läutet.